Hotzenwaldblues

W0205177

Petra Gabriel wuchs in Stuttgart und am Bodensee auf. Seit 1982 lebt sie mit ihrer Familie am Hochrhein. Über fünfzehn Jahre lang war sie Redakteurin in der Lokalredaktion des Südkurier in Bad Säckingen, die meiste Zeit als stellvertretende Leiterin. Seit 2004 arbeitet sie als freiberufliche Journalistin und Schriftstellerin. Petra Gabriel ist Autorin der historischen Romane »Zeit des Lavendels«, »Die Gefangene des Kardinals«, »Waldos Lied«, »Der Kartograph« und »Die Konkubine«. Im Emons Verlag erschienen ihr historischer Roman »Die Köchin und der König«, die Kriminalromane »Tod am Hochrhein« und »Alemannischer Totentanz« sowie »Der Klang des Regenbogens«, ein Mystery-Roman.
www.petra-gabriel.de

Dieses Buch ist ein Roman. Handlungen und Personen sind frei erfunden. Ähnlichkeiten mit lebenden oder toten Personen sind rein zufällig. Sofern real existierende Firmen, Institutionen oder Personen vorkommen, entspringen auch deren Verknüpfungen mit der Geschichte der Phantasie der Autorin.

PETRA GABRIEL

Hotzenwaldblues

emons:

Bibliografische Information der Deutschen Nationalbibliothek
Die Deutsche Nationalbibliothek verzeichnet diese Publikation in der Deutschen Nationalbibliografie; detaillierte bibliografische Daten sind im Internet über http://dnb.d-nb.de abrufbar.

MIX
Papier aus verantwortungsvollen Quellen
FSC® C083411
FSC
www.fsc.org

© Hermann-Josef Emons Verlag
Alle Rechte vorbehalten
Umschlagmotiv: photocase.de/marqs
Umschlaggestaltung: Tobias Doetsch
Druck und Bindung: CPI – Clausen & Bosse, Leck
Printed in Germany 2012
ISBN 978-3-89705-949-8
Kriminalroman
Originalausgabe

Unser Newsletter informiert Sie
regelmäßig über Neues von emons:
Kostenlos bestellen unter
www.emons-verlag.de

»Der Mensch ist das einzige Lebewesen, das Vernunft besitzt.
Aber kein anderes Lebewesen würde jemals so unvernünftig handeln.«

Peter Rosegger, österr. Schriftsteller, 1843–1918

1

Oettinger war rund anderthalb Stunden zu spät gekommen. Auf der A81 Stuttgart–Singen ging es heute anscheinend nur schleppend voran, es gab haufenweise Polizeikontrollen wegen der Großdemo gegen den geplanten Untergrundbahnhof in Stuttgart. Derweil standen die Autofahrer im Stau und fluchten auf die Umweltschützer. Kein Wunder. Stuttgart 21, die Bäume im Stuttgarter Schlosspark oder Atomkraft – das war doch alles ein unvernünftiger Klüngel, der sich immer weiter radikalisierte. Diese Leute gerieten langsam außer Rand und Band, fand Fred Malzacher. Sie waren unfähig, logische Argumente zu begreifen. Als Minderheit terrorisierten sie die Mehrheit.

Doch hier, bei der Informationsveranstaltung der Schluchseewerk AG anlässlich des Besuchs von EU-Energiekommissar Oettinger, war die Welt noch in Ordnung. Der CDU-Bundestagsabgeordnete Thomas Dörflinger hatte den Gast in seinen Wahlkreis eingeladen.

Und so saßen sie da, Seite an Seite in engem Schulterschluss und durchdrungen von einer Gewissheit, die sie alle einte: Sie waren die Guten. Wie schon in den vergangenen achtundfünfzig Jahren. Trotz der Niederlage der Christdemokraten bei der Landtagswahl im März. Sie, die kompetenten Macher, hatten Baden-Württemberg zum Wirtschafts-Musterland gemacht. Dieses Gefühl war zu einem Teil von ihnen geworden. Sie hatten es mit der Muttermilch eingesogen. Manche kamen aus regelrechten CDU-Dynastien. Der Vater des Bundestagsabgeordneten Thomas Dörflinger beispielsweise war vor diesem Bundestagsabgeordneter gewesen.

An diesem Tag blickten sie mehr oder weniger konzentriert auf die Leinwand, die in die Holzvertäfelung an der Stirnseite des sechseckigen Konferenzraumes im Bad Säckinger Infocenter der Schluchseewerk AG eingelassen war, schräg hinter dem Rednerpult mit dem Firmensymbol, einem S, von dem blaue Strahlen ausgingen. Sie nickten bedächtig zu Bildern und Statistiken, die von einem Beamer auf die weiße Fläche projiziert wurden. Zahlen, Daten, Fakten und Baupläne des von der Schluchseewerk AG geplanten neuen Pumpspeicherwerks mit einem großen Stausee im Hotzenwald und einem weiteren oberhalb des Bad Säckinger Kurgebietes. Und sie lächelten einander zu, in stillschweigendem Einvernehmen, dass dies ein weiteres der Projekte war, die Baden-Württemberg voranbrachten.

Stefan Vogt, der Geschäftsführer der Schluchseewerk AG schwitzte. Es versprach ein heißer Tag zu werden. Viel zu heiß für die zweite Maihälfte. Zudem stand einiges auf dem Spiel, schließlich ging es um das mit einem Volumen von weit mehr als einer Milliarde Euro zweitgrößte Bauvorhaben Baden-Württembergs. Dafür wurden Genehmigungen und Zuschüsse benötigt. Ein Projekt, von dem viele profitieren würden.

Fred Malzacher zählte nicht zu den V.I.P.s. Er saß nicht in der ersten Reihe neben Landrat Tillmann Bollacher, dem Landtagsabgeordneten Felix Schreiner, EU-Energiekommissar Günther Oettinger und Thomas Dörflinger. Der Platz von Nicolaus Römer, technischer Leiter des Schluchseewerks, war gerade leer. Römer stand hinter dem Rednerpult. Seine Frau hieß Daniela. Nach ihr war der Sondierungsstollen für das Projekt benannt.

Malzacher hörte auch nicht zu, er kannte das alles, hatte die Vorlagen teilweise selbst erstellt. Er genoss den Moment. Die Gewissheit, dass sich die Machtverhältnisse vor Ort nicht so schnell ändern würden. Auch wenn in Stuttgart nun ein grüner Ministerpräsident regierte. An den eigentlichen Rädchen im Regierungspräsidium, im Landratsamt, in den Stadt- und Gemeinderäten von Wehr, Bad Säckingen, Herrischried und Rickenbach drehten noch immer die Angehörigen der eingespielten Seilschaften. Dort, wo die praktische Arbeit getan wurde, saßen Männer, die sich zumeist schon lange kannten, einander einschätzen konnten und das richtige Ziel hatten. Hanspeter Gerber, sein Ansprechpartner beim Regierungspräsidium Freiburg und jetziger Stuhlnachbar, war so ein Mann. Oder dessen Bruder Frank Gerber, dem der Platz in der zweiten Reihe direkt hinter Oettinger zustand. Er hatte Karriere gemacht, war zum stellvertretenden Abteilungsleiter im Stuttgarter Wirtschaftsministerium aufgestiegen. Malzacher kannte die Gerber-Brüder seit der Schulzeit. Wenn Frank es richtig machte und sich bedeckt hielt, konnte er die Zeit aussitzen, bis in Baden-Württemberg wieder die CDU regierte. Und dass es so kommen würde, stand für Fred Malzacher außer Frage.

Wenn es so weit war, würde der unaufhaltsame Aufstieg von Frank Gerber weitergehen. Als stellvertretender Abteilungsleiter konnte er sich wegducken, bis der Sturm vorüber war. Um ihre Jobs fürchten mussten derzeit nur die Führungskräfte oder jene, die auffielen, egal, ob positiv oder negativ. Fred Malzacher hatte längst verinnerlicht, was auch seine Freunde wussten, ohne dass sie jemals darüber gesprochen hätten: Im Zweifel gab es bis zum goldenen Tag der Wiederkehr Wege, Entscheidungen von oben zu unterlaufen und Anordnungen in einem bestimmten Sinn zu interpretieren.

Malzacher war glücklich, dass die Welt, in der er sich eingerichtet hatte, trotz des überraschenden Wahlsieges der Grünen nicht aus den Fugen geraten war. Er fühlte dieses warme Glühen im Bauch, das sich beim Gedanken an Sicherheit, Heimat oder Geborgenheit regelmäßig in ihm ausbreitete. Hier und jetzt, in diesem kühl und geschäftsmäßig wirkenden Raum mit den Tischen vor den Fensterfassaden und den Flaschenbatterien mit Wasser, Apfel-, Johannisbeer- und Orangensaft darauf, den Häppchen unter Zellophan und den Männern, die die Namensschilder an der Brust eigentlich nicht gebraucht hätten, weil die meisten einander kannten, war der Feind noch immer der Feind.

Freundlicher, ja durchaus herzlicher Applaus brandete auf, als Günther Oettinger ans Rednerpult trat und den entscheidenden Satz sprach: »Diese Option für ein Pumpspeicherwerk ist deutschlandweit einzigartig.« Die Männer in den Sitzreihen tauschten ein Lächeln aus oder nickten in Richtung des ehemaligen Ministerpräsidenten von Baden-Württemberg, der nun seit gut einem Jahr als EU-Energiekommissar in Brüssel saß und nach diesem Besuch hoffentlich dafür sorgen würde, dass die Fördergelder für das Projekt sprudelten. Er hatte versprochen, sich darum zu bemühen.

Oettinger, erstklassig geschult in der Kunst der öffentlichen Stellungnahme, gab sich politisch korrekt, während die Journalisten der beiden Lokalredaktionen vor Ort, Stefan Sahli von der »Badischen Zeitung« und Justus Obermeyer vom »Südkurier«, notierten, was er außerdem sagte: Er sei zuversichtlich, dass Franz Untersteller, der neue Umweltminister des Landes, das Vorhaben objektiv und kompetent prüfen werde.

Dieses Mal nickte auch Fred Malzacher. Er würde gleich nach dem Treffen mit Stümpfli telefonieren und es ihm mitteilen. Wenn Oettinger mit seinem Tross abgefahren und es wieder still geworden war im Infocenter am Kavernenkraftwerk beim Bad Säckinger Waldbad.

Zum ersten Mal an diesem Tag grübelte Malzacher darüber nach, warum das Treffen eigentlich nicht im Firmensitz der Schluchseewerk AG an der B34 in Laufenburg-Rhina abgehalten wurde, sondern hier in Bad Säckingen. Das Kavernenkraftwerk musste Oettinger jedenfalls nicht mehr besichtigen. Es war 1967 gebaut worden. Eine Besichtigung gehörte seitdem quasi zum Pflichtprogramm eines jeden CDU-Politikers, der das Schluchseewerk besuchte. Und Oettinger war in seiner Zeit als Ministerpräsident von Baden-Württemberg oft hier gewesen.

Vor Beginn der Veranstaltung hatte Malzacher keine Sekunde Zeit gehabt, um sich mit diesen Überlegungen zu beschäftigen. Er hatte die Sekretärinnen und Sachbearbeiter dirigieren und die Unterlagen, die vorbereitet worden waren, wieder und wieder überprüfen und auf Fehler durchsehen müssen. Es hatte außerdem in seiner Verantwortung gelegen, dafür zu sorgen, dass die 0,4-Liter-Getränkeflaschen ordentlich auf den Tischen standen, die Gläser sauber waren und die Servietten bereitlagen.

Und wieso hatten sie die Zufahrtsstraße dieses Mal derart hermetisch abgeriegelt? Mit einem Menschenauflauf von Fähnchen schwingenden Bad Säckingern oder Hotzenwäldern wegen des hohen Gastes war nicht zu rechnen gewesen. Höchstens mit einigen Spinnern, die an einem Samstag nichts Besseres zu tun hatten, als sich mit Transparenten an der Zufahrt zu versammeln, weil sie etwas gegen die Pumpspeicherpläne hatten. Warum also? Fand das Ganze vielleicht sogar deswegen hier in Bad Säckingen statt, *weil* sich die Bundesstraße in Rhina, an der seit sechs Jahren der Hauptsitz in den einstigen Räumen der Energiedienst-Holding lag, nicht so gut sichern ließ? Er hatte all das zwar unbewusst registriert, aber wieder verdrängt.

Malzacher schaute sich um. Plötzlich nahm er die verhaltene

Nervosität der Oettinger-Leibwächter wahr. Die Männer und Frauen in schusssicheren Westen hatten sich in jeder der sechs Ecken des Konferenzraumes postiert, zwei standen außerdem an der Eingangstür und weitere zwei davor. Ihre Anspannung ging über die übliche konzentrierte Aufmerksamkeit hinaus. Sie wirkten angestrengt und flüsterten unentwegt in die Mikrofone ihrer Headsets. Ihre Augen standen keinen Moment still, ihre Blicke schweiften unentwegt umher, sowohl nach draußen als auch zu den etwa zwanzig Menschen im Raum. Als befürchteten sie, eine verdächtige Bewegung zu verpassen.

Leute wie Oettinger hatten natürlich Leibwächter. Daran war man gewöhnt. Doch heute hatte er sogar inoffizielle Bewacher dabei. Soweit Malzacher das beurteilen konnte, hatten sich drei Männer und eine Frau aus Oettingers Gefolge unter die geladenen Gäste gemischt. Die Gesichter waren ihm jedenfalls fremd. Und sonst kannte er hier jeden. Außerdem saßen sie nicht bequem auf dem Stuhl, sondern irgendwie sprungbereit.

Wieso das? Was war hier los?

Als Oettinger und die anderen Gäste gegangen waren, die Putzfrauen machten sich bereits daran, die Tische abzuräumen und den Boden zu wischen, erfuhr er den Grund der Nervosität: Es hatte eine Warnung des Landeskriminalamtes gegeben. Irgendein verrückter Umweltspinner drohte in einem Brief mit Bombenattentaten auf bekannte Politiker, möglicherweise auch auf den EU-Energiekommissar. Vom Bau des Pumpspeicherwerks war in dem Schreiben die Rede. Also war auch die Schluchseewerk AG gefährdet. Oettinger hatte sich aber offenbar geweigert, deshalb seinen Besuch abzusagen, und letztlich war ja auch alles so gelaufen wie sonst auch.

Malzacher war beeindruckt von dieser Haltung. Dieser Mann ließ sich nicht erpressen. Das Projekt war einfach zu wichtig.

Nun, vielleicht war ein Mann wie der EU-Energiekommissar so etwas auch gewohnt. Für Fred Malzacher, den zuständigen Sachbearbeiter für Landkauf und Immobilien beim Schluchseewerk, war es die erste derartige Erfahrung.

Und es machte sich in ihm das Gefühl breit, dass heute vielleicht doch nicht alles so abgelaufen war wie sonst.

2

Iris Terheyde spürte das bekannte Kribbeln zwischen den Schulterblättern. Sie wurde beobachtet. Zwei Frauenstimmen tuschelten hinter ihrem Rücken. Sie wusste schon, worum es ging, sie konnte es langsam nicht mehr hören. Angebliche Freundinnen hatten ihr, kaum dass es durchgesickert war, umgehend die Gerüchte zugetragen, die über sie und ihre »Kündigung« kursierten. Fuck! Sollten sie doch reden und spekulieren, so viel sie wollten.

Sie konnte den alten Forstweiler hinter dem Raumteiler grummeln hören. Dann raschelte Papier. Früher war er reformierter Pfarrer im Schweizer Sulz gewesen. Nun lebte er im Haus des ehemaligen Laufenburger Seniorenheims »Auf der Halde« in der Altstadt. Ein Lift im Haus, die Zimmer altengerecht ausgestattet, die Bäder ebenfalls, aber ohne Heimleitung. Die hatte aufgegeben. Dennoch war es fast so gut wie eine Seniorenresidenz. Die richtigen Alten- und Pflegeheime hatten gepfefferte Preise. Kein Wunder, dass die Pflegeversicherung langsam pleite ging. Iris vermutete, dass er für sein kleines Appartement längst nicht so viel Miete bezahlen musste wie für eine seniorengerechte Bleibe in der Schweiz.

Von Montag bis Samstag saß Johannes Forstweiler am Morgen hinter dem Paravent, der den Café-Bereich vom Buchladen und der Theke trennte, und las Zeitung. Zuerst den »Südkurier« und dann die »Badische«. Am nächsten Tag machte er es umgekehrt. Dabei regte er sich regelmäßig furchtbar auf. Er neigte zu Selbstgesprächen, wenn er zornig wurde. Die Menschen in seiner Umgebung sahen es ihm lächelnd nach. Immerhin war der Mann um die achtzig und das Predigen gewohnt. So etwas ließ sich vielleicht nicht so einfach abstellen, wenn man in Rente ging, und nun war eben Lindas Buchladen seine Kanzel. Ansonsten verhielt er sich unauffällig. Bis auf seine Marotte, ständig an einem Zahnstocher herumzukauen. Iris musste unwillkürlich schmunzeln bei der Vorstellung, wie er jetzt an seinem Tisch saß, den wilden grauen Schopf schüttelte und einen Politiker beschimpfte. Sie musste ihn nicht sehen, um das zu wissen, Linda hatte ihr diesen Spleen sehr plastisch beschrieben. Gegen wen hatte er heute was? Sie konnte nicht verstehen, wem sein Fluchen gerade galt.

Iris hielt sich stoisch an der Kaffeemaschine fest, die samt Tassen und weiteren Utensilien wie Löffel, Zucker, Milch und Keksen auf einer Ablage vor einem großen Spiegel untergebracht war, und die sie inzwischen bestimmt schon dreimal hintereinander gründlich gereinigt hatte. Immer darauf bedacht, nicht in den Spiegel zu schauen. Denn das Spiegelglas warf außer ihrem eigenen auch das Bild von zwei Frauen zurück. Beide waren vom intellektuellen und eher verbissenen, mageren Typ. Sie hatten sich auf den Barhockern an der Kaffeetheke eingerichtet.

Wohl wissend, dass die beiden ihr Gesicht im Spiegel sehen konnten, versuchte Iris sich in unbewegter Miene und hoffte, in Ruhe gelassen zu werden. Doch man ließ sie nicht.

»Ach, was höre ich da? Sie sind jetzt also als *Aushilfe* im Buchladen beschäftigt? Das ist dann wohl nur stundenweise, nicht wahr? Könnte ich bitte einen Schockino bekommen? So wie Linda ihn immer trinkt? Und zwei Glas Sekt, für meine Freundin eins mit.«

Iris entgleiste kurz das Gesicht. Diese Elena triefte nur so vor falscher Freundlichkeit und Mitgefühl. Wenn sie glaubte, dass sie ihr erzählte, warum sie nicht mehr Hauptkommissarin bei der Lörracher Mordkommission war, dann hatte sie sich aber geschnitten. Sie nickte nur ohne sich umzudrehen, und machte sich an die Zubereitung des Kaffees mit Kakao und Schokostreuseln auf dem Milchschaum. Beim »Linda spezial« kam noch Schokoladenlikör irischer Machart oben drauf.

Iris öffnete die Kühlschranktür und griff sich die Flasche im Seitenfach. Sie versuchte, das Etikett zu entziffern, konnte aber die Schrift nicht lesen. War das nun der Schokoladenkaramelllikör oder nicht? Sie hielt die Flasche ins Licht, kniff die Augen zusammen und streckte den Arm dabei immer weiter aus.

»Presbyopie«, sagte eine Männerstimme freundlich. Sie kam von der Toilettentür auf der anderen Seite des Raumes, die sich gerade geöffnet hatte, wie Iris mit einem kurzen Blick in den Spiegel feststellte. Sie ignorierte die Bemerkung des Laufenburger Optikers im Ruhestand jedoch ostentativ. »Altersweitsichtigkeit«, ergänzte dieser ungerührt.

Iris schaute in den Spiegel, sah sein grinsendes Gesicht, warf ihm einen vernichtenden Blick zu und stellte die Flache neben die Kaffeemaschine. Es war die richtige. Der rundliche Mann schmunzelte und verschwand hinter dem Paravent.

Die Maschine ratterte. Iris holte zwei Sektgläser aus einem der weißen Hängeschränke links neben dem Spiegel und die Cremant-Flasche aus dem Kühlschrank. Deren Etikett musste sie nicht lesen, weil sie unverwechselbar war. Nach und nach füllte sie die Gläser. Schließlich hatte sie keine andere Wahl. Sie musste sich umdrehen, um den Sekt auf die gläserne Ablage der Kaffeetheke zu stellen. »Hier bitte. Der Schockino kommt gleich.«

»Ach, Elena, sei nicht so neugierig«, prustete die andere Zimtzicke.

Iris wusste, dass sie Tanja hieß. Tanja Gerber, dunkelbraune Haare mit einem leichten Rotschimmer, letzterer vermutlich hineingefärbt, Bob-Frisur, eng stehende braune Augen, ein wenig wie Glenn Close, darunter Besenreiser-Bäckchen und ein kleiner Oberlippenbart. Wie fast immer trug sie einen groß geblümten Rock und ein T-Shirt in diesem scheußlichen Pink, das ihr besonders gut zu gefallen schien. Vielleicht, weil es farblich ganz gut mit den geplatzten Äderchen auf ihren hohen Wangenknochen harmonierte. Sie hatte mit ihrer Familie – dem Ehemann, zwei Töchtern im Teenager-Alter und ihrem Vater – erst vor Kurzem ein neues Haus in der Mozartstraße bezogen, ganz in der Nähe des römischen Gutshofes. Und die Besucher von Lindas Buchladen fast täglich an den Einzelheiten ihres Kampfes mit den Handwerkern und mit einem Ehemann teilhaben lassen, dem sie auch nach fünfzehn Jahren Ehe offenbar noch nicht den »richtigen« Geschmack bezüglich der Innenausstattung anerzogen hatte.

Elena, das war Elena Malzacher, geborene Kohlbrenner, geschiedene Gerber. Elena war doch eigentlich ein griechischer Name, oder? Falls Elena Malzacher griechische Vorfahren gehabt hatte, war das jedenfalls nicht mehr erkennbar, denn sie hatte auf dem Kopf ein blondes Gekräusel – fast wie ein Rauschgoldengel, nur ohne Gold –, das ihr bis zu den Ohren reichte und in alle Richtungen abstand. Sie wirkte trotz Make-up blass, und diese Blässe reichte bis in das Blau ihrer Augen. An ihren Ohren schwangen bei jeder Bewegung riesige goldene Kreolen hin und her. Elena pflegte ihren Körper in enge Kleidung zu zwängen. Heute war es eine türkisfarbene Puffärmelbluse mit einem großen V-Ausschnitt, der ihre knochigen Schlüsselbeine besonders gut betonte. Dazu trug sie eine Jeans. Iris verdächtigte Elena, an Bulimie zu leiden. Bei ihrem Anblick fühlte sie sich jedenfalls immer an das Model erinnert, dem ihre glühende Bewunderung gegolten hatte, als sie noch die kleine, stark übergewichtige und sehr schüchterne Iris gewesen war. Twiggy, einst die »teuerste Bohnenstange der Welt«, die heute kaum noch jemand kannte. Aber Elena Malzacher sah nur oben herum aus wie Twiggy. Untenherum hatte sie, verglichen mit dem spillerigen Oberkörper, ausladende Hüften. Vielleicht hungerte sie deshalb. Dabei war ihr Hintern das einzig attraktive Körperteil an Elena, fand Iris. Wegen dieses Hinterteils sah sie von hinten richtig gut aus. Was hätte Iris für einen solchen Arsch gegeben.

Sie hatte schlecht geschlafen. Stunde um Stunde hatte sie überlegt, wie sie an die Informationen kommen könnte, die sie unbedingt brauchten, um die Katastrophe zu verhindern. Sie hatte sich eine Liste mit Leuten gemacht, die sie ganz sicher bei Linda treffen würde und die sie aushorchen wollte. Hoffentlich stieß sie schnell auf eine Spur. Sonst würde es Tote geben.

Sie war wie gerädert. An Tagen wie diesen fühlte sie sich doppelt hässlich, und verglichen mit diesen beiden Korkenziehern kam sie sich mal wieder wie ein Walross vor. An guten Tagen gelang es ihr manchmal, sich einzureden, dass sie überhaupt nicht dick war. Nicht wirklich. Jedenfalls nicht wabbelig. Nur kräftig gebaut. Vielleicht ein wenig kräftiger als Linda, die Kleidergröße vierundvierzig haben dürfte. Und sie hatte weniger Falten im Gesicht als diese Hungerhaken an der Kaffeetheke. Allerdings schillerten, wenn sie genau hinsah, im Aschblond ihres Kurzhaarschnittes direkt beim Seitenscheitel bereits die ersten grauen Fäden. Noch waren es wenige. Sie riss sie sich regelmäßig heraus.

Iris schaute kurz hoch und fragte sich, wie solche Spargel, die eine in Pink, die andere in Türkis, es geschafft hatten, sich einen Ehemann zu angeln. Aber es war ihnen geglückt. Im Gegensatz zu ihr selbst. Und die Aussichten wurden nicht besser.

Tanja war beruflich Hausfrau und leitete eine Kinder-Gymnastikgruppe des Turnvereins Laufenburg, aus der die eigenen Töchter längst herausgewachsen waren. Beide gingen inzwischen aufs Bad Säckinger Scheffelgymnasium. Ihr Mann Hanspeter Gerber arbeitete beim Regierungspräsidium Freiburg. Außerdem war ihr Schwager ein mittelhohes Tier in der Stuttgarter Landesregierung. CDU, schwarz bis in die Haarspitzen. Iris kannte ihn nicht.

Elena war Französischlehrerin an der Laufenburger Hans-Thoma-Schule. Sie galt als derzeitiger Motor der deutsch-französischen Freundschaft zwischen Laufenburg und der Partnerstadt Le Croisic in der Bretagne. Momentan plante sie zusammen mit dem Schwarzwaldverein die jährliche Pfingstreise an die wilde Küste des Atlantiks. Iris hatte gehört, wie sie mit Tanja darüber gesprochen hatte, die dieses Mal offenbar samt Töchtern, Mann und Vater mitfahren wollte. Elenas Mann Fred arbeitete fürs Schluchseewerk. Sie hatten einen Sohn im Kindergartenalter, eigentlich ein netter kleiner Kerl, der von seiner Mutter aber dauernd wegen Kleinigkeiten gemaßregelt wurde und deswegen verklemmt und schüchtern daherkam. Das fand jedenfalls Iris. Seine Mutter brachte ihn manchmal in den Buchladen mit.

Iris verkniff sich einen Schnaufer. Hier wusste eben jeder über jeden Bescheid. Und wer etwas nicht wusste, fragte Linda, die im Übrigen durchaus diskret sein konnte. Sehr diskret, wenn es darauf ankam. Das galt besonders für die geheimen außerehelichen Liebschaften ihrer Mitmenschen.

»Nun sagen Sie schon, helfen Sie jetzt öfter hier aus, Iris?« Elena Malzacher ließ nicht locker.

»Hmhm«, antwortete Iris. Sie stellte eine Untertasse und einen langstieligen Löffel für den Schockino bereit.

In diesem Buchladen sprachen sich fast alle mit Vornamen an, viele duzten sich. Das lag an Linda. Ihre Buchhandlung samt Café im östlichen und neueren Teil der Laufenburger Altstadt, dort, wo es noch Parkplätze entlang der Straße gab, war Anlaufstelle für alle, die etwas zu erzählen hatten oder glaubten, etwas zu erzählen zu haben. Und natürlich für die, die einfach jemanden treffen wollten.

Mittendrin thronte die Inhaberin und schäkerte und lachte, dass man es an der nächsten Straßenecke noch hörte. An der südöstlichen mit dem Hotel-Restaurant »Alte Post« ebenso wie an der nordwestlichen, wo sich die Bäckerei Hahn befand. Sie verteilte Küsschen und drückte die Neuankömmlinge an ihren ansehnlichen – und je nach Stimmung und Temperatur mehr oder weniger, aber immer geschmackvoll verhüllten – Busen. Egal, ob Mann oder Frau. Iris wurde bewusst, dass sie sie noch nie in Hosen gesehen hatte. Linda bevorzugte weite, schwingende Röcke aus leichten Stoffen oder Leinenkleider mit Jacke und Ballerinas. Außerdem liebte sie Rosen. Weshalb auch immer mal wieder ein Strauß in ihre Buchhandlung gebracht wurde – in der Hand eines meist männlichen Trägers. Linda war so etwas wie ein Quell, aus dem die gute Laune blubberte, und ständig in Bewegung.

Deswegen kamen die Leute, unterhielten sich, beobachteten die anderen, tuschelten, klatschten. Und kauften Bücher. Gut, nicht *nur* wegen Linda. Aber auch. Sie war einfach viel zu herzlich, um *kein* Buch bei ihr zu kaufen. Manche Kunden, wie beispielsweise der alte Forstweiler, betrachteten die Buchhandlung gar als ihr persönliches Wohnzimmer und waren sorgsam darauf bedacht, dass Linda keine allzu großen Neuerungen einführte. Bei Leuten mit italienischen Vorfahren wusste man ja nie. So tauchte Forstweiler, auf einem Zahnstocher kauend, jeden Morgen pünktlich um neun Uhr zehn in der Buchhandlung auf, zwinkerte Linda zu und marschierte schnurstracks zu seinem Stammplatz hinter dem Paravent.

Von dem kleinen Cafébereich im hinteren Teil des Buchladens aus hatte man einen beeindruckenden Blick über den Rhein und über die dicht gedrängt stehenden mittelalterlichen Häuser mit den Biberschwanzziegeln des Schweizer Laufenburg hinweg auf die Jurahügel. Allein die Aussicht hätte genügt, um Gäste anzulocken. Sechs Tische standen dort. Die beiden an den Stirnwänden waren schon vor längerer Zeit ihrer Stühle verlustig gegangen. Falls es jemals welche gegeben hatte. Flyer für allerlei Veranstaltungen stapelten sich darauf und mindestens ebenso viele Touristenbroschüren wie im offiziellen Verkehrsamt, das im zweiten Haus links hinter dem Laufenburger Stadttor residierte. Auf dem linken der beiden Tische lagen, von jedem Leser für die nach ihm

Kommenden wieder ordentlich gefaltet und exakt an der rechten äußeren Ecke platziert, die beiden Tageszeitungen.

Die »Badische Zeitung« und der »Südkurier« unterhielten Lokalredaktionen in Bad Säckingen. Deren Redakteure und freie Mitarbeiter erhellten die Düsternis der Unwissenheit zwischen Wehr und Bad Säckingen zu dieser Jahreszeit mit Berichten über Gemeinderatssitzungen und Vereinsfeste, das kommende Sommertheater, Kabarett- und Konzertveranstaltungen und die Zu- und Abwanderung von Firmen (in der Altstadt meistens Abwanderung). Da das Verbreitungsgebiet beider Lokalredaktionen auch den Hotzenwald umfasste, berichteten sie zudem vom Rickenbacher Bürgermeister, der vom anderen Ufer, aber nicht deshalb seltsam war. Er hatte angeblich auf sich selbst einen Mordanschlag inszeniert. Und sie schrieben sowohl vom Streit der Gemeinderäte von Rickenbach und Herrischried um das geplante neue Pumpspeicherwerk bei Atdorf, als auch von den Befürchtungen der Talgemeinden in Bezug auf die Verkehrsbelastung durch den zu erwartenden Baustellenverkehr und den möglichen Verlust von Naherholungsgebieten und Quellen. Dazu gab es regelmäßige Artikel über die Bad Säckinger Montags-Mahnwachen für die Opfer des Tsunamis, der über Japan hereingebrochen war und das Kernkraftwerk Fukushima verwüstet hatte. War das tatsächlich erst gut zwei Monate her? Manchmal hatte sie das Gefühl, dass der 11. März 2011 schon Lichtjahre zurücklag. Auch bei ihr hatte es vor Kurzem einen Tsunami gegeben. Er hatte sie aus ihrem Büro bei der Lörracher Mordkommission heraus und als verdeckte Ermittlerin in diese Buchhandlung gefegt.

Iris musste schmunzeln. Egal, was sich in der Welt tat, wie viel Mühe sich die Journalisten auch gaben, die Dramen verständlich aufzubereiten, besonders ausgiebig wurden jeden Tag die Todesanzeigen im Lokalteil studiert. Das hatten Untersuchungen des Leserverhaltens ergeben.

Möglicherweise als Ausgleich für die vielen schlechten Nachrichten aus der großen und der kleinen Welt hatte Linda an der Decke über dem rechten Tisch einen ausladenden Kristalllüster à la italienne aufgehängt. Wie um düstere Gedanken zu vertreiben.

Iris drehte sich um, ließ den Blick schweifen und bemerkte,

dass ihre neue Chefin sie von ihrem Platz hinter der Kasse aus vergnügt beobachtete. Linda war nicht sehr groß, das war wahrscheinlich ebenso Teil ihres italienischen Erbes wie ihr umtriebiges Temperament. Sie maß um die eins sechzig, konnte ihren Laden aber trotzdem gut überblicken. Denn sie bevorzugte den Platz hinter dem Kassentisch, der samt Kasse und Computerbildschirm auf einem Podest thronte. Der Bildschirm stand recht hoch, sodass Linda immer ein wenig das Kinn recken und den Hals lang machen musste, um etwas zu erkennen, wenn sie das Buchhändlerprogramm nach lieferbaren Büchern durchforstete. Momentan schaute sie jedoch nicht dorthin, sondern schickte ein freundliches Lächeln in Richtung der beiden »Damen« vor Iris.

»Heute ist mein zweiter Tag. Ich finde es toll, dass Linda mich hier arbeiten lässt«, schob Iris nach, der klar war, dass sie kommunikativer werden musste, wenn sie hier etwas erfahren wollte. »Man begegnet so vielen interessanten Leuten«, säuselte sie über die Sektgläser hinweg.

Sie brauchte diese Tanja noch. Eine geltungsbewusste Ehefrau wie sie war bestimmt eine gute Quelle für Interna aus dem Regierungspräsidium. Und Elena konnte sicher einiges vom Schluchseewerk beisteuern, das sie, wie die meisten anderen Menschen, kurz »Schluwe« nannte.

Die Kaffeemaschine hatte ihren Dienst verrichtet und hörte mit einem zischenden Geräusch auf zu rattern. Iris drehte sich wieder in Richtung Spiegel, rührte Schokopulver in den Milchkaffee im Glas, der heutzutage Latte macchiato hieß, streute Schokostreusel auf die Schaumkrone, goss vom Likör darüber und stellte die Kreation vor Elena auf die Glasplatte der Theke. Direkt neben das Sektglas. »Bitte sehr.«

»Vielen Dank.« Elena hatte den mäandernden Blick von Menschen, die etwas wollen, sich aber noch nicht entschieden haben, wie sie die Angelegenheit angehen werden. Ihre blassblauen Augen wichen denen von Iris aus und schauten stattdessen über deren Schulter hinweg in den Spiegel, in dem derzeit nur Iris' Rücken zu sehen war. »*Uuund*? Ich hörte, Sie wollen in der Altstadt eine Galerie aufmachen. *Wie in-te-res-sant*! Gibt es denn schon einen Namen?«

Linda ließ Iris hinter dem Rücken der beiden Damen ein verschwörerisches Grinsen zukommen, begab sich eine Stufe tiefer auf die erste Ebene ihres Buchladens und gesellte sich zu ihnen. »Ja, Iris hat einen tollen Namen. Galerie ARTig. Ich fände Galerie UnARTig aber auch nicht schlecht.«

»Vielleicht nenne ich sie aber auch EigenARTig«, muffelte Iris.

»Ohhh.« Tanja hob die Hand vor den Mund und kicherte. Sie hatte schlechte Zähne, deswegen hielt sie immer die Hand vor den Mund, wenn sie lachen musste. Doch im Gegensatz zu Elena erreichte bei ihr das Lachen wenigstens die Augen.

»Am liebsten würde ich sie ja hierbehalten. Iris hält nur leider nichts davon, ihre Galerie hier bei mir einzurichten. Dabei wäre an den Wänden doch genug Platz. Ich versuche gerade, sie zu überreden, wenigstens in die Räume des ehemaligen Kaufhauses May einzuziehen. Dann wäre sie nicht so weit weg, und wir könnten uns hin und wieder draußen treffen. Doch sie will unbedingt unten an die Rheinbrücke. Gegenüber dem Fotoladen, da ist ja immer noch etwas frei.«

»In-te-res-sant«, wiederholte Elena.

»Draußen«, das waren die Tische und Stühle, die Linda vor ihrem Laden aufgestellt hatte. Die kleine Terrasse ragte an ihrer höchsten Stelle etwa mannshoch über die steile Laufenburger Andelsbachstraße. Jetzt, wo die Sonne wieder höher stieg, wurde sie eifrig genutzt.

»Ach ja, wir sitzen hier, genießen das Leben und reden über Kunst, und diese armen Leute in Japan …« Elena seufzte theatralisch.

Tanja nickte mitfühlend. »Erst das Erdbeben, dann der Tsunami und nun dieser kaputte Reaktor.«

»Kaputt? Ein bisschen gravierender ist es ja wohl schon. Am Ende wird sich herausstellen, dass es schlimmer war als in Tschernobyl. Außerdem geht es in Fukushima um mehr als nur einen Meiler. Jedes einzelne Kraftwerk ist eine Gefahr.« Iris konnte sich einfach nicht bremsen. Ihre Heftigkeit trug ihr einen warnenden Blick von Linda ein. Die Kunden waren in dieser Buchhandlung immer König.

Elena warf Tanja einen blassblauen Seitenblick zu, als wollte sie ihr bedeuten: Jetzt sag du auch mal was. Die kam daraufhin richtig in Fahrt.

»Mein Schwager sagt, die Grünen tun nur so vollmundig.« Sie hob entrüstet das Kinn. »Wir können gar nicht so einfach aus der Atomkraft aussteigen, sonst ist die Wirtschaft im Land bald ruiniert. Was meinen Sie, was die H. C. Starck und die Firma Treibacher in Rhina wohl machen, wenn der Strom noch teurer wird? Sie gehen woandershin, verlagern die Produktion nach China oder sonst wohin. Fabriken haben sie da ja schon längst. Und in Albbruck wollen die Finnen die Papierfabrik schließen. Das gibt viele Arbeitslose.«

»Aber Erdbeben gibt es hier am Rheingraben auch. Immer mal wieder«, wandte Iris ein.

»Ach was. Doch nicht solche wie das Beben in Japan. Das ist nichts als Panikmache«, befand Tanja.

Elena nickte energisch. »Und diese Atdorf-Gegner sind alle bloß Querulanten, Zugezogene, die gar nicht vom Hotzenwald oder aus Bad Säckingen stammen.«

»Letztes Wochenende war übrigens schon wieder eine Versammlung der Atdorf-Gegner im Bad Säckinger Pfarrsaal«, meinte Tanja spitz. »Ich finde es unmöglich, dass sich da jetzt auch noch der Pfarrer einmischt. Die Kirche sollte neutral sein. *Selbst* die evangelische.«

Iris sperrte die Ohren weit auf. Vielleicht erfuhr sie etwas, was ihr bei der Suche nach dem *Wächter* weiterhalf.

Doch ihre Hoffnungen wurden unversehens zunichtegemacht.

»Ach wie schön, es ist doch immer wieder angenehm, so charmante Damen anzutreffen. Hallo, Linda«, sagte eine Männerstimme vom Eingang der Buchhandlung her.

Iris konnte ein leises Aufstöhnen nicht unterdrücken. Oh nein, nicht Trautmann! Sein Anblick versetzte ihr einen Stich, gefolgt vom dumpfen Gefühl des Verlustes. Wie immer, wenn sie ihm unvermutet begegnete. Gleich darauf setzte ihr Verstand wieder ein und erklärte ihr zum tausendsten Mal, dass der Schwarm ihrer Jungmädchenträume längst zum Mann ihrer Alpträume geworden war. Zumindest solange sie sich nicht sicher sein konnte, dass er *kein* Mörder war. Der Verdacht nagte nun seit ihren Ermittlungen zum Tod seines Stiefvaters an ihr. Der Fall galt offiziell als geklärt, alle Schuldigen waren gefunden. Wirklich alle?

Trautmann stupste mit dem Finger gegen das Brillengestell, das ihm immer wieder auf die Nasenspitze rutschte. Diese Geste gehörte ebenso zu ihm wie die immer höher werdende Stirn und sein deutlich nach vorne gewölbter Bauch.

Iris' Handy klingelte. Sie warf den Damen einen entschuldigenden Blick zu. Martin Felix war dran, ihr Assistent – nein, wohl eher ihr ehemaliger Assistent. Er klang aufgeregt.

»Wir haben eine Bombe gefunden. Ganz in Ihrer Nähe! Wir treffen uns gleich am vereinbarten Ort.«

Sie schaute in die Runde, niemand beachtete sie. »Wo genau habt ihr sie gefunden?«

»Das sage ich Ihnen, wenn wir uns sehen. Wann können Sie da sein?«

»In etwa dreißig Minuten?«

»Gut.«

Iris steckte das Handy wieder weg. Sie versuchte möglichst unauffällig, Lindas Aufmerksamkeit zu erregen. Doch die Buchhändlerin hatte keine Augen für sie. Sie strahlte Trautmann an. »Ah, Max, unser Dichter! Gibt es neue Haikus? Und einen neuen Westernroman? Die Leute fragen schon danach. Du bist in Laufenburg inzwischen eine richtige Berühmtheit. Wo hast du gesteckt?«

Max Trautmann bekam die nur für besonders gern gesehene Gäste bestimmte doppelte Ration Küsschen: dreimal auf die Wange, links, rechts, links. Und dann noch einmal von vorn. So direkt an der Schweizer Grenze herrschten bezüglich der Begrüßungsküsse eidgenössische Sitten. Von wegen nur zweimal wie andernorts, hier betrug die vorgesehene Summe der Küsschen nicht weniger als drei. Trautmann wurde bei dieser Begrüßung etwas durchgeschüttelt und musste seine Brille mit dem Zeigefinger erneut in die richtige Position schieben. Er trug mal wieder einen dieser furchtbaren Karopullunder Marke Olaf Schubert. Er schien den Kleiderschrank voll davon zu haben. Auf diesem prangten die Karos vor einem grünen Hintergrund. Für einen Dichter hatte er bemerkenswert wenig Phantasie, was seine Kleidung anbetraf.

Iris war die ständige Küsserei unangenehm, außerdem war sie

genervt. Musste der Mann ausgerechnet jetzt auftauchen? Der Zeitpunkt hätte nicht unpassender sein können. »Was machen *Sie* denn hier?«, fragte sie ungehalten.

»Auch ich kann Zeitung lesen und könnte somit Erkenntnisse zur Unterhaltung beitragen«, erwiderte Trautmann seelenruhig. »Außerdem haben wir einen Fall. Und da hat sich etwas Neues ergeben.«

»Ach, einen Fall? *Wie in-te-res-sant*«, meldete sich Elena zu Wort.

»Ja, gnädige Frau.« Trautmann lächelte sie an.

Fehlt nicht mehr viel, und sie beginnt zu schnurren, dachte Iris. Innerlich trat sie von einem Fuß auf den anderen. Doch die anderen beachteten sie überhaupt nicht mehr. Max Trautmann konnte sehr charmant sein. Auch wenn er ziemlich korpulent war und seine verbliebenen Haare dünn, er wirkte auf Frauen. Wer sollte das besser wissen als sie? Vielleicht lag es an der Brille mit den dicken Gläsern, die seine Augen vergrößerten und ihm das Aussehen eines ewig erstaunten Jungen gaben, obwohl er schon eine ganze Weile jenseits der vierzig war. Unwillkürlich fuhr sie sich durch die Haare. Sie fühlten sich an wie ein Pelz. Seit ihrem letzten Mordfall und dem Besuch in Berlin trug sie sie in Streichholzlänge. Mit hellen Strähnchen. Wegen der »Lichter« im Naturmausblond, wie es die Friseurin neulich freundlich formuliert hatte. Bevor sie ihr eine Rechnung von rund fünfzig Euro präsentierte.

»Aber was hat Frau Terheyde denn damit zu tun?«, mischte sich Tanja ein. Linda schaute interessiert.

Iris klappte den Mund auf, um endlich kundzutun, dass sie dringend wegmüsse, doch Trautmann kam ihr zuvor. »Ach, hat sie das noch nicht verraten? Da hab ich wohl was ausgeplaudert. Wir werden zusammen ein Detektivbüro eröffnen.«

»Ohhhh. *Wie in-te-res-sant*!« Elenas Stimmlage war um eine Oktave gestiegen. »Ein Detektivbüro in Laufenburg! Haben *Sie* Frau Terheyde nicht geholfen, im Kosovo diese Leichenschänder zu schnappen? Das stand in allen Zeitungen. Ich meine, als sie noch Kommissarin bei der Polizeidirektion Lörrach … aber wollten Sie nicht eine Galerie aufmachen?«, fragte Elena, nun wieder an Iris gerichtet.

Iris schielte zu Linda hinüber. Die Geschichte vom großen Traum von der eigenen Galerie war ihre vorgeschobene Begründung für den erstaunlichen Umstand gewesen, dass sie den Dienst bei der Kriminalpolizei quittiert hatte. Linda durfte wie alle Außenstehenden natürlich nicht wissen, dass sie seit vorgestern sehr unfreiwillig als verdeckte Ermittlerin arbeitete und nur deshalb um den Job als Aushilfskraft gebeten hatte, weil Lindas Laden als die beste Nachrichtenbörse der Umgebung bekannt war.

»Es wird eine Galerie mit Straßen- und Internetkunst und *vielleicht* einer angeschlossenen Detektei«, antwortete sie und hoffte, dass ihrer Stimme die innere Anspannung nicht anzuhören war. Warum konnte Trautmann nicht einfach mal die Klappe halten? Dann meldete sich ihr schlechtes Gewissen. Was hatte sie da nur angerichtet! Es war vorgestern Abend eindeutig keine gute Idee gewesen, ihren Unmut über die neue Situation im Restaurant des Hotels »Rebstock« in Rotwein zu ersäufen.

Als sie sich gerade so richtig leidgetan hatte, war Trautmann ins Lokal gekommen. Sie musste sehr trostbedürftig gewirkt haben. Jedenfalls hatte er sich zu ihr gesetzt und sich nach der Ursache ihres Kummers erkundigt. Und sie? Nach drei Gläsern Rotwein und dem zweiten Schlehenschnaps, mit demzufolge ziemlich viel Alkohol im Blut, hatte sie ihn nicht verprellen wollen, sondern sich gewünscht, dass er blieb. Es war angenehm gewesen, einmal nicht allein im Wirtshaus zu sitzen. Und gemütlicher, sich zu zweit zu betrinken, mit einem Menschen, den man schon so lange kannte. Sie hatte es genossen, einmal, nur einmal nicht mehr allein zu sein, keine Einzelkämpferin, sondern mit einem Mann an ihrer Seite. Einem, an dessen Schulter sie sich ausweinen konnte. Andere Frauen hatten so was doch auch. Was hätte sie auf seine Nachfrage hin auch sagen sollen, außer bei der offiziellen Version zu bleiben? Dass sie nun ihren großen Traum von der eigenen Galerie zu verwirklichen gedachte, deshalb bei der Polizei gekündigt hatte und übergangsweise, also bis sie die angemessene Lokalität gefunden hatte, als Aushilfe bei Linda arbeiten würde.

Trautmann hatte sie zunächst ungläubig angeschaut und gefragt »Stimmt das? Oder binden Sie mir einen Bären auf?«

Iris hatte sich ertappt gefühlt. Das mochte sie nicht. »I wo, dasch würd ich nie tun«, hatte sie mit möglichst treuherzigem Blick genuschelt.

Er war begeistert gewesen, hatte etwas über Träume geschwurbelt, darüber, dass man sie unbedingt verwirklichen müsse. Und ihr gleich darauf erklärt, dass er schon lange von einer eigenen Detektei träumte. Was sie denn davon hielte, wenn er sich ihr anschlösse? Rein räumlich natürlich. Vielleicht mit Internetcafé? Um Miete zu sparen. Und überhaupt, ein gemeinsames Projekt, wäre das nicht toll, bei allem, was sie schon zusammen erlebt hätten? Iris führte es lieber auf den Rotwein zurück, dass sie rot geworden war. Er hatte sie mit seiner Begeisterung völlig überrumpelt.

Und sie dummes Huhn, was hatte sie in ihrer Verwirrung getan? Anstatt ihm zu sagen, er solle sich das aus dem Kopf schlagen, hatte sie ihm in ihrem halb benebelten Zustand zu verstehen gegeben, dass sie darüber nachdenken werde. Sie hatte sich sogar darauf eingelassen, mit ihm herumzuspintisieren und sich Namen für die neue Galerie auszudenken.

Und nun hatte der blöde Kerl nichts Besseres zu tun, als überall damit hausieren zu gehen. Das musste sie unbedingt klären. Aber nicht jetzt.

Sie musste jetzt erst mal hier raus. Eine Bombe! Hatte dieser durchgeknallte Umweltschützer, der sich *der Wächter* nannte, seine Drohung also tatsächlich wahr gemacht? Am Ende gar beim Besuch des EU-Energiekommissars Günther Oettinger im Infocenter des Schluchseewerks in Bad Säckingen? Um Himmels willen! Dabei war doch alles Menschenmögliche getan worden, um die Veranstaltung abzusichern. Ob es Tote gegeben hatte? Hoffentlich nicht.

Trautmann, der Gegenstand ihres wachsenden Unmutes, ignorierte ihre Nervosität völlig, er lächelte schon wieder. »Ja. So können wir uns gegenseitig unterstützen. Frau Terheyde hat Erfahrung als Ermittlerin, und ich habe schließlich Werbegrafik studiert. Das ist zwar schon eine Weile her, aber ich verstehe deshalb etwas von Kunst. Besonders von moderner. Außerdem ist diese Kombination doch mal was Neues. Und ja, wenn Sie schon darauf anspielen, es ist mir gelungen, im Fall der Leichenhändler und -schänder auf unserer Reise in den Kosovo den entscheidenden

Ermittlungshinweis zu liefern und damit diesem ekelhaften Geschäftsmodell, dem Verkauf von unsachgemäß präparierten Leichenteilen für medizinische Zwecke ein Ende zu setzen. Es war mir zudem vergönnt, Frau Terheyde dabei vor Angriffen auf Leib und Leben zu schützen. Ich habe meine Ausbildung als Detektiv nicht umsonst gemacht«, fügte er nach einer kurzen Pause pathetisch hinzu.

Gleich platzt er, dieser Gockel, dachte Iris. Hoffentlich bald. Sonst müsste sie noch unhöflich werden. Doch das wollte sie Linda nicht antun. Sonst hätte diese sich am Ende noch für ihre neue Mitarbeiterin schämen müssen.

»Die Kombination dieser Geschäftsfelder ist aber schon ziemlich ungewöhnlich«, wandte Linda ein, die die Schilderung von der Lebensrettung schon öfter gehört hatte. Max Trautmann hatte mit seiner Rolle in dieser Geschichte zu keiner Zeit hinter dem Berg gehalten. Und die ganze Angelegenheit war immerhin mehr als zwei Jahre her.

»Ach keineswegs, die Hauptsache ist, wir finden einen passenden Namen. Was halten Sie eigentlich von Galerie AbARTig, liebe Iris? Ist mir heute Nacht eingefallen«, antwortete Trautmann.

Die liebe Iris hegte inzwischen Mordgedanken. Sie bemühte sich jedoch um Haltung und tat betont interessiert, obwohl sie keineswegs daran glaubte, dass ein »Fall« der Grund für Trautmanns Auftauchen in der Buchhandlung war. Dafür kannte sie ihn zu gut. Er hatte die Nachricht von der gemeinsamen Galerie unter die Leute bringen wollen. Damit sie aus der Sache nicht mehr herauskam. Doch die Suppe würde sie ihm versalzen. Auch sie verstand sich darauf, Spielchen zu spielen. Zunächst jedoch musste sie endlich hier raus! »Nun, wenn es Neuigkeiten in unserem *Fall* gibt, lassen Sie uns gehen. Linda, kommst du den Rest des Vormittags ohne mich aus?«

Die Buchhändlerin war nicht begeistert, nickte aber.

»*Ich* könnte aushelfen«, bot sich Elena an. »Es ist ja Samstag, und der Laden macht ohnehin bald zu.«

Linda schaute noch weniger begeistert, nickte jedoch erneut.

»Worum geht es denn in diesem Fall?«, erkundigte sich Tanja.

»Das darf ich Ihnen leider nicht sagen, gnädige Frau«, säuselte

Trautmann. Tanja war ob der Anrede unübersehbar geschmeichelt. Diese altmodische Höflichkeit kam bei den Frauen an. Den Umstand, dass Iris zu seinem Namensvorschlag nichts gesagt hatte, ließ Trautmann unkommentiert.

»Na, dann wollen wir mal«, fuhr Iris dazwischen, in einem barscheren Ton, als sie eigentlich beabsichtigt hatte, legte ihre Schürze neben die Kaffeemaschine und schickte sich an, nach draußen zu gehen.

»Wieso siezen sich die beiden eigentlich, sie sind doch miteinander aufgewachsen, oder nicht?«, flüsterte Elena ihrer Freundin hinter dem Rücken der davoneilenden Iris zu. Auch wenn diese tat, als höre sie nichts, ging sie unwillkürlich langsamer.

»Sie hat mal gegen ihn ermittelt. Wegen Mordes. Als sie noch bei der Kriminalpolizei war. Da muss irgendwas zwischen den beiden passiert sein«, lautete Tanjas Antwort.

»Eine Galerie! *Und* ein Fall. *Wie in-te-res-sant*!«, sagte Elena jetzt wieder laut.

Iris konnte das langsam nicht mehr hören. Zumal Elenas Stimme eine weitere Oktave höher gestiegen war. Gleich würde sie in ihr crescendoartiges Kichern ausbrechen.

Hinter dem Paravent räusperte sich der alte Forstweiler und murmelte etwas vor sich hin. Es klang wie: »Faschiste, alles Faschiste sin das.« Mehr konnte Iris nicht verstehen, denn seine Stimme wurde wieder leiser.

Linda, die Iris zur Tür begleitete, rollte die Augen. »Alter Nörgler«, raunte sie.

»Ich han Sie genau ghört!«, krächzte Forstweiler im Idiom eines hörbar um hochdeutsche Aussprache bemühten Eidgenossen hinter dem Sichtschutz.

Iris stoppte und drehte sich um. Wo blieb Trautmann?

»Ja, nicht war?«, sagte der gerade mit stolzgeschwellter Brust zu Elena und riss die blauen Augen hinter der dicken Brille auf. »Der erste Fall für unser gemeinsames Detektivbüro.«

»Ja, aber was heißt hier ›unser *gemeinsames* Detektivbüro‹?«, erklärte Iris in sarkastischem Ton, bedachte ihn jedoch gleichzeitig mit einem gewollt treuherzigen Blick. »Wir müssen jetzt aber wirklich …«

Brav marschierte er in Richtung Tür und grinste. »Sagte ich schon, dass das Grau Ihrer Augen … oder ist es doch eher Blau? Nein, irgendwie Türkis bei diesem Lichteinfall. Ähäm.« Trautmann nahm die Brille ab und begann, sie umständlich zu putzen. »Ich habe da übrigens Räume im Auge. Anschauen könnten wir sie uns ja mal. Linda hat mich darauf aufmerksam gemacht. Die Firma May will den Komplex loswerden. Sie werden mit dem Preis runtergehen. Ich könnte unten sitzen und Sie mit ihrer Galerie im ersten Stock. Der Blick auf den Rhein ist von dort oben traumhaft.«

»Damit Sie unten die Leute erschrecken, wenn sie reinkommen? Da macht ja jeder auf dem Absatz kehrt.«

Er runzelte die Stirn. Hatte sie ihn tatsächlich verunsichert? »Das meinen Sie nicht ernst, oder?«

Iris ließ ihn einfach stehen und marschierte nach draußen.

»Was ist denn nun mit unserem ›Fall‹?«, blaffte sie Trautmann an, als er auf dem Bürgersteig zu ihr aufschloss. »Und erzählen Sie mir nicht, es gibt tatsächlich etwas Neues, und Sie haben einen ersten Kunden.«

»Natürlich nicht, es gibt gar keinen Fall«, räumte er ein, schien jedoch nicht den kleinsten Anflug eines schlechten Gewissens zu verspüren. »Ich wollte Sie nur einige Minuten ungestört für mich haben. Schließlich müssen wir ein gemeinsames Projekt auf die Beine stellen. Gehen wir doch einen Kaffee trinken. Sie sollten mir eigentlich danken, dass ich Sie von diesen beiden Schrapnellen befreit habe.«

Da hatte er recht. Aber das würde sie nicht zugeben. Außerdem waren diese beiden Schrapnellen möglicherweise eine Spur zu jemandem, den sie nicht kannte, und der gedroht hatte, Leute umzubringen, deren Namen sie ebenfalls nicht kannte. Seit die Amerikaner Osama bin Laden hingerichtet und gleich darauf im Meer versenkt hatten, spielten wieder alle verrückt. Die Behörden sahen unter jedem Stein einen Terroristen hervorkriechen, durch die Panikmache fühlte sich tatsächlich bald jeder durchgeknallte Aktivist dazu berufen, die Welt mit Gewalt zu retten. Aber *nicht hier*. Das würde sie verhindern. Die Menschen in dieser Gegend waren zwar manchmal sehr – na ja – kantig, die oben auf dem Wald sowieso. Aber im Wesentlichen neigte weder der gemeine Bewohner des Rheintales noch der typische Hotzenwälder zu überschäumendem Temperament. Von Prügeleien in besoffenem Zustand bei Vereinsfesten oder Fußballgrümpelturnieren mal abgesehen. Wenn es schwerer Verletzte gab, konnte man schon fast Gift darauf nehmen, dass ein Zugezogener mitgemischt hatte.

»Einen Kaffee hätten wir auch bei Linda haben können«, muffelte sie. Trautmann sollte nur ja nicht glauben, dass er mit seinen Ausreden einfach so davonkam. Und er durfte nicht merken, dass sie etwas Dringendes vorhatte. Nach dem Abend im »Rebstock« war klar, dass er nach wie vor ihre Nähe suchte und sich deshalb so an die Idee mit der gemeinsamen Galerie klammerte. Aber das konnte sie nicht zulassen. Schon allein, um ihren Seelenfrieden zu wahren, musste sie ihm aus dem Weg gehen. Sie verdrängte die Schmetterlinge im Bauch und dieses Kribbeln in der Herzgegend schnell wieder an den Ort ganz tief in ihrem Inneren, an dem sie ihre tiefe Sehnsucht nach Nähe unter Verschluss hielt. Nach seiner Nähe. Doch der Pfropfen hielt nicht, der Geist kam immer wieder aus der Flasche.

Iris rettete sich vor den ungewollten Gefühlen, denen sie bisher erfolgreich einen Namen verweigert hatte, in ihr altes Misstrauen. Er log jedenfalls ohne jede Schwierigkeit und ohne eine Spur schlechten Gewissens. Das hatte er ja soeben wieder unter Beweis gestellt.

Oder ahnte er etwas? Sie schuldete ihm irgendwann eine gute Erklärung für ihre Eile. Später. Wenn alles vorbei war, würde sie ihm vielleicht die ganze Geschichte erzählen. Wenn sie ihren Auftrag gut erledigte, würden am Ende alle dumm dastehen, die versucht hatten, sie auf diese Weise aufs Abstellgleis zu schieben. Sie ließ sich nämlich nicht so einfach abschieben. Außerdem: Am Ende eines Nebengleises stand immer ein Rammbock. Manchmal auch eine Rangieranlage. Um die Loks umzudrehen.

»Ich kann jetzt nicht«, beschied sie ihn. »Ich habe etwas anderes vor.«

Er schaute enttäuscht. »Ach, und ich dachte, wir sehen uns mal die Räume an. May ist doch gleich da vorn, wir kommen dran vorbei. Nur, um zu sehen, ob sie für uns überhaupt in Frage kommen.«

Er sagte dieses »uns« so merkwürdig … liebevoll. Nein!

»Die sind viel zu groß und zu teuer. So viele Ersparnisse habe ich nicht. Außerdem reichen auch kleinere Räume für eine Galerie. *Ich* brauche kein Internetcafé.«

Er sah so bedröppelt aus, dass er ihr schon fast wieder leidtat.

»Und ich kann wirklich nicht. Ich gehe … stemmen. Die Turnhalle in Rhina ist bestimmt schon offen.« Um Himmels willen, sie musste endlich lernen, sich bessere Ausreden auszudenken. Dauernd brachte sie sich in Teufels Küche. Jetzt brauchte sie für ihre Ausrede eine Ausrede.

»Sie tun *was*?«

»Ich gehe stemmen. Ich habe mich bei den Laufenburger Gewichthebern zum Schnuppertraining angemeldet. Oder meinen Sie, ich sollte mich vielleicht doch besser im Reißen üben?« Sie sah bedeutungsvoll an sich herunter. »Obwohl, stemmen und stämmig, das passt doch, oder?« Sie wandte sich ab. So, nun aber los. Jetzt war nicht die Zeit für Small Talk.

»Aber bei den Laufenburger Gewichthebern gibt es gar keine Frauen«, rief er ihr hinterher.

Sie drehte sich noch einmal um. »Jetzt schon.«

»Und sie trainieren mittwochs in der Rappensteinhalle.«

Mist. Ertappt.

Eine Erwiderung blieb ihr erspart, denn Tanja Gerber stürzte aus dem Buchladen, direkt auf Max Trautmann zu.

»Herr Trautmann, es ist furchtbar! Mein Mann hat gerade angerufen. Mein Vater ist verschwunden.«

Iris blieb stehen und drehte sich erneut um. »Schon wieder?« Es klang nicht gerade mitfühlend. Tanjas Vater, der alte Franz Örtler, schien Ausflüge zu lieben. Allerdings verlief er sich ständig, wusste nicht mehr, wo er sich befand. Er war dement, wie es so schön auf Neudeutsch hieß.

Tanja Gerber warf ihr einen giftigen Blick zu. »Bitte, können Sie ihn finden?«, beschwor sie Trautmann mit dem flehenden Blick eines kleinen Mädchens und packte ihn am Arm. »Sie sind doch Detektiv.«

Der machte seinen Arm frei, rückte seine Brille zurecht und nickte. »Lassen sie uns am besten in mein vorübergehendes Büro nebenan im Hotel Restaurant »Alte Post« gehen. Da habe ich mich am Stammtisch eingenistet, bis wir uns richtig eingerichtet haben.« Er warf Iris einen Blick zu, den sie nicht deuten konnte, nahm die erste Kundin seiner neuen Detektei behutsam, ja fast zärtlich am Ellbogen und marschierte mit ihr in Richtung »Alte Post«. Nein, eigentlich war Tanja Gerber die zweite Klientin. Die erste war wohl sie selbst gewesen. Auch wenn sie das wurmte, Trautmann hatte ihr damals im Kosovo wirklich das Leben gerettet. Dafür hatte der Fall auf andere Weise zu ihrem Untergang beigetragen. Ihr eigenmächtiges Handeln hatte sie – zwar mit einer Verzögerung, aber schließlich doch – irgendwie in die Lage gebracht, in der sie sich jetzt befand.

Johannes Forstweiler räusperte sich vernehmlich, nahm den Zahnstocher aus dem Mund, griff in seine Jackentasche, förderte ein Plastikdöschen zutage und steckte ihn hinein. Sodann machte er sich daran, die Zeitung zusammenzufalten. Erst den Mantelteil, dann den Kulturteil, dann den Lokalteil, dann die Wochenendbeilage. Und schließlich die Werbung. Die Volksbank lud zur Eröffnung ihres Neubaus im Laufenpark ein. Kik bot Babystrampler zum Minipreis an, der Neukauf Lebensmittel und allerlei Krimskrams. Mariniertes Putensteak war besonders günstig.

Anschließend erhob er sich ächzend, rückte seine Schirmkappe gerade, legte den »Südkurier« und die »Badische Zeitung« umständlich auf ihren Platz in der rechten äußeren Ecke des linken Tisches, und zwar so, dass bei beiden die Schlagzeilen noch zu lesen waren, und stapfte mit einem gemurmelten Gruß aus dem Laden: eine hochgewachsene, hagere, leicht nach vorne gebeugte Gestalt mit noch erstaunlich dichtem Haar, das in grauen Borsten unter der Kappe hervorstand.

Draußen blieb er stehen und sah sich um. Ah, da vorne war sie. Er holte das Plastikdöschen mit den Zahnstochern aus der Tasche, suchte sich einen aus und steckte ihn in den Mund. Seit zwei Tagen beobachtete er Iris Terheyde nun schon, doch er war unentschlossen. Vielleicht sollte er ihr erst mal folgen, ehe er sie ansprach. Womöglich war sie ja gar nicht die Richtige. Die Zeit drängte. Wenn die Heilerin im schweizerischen Laufenburg bezüglich Franz Örtler recht hatte, stand ein Menschenleben auf dem Spiel. Nun, am Montag würden sie vielleicht mehr wissen.

3

Eine Bombe! Iris spürte das aus früheren angespannten Situationen bekannte Ziehen der Dringlichkeit in der Magengrube. Sie machte sich auf den Weg in Richtung Altstadttor und sah auf die große Rathausuhr. Kurz nach elf. Sie blickte sich um.

Trautmann und seine Kundin Tanja Gerber waren nicht mehr zu sehen. Sie grüßte den alten Forstweiler, der vor Lindas Buchladen stand, plötzlich wild an seinem Zahnstocher kaute und irgendwie verdattert wirkte. Er hatte wohl gedacht, sie sei schon fort.

Nach etwa hundert Metern war sie beim alten Stadttor mit dem Rathaus im Obergeschoss angekommen. Es markierte den Beginn des mittelalterlichen Stadtkerns. Die deutsche Altstadt, einst die »mindere« Stadt genannt, bestand nur aus einer einzigen längeren Straße, die folgerichtig den Namen Hauptstraße trug. Der größte Teil, einst die »mehrere« Stadt geheißen, lag auf der Schweizer Seite des Rheins. Dort, am Fuße der Burg war Laufenburg vor mehr als achthundert Jahren entstanden, jenes romantische Gewirr von Gassen und Gässchen mit den Brunnen und den Türmen auf und hinter den einst sternförmigen Befestigungsanlagen, das sie so liebte. Damals hatte es die Ländergrenze noch nicht gegeben und nur eine, nicht zwei Städte namens Laufenburg. Über Jahrhunderte hinweg war die Region links und rechts der Laufenbrücke habsburgisch gewesen. Bis Napoleon gekommen war und der Rhein zur Grenze wurde. Fortan war Laufenburg eine geteilte Stadt.

Die Hauptstraße führte bergab an Iris' Appartement vorbei. Sie warf einen bedauernden Blick auf die Fenster über den Arkaden, hinter denen es lag. Jetzt ein Mittagsschläfchen, das wäre schön gewesen. Dann schaute sie schon fast automatisch auf die andere Seite der Hauptstraße, wo über dem Brunnen von dem Balkon, der zur Wohnung von Trautmann gehörte, die Geranien grüßten. Was war denn mit dem los? Früher hatte er Geranien, überhaupt Blumen, doch immer spießig gefunden. Kam er etwa in den zweiten Frühling? Wahrscheinlicher war allerdings, dass ihn das Altstadtkomitee so lange bearbeitet hatte, bis er die Kästen bepflanzte. Vermutlich hatte er es noch nicht einmal selbst gemacht, sondern es die hilfsbereite Tochter des Inhabers eines Sanitätshauses erledigen lassen. Oder nein, jetzt hatten sie ja neuerdings einen Gartenbaufachmann in ihren Reihen. Er hieß Helmut, soweit sie wusste. Den Nachnamen kannte sie nicht.

Iris setzte ihren Weg über das Kopfsteinpflaster fort und passierte, so schnell es ihre Kondition erlaubte, die denkmalgeschützte Rheinbrücke zur Schweiz, an der schon lange keine Zöllner mehr standen. Sie war seit dem Bau der Hochrheinbrücke im Osten der Stadt nur noch den Fußgängern und den Radfahrern vorbehalten. Weiter ging es, am Griechen vorbei, dann steil bergauf Richtung Haus Mariagrün und über die Bahngleise, die hier aus dem Dunkel des Rappensteintunnels auftauchten. Ab dem einstigen Westbahnhof, inzwischen ein Wohnhaus, war die Straße für Autos gesperrt – und Iris wie immer gehörig außer Atem. Sie hielt inne. Diese Hetzerei brachte auch nichts. Deswegen war Felix keinen Augenblick eher am Treffpunkt.

Iris verlangsamte ihren Schritt, schnaubte und verfluchte die ermittlungstechnische Gemengelage, in der sie sich befand. Sie saß nicht mehr an der Quelle. Es hatte damit angefangen, dass ausgerechnet Mathias Bleich Leiter der Mordkommission bei der Polizeidirektion Lörrach geworden war, jener Mann, der sie fünf Jahre zuvor schon aus der Polizeidirektion Waldshut weggeekelt hatte. Damals hatte der große M. alias Manfred Jäger, ihr väterlicher Freund und Mentor, sie in Lörrach aufgenommen und seine schützende Hand über sie gehalten. Doch nun war er in Rente. Und sie sah sich erneut ihrem ehemaligen Widersacher gegenüber, der offenbar nichts anders zu tun hatte, als sie unter immer neuen Vorwänden zu drangsalieren. Anfangs angeblich nur, weil sie unsportlich und nicht gut in Form war. Denn an ihren Ermittlungsergebnissen gab es nichts herumzumäkeln. Trotzdem hatte er ihr gleich nach seinem Wechsel nach Lörrach nahegelegt, sich versetzen zu lassen, hatte irgendwas von gestörtem Vertrauensverhältnis gemurmelt. Dabei ging es nur um eins: Er mochte es nicht, wenn ihm jemand widersprach, schon gar nicht jemand, der bessere Ermittlungsergebnisse vorzuweisen hatte als er selbst. Gut, sie war hin und wieder etwas … sperrig. Aber ein guter Chef, eine Führungspersönlichkeit, die diesen Namen auch verdiente, musste doch mit so etwas umgehen können. Mit dem großen M. hatte es solche Schwierigkeiten jedenfalls nicht gegeben.

Eine Weile hatten sie sich mit schöner Regelmäßigkeit angegiftet, mehr war nicht passiert. Iris hatte aber immer gewusst, dass Bleich die nächstbeste Gelegenheit ergreifen würde, um sie loszuwerden.

Und die war bald gekommen. Das Landeskriminalamt brauchte dringend V-Leute, die sich ins Lager der Aktivisten einschleusen ließen, die zu Tausenden gegen den geplanten unterirdischen Bahnhof Stuttgart 21 auf die Straße gingen. Und prompt hatte Bleich den Stuttgartern seine »hervorragende« Mitarbeiterin Iris Terheyde angedient. Gegen diesen Einsatz hatte sie sich noch erfolgreich wehren können.

Doch das Erdbeben samt Tsunami in Japan und das daraus resultierende Reaktorunglück in Fukushima sowie der Sieg der Grünen bei den Wahlen in Baden-Württemberg vor etwa zwei Monaten hatten alles verändert. Diesem alten CDU-Sack Bleich ging der Arsch auf Grundeis. Wie vielen anderen auch. Baden-Württembergs Exregierungspräsident Stefan Mappus von der CDU hatten sie einschätzen können. Einen grünen Regierungschef Kretschmann nicht. Und diesen jungen Sozi Nils Schmid auch nicht. Deshalb waren alle CDUler nervös. Besonders die in den Führungsebenen, in den Ministerien und auch bei den Justizbehörden. Plötzlich war eine andere Denke angesagt, auch bei den Ermittlungen und den daraus resultierenden Eingriffen in die Intimsphäre von Menschen. Denn hier gab es Ermessensspielräume. Und in welche Richtung durften die nun ausgelegt werden – hartes Vorgehen, eher Zurückhaltung? Da existierte doch dieser neue Trojaner, der sich leicht in anderer Menschen PC einschleusen ließ und der Möglichkeiten in sich barg, die – zumindest Iris' Meinung nach – nicht ganz legal waren.

Der Trojaner kam von ganz oben. In anderen Bundesländern wurde er bereits eingesetzt. Bundesländer, in denen es keine so dramatischen Umwälzungen auf Regierungsebene gegeben hatte. Denn genau in dieser für Baden-Württemberg so kritischen Zeit hatten die Amis Osama bin Laden erwischt. Zur offen zur Schau getragenen Genugtuung über diesen Triumph des Guten über das Böse gesellte sich die Angst vor Racheakten. Immer mehr Stimmen forderten ein weiteres Drehen an der Sicherheitsschraube.

Und das wiederum bedeutete für Leute wie sie, die nicht ins Schema F passten und sich auch ungern etwas befehlen ließen, zusammen mit diesem anonymen Drohbrief eine ausgesprochen ungünstige Gemengelage.

Das Schreiben, unterzeichnet mit *»Der Wächter«,* war am letzten Dienstag beim Landeskriminalamt eingetrudelt. Es hatte hektische Aktivitäten ausgelöst. Natürlich hatten sie sofort eine Sonderermittlungstruppe zusammengestellt. Dafür waren Beamte aus allen Polizeidirektionen am Hochrhein und aus der benachbarten Schweiz zusammengezogen worden. Das Bundeskriminalamt hatte sich ebenso eingeschaltet wie der Verfassungsschutz. Und alle gackerten durcheinander, scharrten und verbreiteten Hysterie. Weil niemand so recht wusste, wo anfangen mit der Suche nach diesem Durchgeknallten, der Leute umbringen wollte. Entscheider, Macher, Vorreiter, wichtige Leute wie Oettinger, den EU-Energiekommissar. Natürlich musste das alles streng geheim bleiben, um bei der Bevölkerung keine Panik auszulösen. Und natürlich durfte niemand erfahren, dass sie im Grunde einfach nicht wussten, was sie dagegen tun konnten. Was hätte denn das nach außen für einen Eindruck gemacht? Gerade jetzt, in dieser politisch so unsicheren Zeit. So sahen es jedenfalls die alten Seilschaften.

»Dann hörte ich, wie eine laute Stimme aus dem Tempel den sieben Engeln zurief: Geht und gießt die sieben Schalen mit dem Zorn Gottes über die Erde«, hatte der Typ geschrieben. Nicht handschriftlich, sondern via Computerausdruck. Es klang nach einem alttestamentarischen Zitat. Das war es irgendwie auch, obwohl es so nicht im Alten Testament stand. Denn der Satz stammte aus dem sechzehnten Kapitel der Apokalypse des Johannes. Das hatte sie gegoogelt.

Die Worte, die folgten, waren die des Absenders: *»Und so werde ich alle zerstören, die diese Erde zerstören. Verschandeln den, der die Natur verschandelt, tödliche Wunden schlagen jenen, die der Erde Wun-*

den zufügen, um eine Trasse für die A 98 durch die Natur zu ziehen, und Berge abtragen, um Pumpspeicherwerke zu bauen. Wehe Euch, Ihr Mörder der Natur. Auge um Auge, Zahn um Zahn. Erst drei, dann fünf, dann sieben, dann weitere. Bis das aufhört. Der Wächter. In memoriam Bruno Manser.« Dann folgte: *»Sucht dort: Energieunternehmen, Regierungspräsidium, Autobahn.«*

Anfangs hatte sie spontan lachen müssen. Sonst noch was? Das klang einfach zu übertrieben und selbstgerecht, einen solchen Fundi-Spinner konnte doch kein Mensch ernst nehmen. Auch wenn Iris das Gefühl durchaus teilte, dass der Erde immer wieder Wunden zugefügt wurden und sie manchmal am liebsten dazwischengeschlagen hätte. Doch dass jemand deshalb Menschen umbrachte … In ihren Augen war der Brief nichts als ein Warnschuss gewesen. Ein schlechter Scherz. Insgeheim hatte sie den selbst ernannten *Wächter* für ziemlich irre und harmlos gehalten. Bis vorhin, bis zum Anruf des Glücklichen.

Bruno Manser war ein Regenwaldschützer aus Basel, der als vermisst galt und ihres Wissens längst für tot erklärt worden war. Aber was bitte hatten die A 98 oder das geplante Pumpspeicherwerk mit dem Regenwald zu tun? Kam die Botschaft am Ende gar aus der Schweiz?

Quatsch. Die A 98 und das Projekt Atdorf lagen auf der deutschen Rheinseite. Die Schweizer hatten ihre eigenen Aktivisten, auch unter den Atomkraftgegnern. Selbst die konservativen Eidgenossen gingen seit Neuestem zu Tausenden auf die Barrikaden. Die Anti-AKW-Bewegung und die Bürgerinitiativen für Umweltschutz gewannen in Heidis Heimat, dem Mutterland des Käses, der Uhren und des Bankgeheimnisses immer mehr Mitstreiter. Die Schweizer planten mittlerweile ebenfalls den Ausstieg aus der Kernenergie. Es sollte einen Volksentscheid geben.

Sie hatten einen »Profiler« zurate gezogen, ihm das Schreiben gezeigt. Der Mann hatte gestern noch erklärt, der Absender könnte einer dieser linken grünen Fanatiker sein, die heutzutage wie die Pilze aus dem Boden schossen. Gestern. Da hatte diesbezüglich noch der Konjunktiv geherrscht.

Und jetzt, nach der Bombe? Jetzt lagen die Nerven wahrscheinlich nicht nur bei den Mitgliedern der Soko Wächter blank. Der

Verfasser des Schreibens hatte eindeutig mit Mord gedroht. Womöglich war am Ende ein Anschlag auf das Atomkraftwerk Leibstadt direkt jenseits des Rheins an der Schweizer Grenze geplant. Nicht auszudenken! Dann wäre die ganze Region auf Tausende von Jahren hinaus unbewohnbar. Wie in der Gegend um Fukushima.

Der *Wächter.* Dahinter konnte laut der Einschätzung von gestern auch eine Frau stecken. Iris wusste nicht, warum, aber für sie kam als Urheber einer solchen Drohung nur ein Mann in Frage. Frauen benahmen sich anders, wenn sie wütend waren. Sie dachten sich kleine, aber feine Gemeinheiten aus. Meistens jedenfalls. Oder nahmen Gift zur Hilfe. Das war statistisch belegt.

Selbst wenn es hier nicht um Menschenleben gegangen wäre – von zornigen Aktivisten hatten die Zuständigen beim Bundeskriminalamt, beim Landeskriminalamt, beim Verfassungsschutz und was es sonst noch so alles für Institutionen gab, die sich mit den Wutbürgern beschäftigen mussten, mehr als genug. Weitere Aufstände der Regierten gegen die demokratisch gefassten Beschlüsse der Regierenden waren um jeden Preis zu verhindern. Zumindest, bis klar war, wohin die Reise unter dem neuen Ministerpräsidenten ging. Es hatte sich schon mancher volksnah gegeben und später die Polizei die Kastanien aus dem Feuer holen lassen. Egal, ob es sich um Regenwald- oder Baumschützer beim Stuttgarter Bahnhof oder andere Kämpfer für die Natur handelte, die sich nicht mit demokratisch legitimierten Plänen abfinden wollten. Weitere Aufmärsche, über die womöglich die Presse berichtete – um Himmels willen nein, kein neues Stuttgart 21 am Hochrhein.

Doch der Widerstand hatte sich längst formiert. Noch verliefen die Aktionen gegen das geplante Pumpspeicherwerk Atdorf friedlich. Noch. Das bislang eher kleine Fähnlein der Aufrechten gegen die Baupläne des Schluchseewerks konnte sich schnell in eine tobende und nicht mehr zu kontrollierende Menschenmasse verwandeln. Was, wenn die Widerständler beschlossen, ein Protest-Camp auf dem Abhau einzurichten, um zu verhindern, dass der Berg wie ein Ei geköpft und ausgehöhlt wurde, damit das obere Staubecken gebaut werden konnte? Immerhin hatte die Bürgerinitiative Atdorf vierhundert Mitglieder. Allerdings waren die meisten bisher passiv geblieben. Dennoch. Aus kleinen Gruppen konnte schnell ein Aufruhr werden.

Iris erinnerte sich gut an Mathias Bleichs Gesichtsausdruck, als er ihr den Drohbrief unter die Nase gehalten hatte. Er wusste seine Chancen zu nutzen. Das Auftauchen dieses anonymen Briefes passte ideal zu seinen Bemühungen, sie loszuwerden. Dummerweise hatte sie ihn im Eifer ihres letzten Gefechtes laut einen selbstgerechten CDU-Sack genannt. Und ihn als Korinthenkacker tituliert. Aber das war doch kein Grund, gleich so auszurasten. Es war ihr einfach herausgerutscht. Dieser Mann machte sie aggressiv. Und um acht Uhr morgens hatte sie nicht den Nerv, sich mit Idioten gut zu stellen, sondern genügend damit zu tun, erst einmal richtig wach zu werden.

Bleich war erst rot und dann bleich geworden, bis hinauf zum Haaransatz, der kaum noch zu erkennen war, weil er sich wie viele eitle Männer in der Midlife-Crisis seinen Schädel rasiert hatte, um die beginnende Glatze zu kaschieren. Sein Wanst, den er immer einzog, um die Welt glauben zu machen, er habe einen Waschbrettbauch, hatte gezittert. Im Takt mit den Hängebäckchen seines Gesichtes.

Und dann war das Gewitter losgebrochen. Er hatte sie brüllend vor die Wahl gestellt: Entweder sie arbeitete künftig freiwillig als V-Frau, ließ sich also mit den Atdorf-Gegnern ein und spionierte sie aus, meldete brav alle links-, rechts- oder sonst wie radikalen Aktivitäten und Aktivisten, und vor allem: fand diesen durchgeknallten Fanatiker, ehe er tatsächlich noch jemanden umbrachte – oder sie flog hochkantig raus. Beamtin hin oder her. Wegen Beleidigung eines Vorgesetzten. Und Eigenmächtigkeiten im Dienst. Weil sie entgegen allen Anordnungen und unter Missachtung aller Vorschriften in den Kosovo gefahren war, um gegen diese Leichenschänder zu ermitteln. Auch wenn das jetzt schon mehr als zwei Jahre her war, er werde ihr, anders als der große M., das längst fällige Dienstaufsichtsverfahren wegen chronischer Unzuverlässigkeit und Verstoßes gegen Dienstanweisungen an den Hals hängen. Er würde sie in eine Lage bringen, die sich gewaschen hatte. Egal, womit. Er würde schon etwas finden, um ihr das Leben so schwer wie möglich zu machen.

Daraufhin war sie explodiert. Sie konnte sich nicht mehr an alle Schimpfwörter erinnern. Sie hatte ihm jedenfalls die Krätze an den Hals gewünscht. Was die Angelegenheit nicht gerade besser machte. Er hatte erklärt, sie sei ja völlig durchgeknallt, er werde sie psychiatrisch untersuchen und für verrückt erklären lassen. Und man werde sie in Frührente schicken. Es sei denn …

Mit vierzig. IN RENTE!

An die Polizeigewerkschaft konnte sie sich nicht wenden. Bleich war der Kreisvorsitzende.

Gleich darauf hatte Bleich auch noch von ihr verlangt, eine glaubwürdige Legende aus dem Hut zu zaubern. Da war sie auf die Idee verfallen, als Aushilfe bei Linda anzufangen. Sie wusste, dass die Buchhändlerin immer wieder Leute suchte. Linda hatte bereits am Nachmittag desselben Tages zugesagt und Iris gefragt, ob sie nicht gleich anfangen könne. Natürlich konnte sie.

In den vergangenen Tagen hatte sie es nicht geschafft, Hinweise darauf zu finden, wer der *Wächter* war oder wo sie ihn suchen mussten. Iris wusste, das wäre zu viel verlangt gewesen, ein Wunder geradezu. Doch nun war die erste Bombe hochgegangen, und sie mochte es nicht, wenn sie versagte. Auch wenn es eigentlich kein Versagen war, für sie fühlte es sich so an.

Verdeckte Ermittlerin, *undercover*, wie es auf Neudeutsch so schön hieß. So was machte sich nur in Filmen gut. Ohne die Kollegen im Rücken fühlte Iris sich irgendwie … ausgeliefert.

Iris war an der Turnhalle angelangt und hielt inne, weil sie trotz der inneren Anspannung unwillkürlich grinsen musste. Sie hätte den derzeitigen Leiter der Lörracher Mordkommission vielleicht wirklich nicht einen alten CDU-Sack nennen sollen. Sondern, eher neutral, schlicht und einfach einen Saftsack.

Sie sah sich um. Der Glückliche schien noch nicht da zu sein. *Er* gehörte zur Soko Wächter. *Sie* nicht, sie war nur noch die Zuträgerin. Da war er wieder, der bittere Geschmack im Mund.

»Naaa, so nachdenklich?« Martin Felix bog um die Ecke der Turnhalle, trotz des Drucks, unter dem er und die anderen nach dem Bombenfund stehen mussten, immer noch proper, immer noch nach der neuesten Mode gekleidet und gut aussehend. Scheinbar ungerührt, versehen mit dieser aufreizenden Ruhe, die sie anfangs immer wieder auf die Palme getrieben hatte. Inzwischen wusste sie, dass er keineswegs der Typ mit der Lotusschutzschicht war, an der alles abperlte. Noch immer aber war er nicht *ihr* Typ, dazu war er viel zu sehr Yuppie, doch … gut aussehend. Er hatte offenbar den Weg durch den Leimenacker und dann über den Hof der Hebelschule genommen.

»Was ist los? Wo habt ihr die Bombe gefunden? Hat es Verletzte gegeben? Tote?«

Er schüttelte den Kopf. Wie er sie so anschaute, hatte sie den Eindruck, dass er in den letzten Tagen älter geworden war. Die Falten um die Augen wirkten tiefer, ebenso die Linien um den sinnlichen Mund. Vielleicht, weil er die Augen zusammenkniff, denn er musste gegen die Sonne schauen. Möglicherweise war es aber einfach nur der Stress. Zu wenig Schlaf machte alt. Sonst sah er aus wie immer, die Nase war beinahe griechisch, die Augen dunkel, das Kinn markant und der Hintern in der immer sehr eng sitzenden Jeans ausgesprochen knackig. Felix, der Glückliche, lange Zeit ihr Assistent – und inzwischen irgendwie ein Freund.

Er war zum Kriminalhauptkommissar aufgestiegen. *Er* hatte geschafft, wovor sie sich immer gefürchtet hatte, als sie noch seine Vorgesetzte gewesen war. Er war an ihr vorbeigezogen, hatte seine Aussichten ausgebaut. Sie hatte keine derartigen Aussichten auf eine Polizei-Karriere mehr. Seltsamerweise empfand sie das in diesem Moment fast wie eine Erleichterung. Als sei eine Last von ihren Schultern genommen. Felix war ein guter Ermittler. Ihre Schule. Und nun so etwas wie ihr »Verbindungsmann« zur Soko Wächter. So änderten sich die Zeiten.

Ihre innere Ungeduld brachte sie fast um, aber nein, sie würde nicht noch einmal fragen. »Ich dachte gerade darüber nach, dass Sie wahrscheinlich zu spät kommen würden. Sie sind ja nicht gerade berühmt für Ihre Pünktlichkeit. Aber dieses Mal haben Sie es tatsächlich geschafft, die Uhr zu lesen«, raunzte sie stattdessen. Dann hielt sie es doch nicht mehr aus. »Also was ist jetzt? Spannen Sie mich nicht so auf die Folter.«

Er feixte. »Was habe ich Ihre kleinen Gemeinheiten vermisst. Ich wüsste gar nicht, was ich tun sollte, wenn ich nicht hin und wieder von Ihnen gepiesackt würde.«

Sie betrachtete ihn interessiert. »Tatsächlich? Dabei haben wir uns doch erst vor zwei Tagen gesehen. Nun, Ihre Entzugserscheinungen sind derzeit mein kleinstes Problem. Bekomme ich jetzt endlich eine Antwort?«

»Ist ja schon gut. Die Bombe war beim Verwaltungsgebäude der Schluchseewerk AG in Laufenburg-Rhina deponiert.«

Iris stockte der Atem. Damit musste sie die Drohungen wohl endgültig ernst nehmen, der *Wächter* hatte begonnen, wahr zu machen, was er angekündigt hatte. *»Sucht dort: Energieunternehmen, Regierungspräsidium, Autobahn.«* Die Schluwe war ja nun ganz sicher ein Energieunternehmen.

»Um Himmels willen«, sagte sie tonlos. »Das heißt, dass wir jetzt die gesamte Autobahntrasse nach Bomben absuchen müssen, Kilometer um Kilometer. Und sämtlichen Mitarbeitern im Regierungspräsidium Leibwächter verpassen? Ein Ding der Unmöglichkeit.«

Der Glückliche nickte. »Allerdings. Mit der Autobahn haben wir schon begonnen. Bisher nichts. Was das Regierungspräsidium betrifft, haben wir es vorerst Regierungspräsident Würtenberger überlassen, wen er von der Drohung in Kenntnis setzen will. Er selbst hat Personenschutz bekommen. Aber wir können unmöglich alle Mitarbeiter beschützen. Vielleicht ist es dann sogar besser, sie wissen nichts.«

Iris stöhnte. »Das stimmt. Na, da können wir uns warm anziehen. Ich hätte allerdings getippt, dass der *Wächter* was beim Besuch von Oettinger im Bad Säckinger Infocenter der Schluwe inszeniert. Nun sagen Sie schon: Ist jemand verletzt worden, hat es Tote gegeben?«

»Nein, es gab keine Toten. Wir haben den Sprengsatz unschädlich gemacht, ehe er hochgehen konnte. Er bestand aus einer laienhaft gebastelten Bombe, altem Sprengstoff und einer Zeitschaltuhr in Form eines vorsintflutlichen Weckers. Sie wissen schon, einer von denen mit zwei Glocken oben drauf, die sogar den Teufel aus der Hölle holen würden, wenn sie schrillen. Der *Wächter* hatte die Bombe zudem ziemlich schlecht versteckt: fast direkt neben dem Haupteingang der Schluchseewerke, zwischen den Steinen in diesem künstlichen Wasserlauf im Vorgarten. Ein Passant hat den Wecker ticken hören. Angestellte sind heute, am Samstag, ja nicht im Gebäude.«

»Woher wissen Sie, dass die Bombe vom *Wächter* stammt?«

Der Glückliche lachte freudlos. »Er hat es uns leicht gemacht. Im Turbinenrad des Wasserlaufs steckte ein Zettel.«

»Komisch.«

»Wieso komisch?«

»Na, wenn die Bombe hochgegangen wäre, dann hätte die Explosion auch das Turbinenrad zerrissen und den Zettel in die Luft geblasen. Das bedeutet, dass der *Wächter* entweder nichts von Sprengstoff versteht. Oder dass er es mit einkalkuliert hat und die Menge des Sprengstoffs so genau bemessen war, dass das Rad nicht in Mitleidenschaft gezogen worden wäre. Was war das denn für ein Sprengstoff?«

»Dynamit. Sehr altes Dynamit, um genau zu sein, nicht die gelatinierte Variante und auch keiner von den inzwischen verwendeten gelatinösen Ammoniumnitrat-Sprengstoffen.«

»Wie kommt jemand denn an so was?«

»Keine Ahnung, werte Kollegin.«

»Was meinen Sie, kennt der *Wächter* sich damit aus?«

»Wieso fragen Sie?«

»Na, die Verwendung dieser alten Dynamitform ist doch bemerkenswert. Im Internet kann heutzutage jeder nachlesen, wie man mit den richtigen chemischen Zutaten eine Bombe basteln kann. Aber er wählt einen veralteten, sicher schwer zu beschaffenden Sprengstoff. Also vermute ich, der *Wächter* wollte uns damit etwas sagen – genau wie mit der Stelle, an der die Bombe deponiert wurde. Vielleicht wollte er ja überhaupt nicht, dass sie hochgeht. Und das ganze Arrangement sollte nur eine Warnung sein, um uns zu zeigen, dass wir die Drohung ernst nehmen müssen.«

Er kniff die Augen zusammen. »Vermutlich haben Sie recht. Das ist übrigens auch die Meinung des Sprengstoffexperten. Das Ding lag ja zwischen den Steinen in diesem künstlichen Bachlauf. Feuchtes oder gar in Wasser getauchtes, nicht gelatiniertes Dynamit verliert seiner Auskunft nach langsam seinen Nitroglyzerinanteil. Das Nitroglyzerin kann sich dann auf Grund seiner Dichte unbemerkt in Senken, Pfützen oder was auch immer sammeln und unvorhergesehen explodieren. Aber Senken gibt es vor dem Gebäude des Schluchseewerks nicht. Nur diese offene und derzeit leere Attrappe eines Wasserlaufs, da kann sich nix sammeln wie in einer Senke.«

Iris nickte. »Das spricht alles dafür, dass der *Wächter* überhaupt nicht wollte, dass das Ding hochgeht.«

»Denke ich auch. Zumal wir das schriftlich haben, sogar vom Bombenleger selbst. Der *Wächter* hat übrigens einen ziemlich eigenartigen Sinn für Humor.«

»Was soll das nun wieder heißen?«

»Na ja, auf dem Zettel stand: ›*Mit herzlichen Grüßen vom Wächter. Beim nächsten Mal wird es ernst. Die Zeit läuft. In memoriam Bruno Manser.*‹«

»Ziemlich makaber. Habt ihr schon was über diesen Zettel herausgefunden?«

»Es war wieder ein Computerausdruck. In Verdana-Typografie. Und mit großer Wahrscheinlichkeit auf einem Epson-Tintenstrahldrucker gedruckt, einem Modell von 1995, meinen die Kollegen von der Kriminaltechnik. Aber mehr wissen wir nicht. Keine Fingerabdrücke. Ich fürchte fast, wenn das so weitergeht, müssen wir alle Haushalte der Region abklappern.«

»Hm. Und die verwendete Menge an Dynamit? Könnte die uns etwas über den *Wächter* sagen?«

»Vielleicht. Es war tatsächlich sehr wenig. Aber ob das Absicht war oder Unkenntnis … wir drehen uns im Kreis, bis wir den Typen selbst fragen können.«

»Gibt es sonst irgendwelche Hinweise?«

»Nichts, null, niente. Die Kollegen von der Kriminaltechnik haben den Sprengsatz selbstredend gründlich untersucht. Keine Fingerabdrücke, auch nicht am Wecker. Es ist ein altes Modell, der könnte von irgendeinem Flohmarkt stammen. Oder von Ebay. Das Papier ist übrigens dasselbe gängige Druckerpapier wie beim letzten Mal. Auch das lässt sich einfach im Internet bestellen. Was waren das noch für Zeiten, als die Menschen nur in ihrer Umgebung eingekauft haben, und das persönlich. Was die Suche nach der Herkunft des Dynamits betrifft … na ja.«

»Ihr sucht nur in der Region?«

Er seufzte. »Irgendwo müssen wir ja anfangen. Und wenn es für das Dynamit auch nicht gelten muss, ist es doch zumindest naheliegend, dass der *Wächter* aus der Region kommt. Dieser Irre hat sich in seinem Drohbrief schließlich ausdrücklich auf zwei Bauvorhaben hier in der Gegend bezogen.«

»Das klingt logisch.«

»Zustimmung aus Ihrem Munde, wow! Klar ist eigentlich nur eins: Er ist sauer aufs Schluchseewerk. Aber mit an Sicherheit grenzender Wahrscheinlichkeit eben auch auf andere.«

»Da dürften Sie recht haben. Die möglichen Opfer sitzen überall. Es verschandelt ja dauernd jemand die Umwelt. Abgeholzte Hänge, abgehackte Bäume …«

Felix lachte halbherzig. »Sie und Ihr Naturfimmel. Es ist wirklich wie die Suche nach der Nadel im Heuhaufen. Wir haben als einzigen wenigstens etwas konkreten Hinweis den Namen dieses Vermissten Bruno Manser und sind dabei, dessen Umfeld abzuklopfen. Der Bundesnachrichtendienst ist auch dran. Bisher kein Ergebnis. Aber wir haben einen Basler Journalisten aufgetrieben, einen Ruedi Suter, der ein Buch über Bruno Manser geschrieben hat. Den checken wir gerade. Es gibt da nämlich eine zeitliche … Koinzidenz.

»So, Koinzidenz. Sie können neuerdings auch Ausländisch?«

Er ging nicht darauf ein. »Das letzte schriftliche Lebenszeichen von Bruno Manser erhielt seine damalige Lebensgefährtin Charlotte Bélet im Juni 2000 in den Schweizer Jura geliefert. Der Postbote überbrachte ihr einen Brief aus Malaysia. Mit Marke, aber ohne Stempel. Er trug das Datum 24. Mai. Seit dem 25. Mai 2000 gilt Manser offiziell als vermisst, fünf Jahre später wurde er für verschollen erklärt. Niemand weiß, was aus ihm geworden ist. Sicher ist wohl nur, dass er im wörtlichen Sinne auf der Abschussliste von Leuten gestanden haben muss, die daran interessiert waren, ihn mundtot zu machen. Damit sie weiter ungestört den Regenwald von Borneo ausbeuten können. Das Datum seines Verschwindens jährt sich in der kommenden Woche zum elften Mal. Was ist, wenn ›in memoriam Bruno Manser‹ bedeutet, dass die angekündigten Anschläge am 24. oder am 25. Mai stattfinden werden?«

Iris schaute ihn erschrocken an. »Wenn es das bedeutet, hätten wir nur noch bis Dienstag, um den *Wächter* zu finden, bevor es kracht. Vielleicht bis Mittwoch. Himmelherrgott, das sind nur noch knapp drei, maximal vier Tage! Das ist so gut wie nicht zu schaffen. Aber wir müssen. Es muss uns gelingen, wenn wir eine Katastrophe verhindern wollen. Halleluja, das kann ja heiter werden.«

»So ist es. Manser selbst war für seine ebenfalls sehr radikalen Protestansätze bekannt. Das soll uns wohl zusätzlich kirre machen.«

Iris schüttelte den Kopf. »Ich finde das alles sehr seltsam. Was sollen der Autobahnbau und die Planungen für das Pumpspeicherwerk Atdorf mit einem verschwundenen Regenwaldschützer zu tun haben? Es sei denn, der *Wächter* will manche Leute auf dem Hotzenwald mit Mansers Schützlingen vom Stamm der Penan vergleichen. Nach dem Motto: alles Ureinwohner.«

Sein Mund verzog sich zu einem bemühten Lächeln. »Beten Sie lieber, dass uns hier nicht bald alles um die Ohren fliegt. Wer auch immer sich hinter dem Namen *Wächter* verbirgt, hat meiner Ansicht nach nicht alle Tassen im Schrank, ist also unberechenbar. Lassen Sie uns mal nachdenken, vielleicht haben wir gemeinsam einen Geistesblitz. Zum Beispiel, wo wir mit unserer Suche beginnen könnten.« Er hob abwehrend die Hände, als Iris etwas erwidern wollte. »Nein, bitte, nicht schon wieder eine Ihrer Frotzeleien über meine Denkfähigkeit. Jetzt nicht.«

Iris runzelte die Stirn. Wer immer ihnen diese Briefe schrieb, wusste genau, was er tat. Da war sie sich inzwischen sicher. Denn das behauptete ihr Bauch. Sie hatte sich damit abgefunden, dass dieser Körperteil manchmal mehr wahrnahm als ihr Kopf.

»Wir fühlen uns derzeit wie Sisyphos, klopfen neben unseren anderen Ermittlungen das Umfeld aller Entscheider in den Behörden ab, von der Landesebene bis hinunter zum Landkreis«, fuhr der Glückliche fort. »Und natürlich das der Verantwortlichen beim Schluchseewerk und bei den Müttern EnBW und RWE. Priorität hatte heute der Schutz von Günther Oettinger. Unser ehemaliger Landesvater wollte ja trotz Drohbrief seinen Besuch beim Schluchseewerk nicht absagen. Aber da ist nichts passiert, wie wir inzwischen wissen. Vielleicht, weil er seine eigenen Leibwächter im Schlepptau hatte. Der Verfassungsschutz hat zudem eine Liste von besonders gefährdeten Personen aufgestellt.«

Iris sackte der Magen vollends nach unten. »Geben Sie die Liste mal her.«

»Ich lese sie besser vor. Die Namen sind geordnet nach der Frage, womit unser *Wächter* die größte Wirkung erzielen, die meiste Aufmerksamkeit auf sein Anliegen lenken und außerdem die Planungen zu Atdorf oder den Weiterbau der A98 am wirkungsvollsten stoppen kann. Wir haben uns an dem Text des *Wächters* orientiert. *›Sucht dort: Energieunternehmen, Regierungspräsidium, Autobahn.‹* Nummer eins ist demnach wie gesagt Oettinger. Als er noch Ministerpräsident von Baden-Württemberg war, hat er nicht nur den Bau der A98 gefördert, sondern auch die Pläne des Schluchseewerks für den Bau eines weiteren Pumpspeicherwerks massiv unterstützt. Sein Nachfolger im Amt, Stefan Mappus, seit März ebenfalls Exministerpräsident, lag auf derselben Linie und steht ebenfalls auf der Liste. Dann wäre da noch Regierungspräsident Würtenberger als Leiter der Planfeststellungsbehörde. Er gilt bei Umweltschützern nicht gerade als ein Ausbund von Objektivität, was die Schluwe-Pläne betrifft.«

Iris nickte. »Mappus hat klammheimlich und am Landtag vorbei Aktien von EnBW für das Land zurückgekauft, als noch von der Verlängerung der AKW-Laufzeiten die Rede war. Betreibt EnBW nicht selbst zwei AKWs? Beziehungsweise betrieb, bis die Energiewende kam? Wenn ich mich nicht täusche, sollte der Atomstrom fürs Hochpumpen von Wasser ins neue Speicherbecken genutzt werden. Hab ich jedenfalls mal gehört. Ein Schelm, der Böses dabei denkt, meinen Sie nicht?«

Der Glückliche lachte bitter. »Mappus haben wir eine niedrigere Gefährdungsstufe zugeordnet als Würtenberger und Oettinger, weil er nicht mehr im Amt ist. Wir haben aber in Wahrheit einfach nicht genügend Leute.«

»Wer hat denn zugeordnet?«

»Na, der Verfassungsschutz, das sagte ich doch.«

»Und warum erfahre ich von dieser Liste erst jetzt? Wir haben uns zuletzt vor zwei Tagen getroffen, da wussten Sie doch sicher schon davon.«

Der Glückliche schaute unglücklich. »Anweisung von oben. Außerdem waren sich die Experten noch nicht ganz einig, wer alles draufsollte«, erklärte er unglücklich.

Falls er die Bitterkeit in ihrer Stimme mitbekommen hatte, ließ er es sich nicht anmerken. Aber es wäre wohl auch müßig, darauf einzugehen.

»Was ist mit dieser Tante, die demnächst den Runden Tisch moderiert, der die Gegner der Pumpspeicherpläne befrieden soll? Diese Michaela Hustedt? Steht die auch drauf?«

Er schüttelte den Kopf. »Nein, die ist ja selbst eine Grüne. Sie war von 1994 bis 2005 Bundestagsabgeordnete, soweit ich weiß. Angeblich will sie vierzig Teilnehmer aus Politik, Parteien, Verbänden und der Bürgerinitiative versammeln. Heiner Geißler und Stuttgart 21 lassen grüßen. Sie wird übrigens vom Schluchseewerk bezahlt. Aber diese Information ist nicht öffentlich. Deswegen gehört sie in den Augen des LKA vorerst noch nicht zu den besonders gefährdeten Personen.«

Iris stöhnte. »Sollte sie aber. Das ist zumindest meine Meinung. Vielleicht ist ja der Runde Tisch der eigentliche Grund, warum unser *Wächter* gerade jetzt aus seiner Höhle kriecht, und der Hinweis auf Manser soll uns nur ablenken. Vielleicht will er einfach nur Panik verbreiten und damit die Diskussion am Runden Tisch beeinflussen. Oder er nimmt sogar die Grünen aufs Korn.«

»Wenn Sie mich fragen: Könnte sein. Aber mich fragt ja keiner. Oder besser, niemand will es hören. Die Kollegen fanden das zu weit hergeholt. Ich glaube aber, wir sollten den Gedanken nicht einfach so abtun. Vielleicht will der *Wächter* auch unter den Umweltschützern die ausmerzen, die er für Verräter hält, oder diejenigen, die in Sachen Atdorf nach und nach einknicken.«

»Das werden wirklich immer mehr. Selbst das Freiburger Ökoinstitut hat sich inzwischen für das Pumpspeicherprojekt ausgesprochen.«

Martin Felix brummte zustimmend. »Meines Erachtens ist es durchaus denkbar, dass da irgendwo ein Fundamentalist sitzt, der fürchtet, dass die veränderte politische Lage den Bau eher begünstigt als verhindert. Möglicherweise hat genau *das* seine Wut derart geschürt, dass er in Aktion getreten ist. Vom Zeitpunkt könnte das hinkommen. Denn es stimmt schon: Warum gerade jetzt und nicht schon früher? Zum Beispiel während des Raumordnungsverfahrens für Atdorf? Vielleicht, vielleicht, vielleicht …«

Iris schluckte. »So wie es aussieht, könnte sich der Hotzenwald zum Austragungsort eines politischen Grundsatzkampfes entwickeln. Eine neue Allianz von Schwarzen, Grünen und Stromkonzernen propagiert Atdorf als unverzichtbar für die Energiesicherheit. Und das macht jemanden sehr zornig.«

»Könnte sein. Unser *Wächter* könnte zum Beispiel der Meinung sein, dass der Runde Tisch nur die Leute ruhig stellen soll. Dass es nicht um Ökologie, sondern rein um ökonomische Interessen geht. Dass unter dem Deckmäntelchen Ökologie ein nicht wiedergutzumachender Schaden an der Natur angerichtet werden soll.«

Iris zog die Nase kraus. »›*Erst drei, dann fünf, dann sieben, dann weitere*‹, stand in dem Brief. ›*Bis das aufhört.*‹ Müssen wir also zunächst von drei potenziellen Mordopfern ausgehen? Ich denke, davon hat er gesprochen. Dann, falls sich nichts tut, fünf. Dann sieben.«

»Sehe ich auch so. Außerdem: Die heiße Phase für das Bauvorhaben Atdorf kommt erst noch. Wenn die Pläne offen liegen und es um die Ausgleichsflächen geht. Ich frage mich sowieso, wo dieser landschaftliche Ausgleich für Atdorf *und* die A98 eigentlich herkommen soll.«

»Werter Kollege, was das angeht, kommen eben andere Gegenden Baden-Württembergs in den Genuss, dann werden die sogenannten Ausgleichsflächen in Form eines neuen Biotops oder einer Aufforstung zum Beispiel bei Karlsruhe entstehen. Im Zweifel fließt halt Geld. Aber das ist alles ziemlich vage. Gibt es denn bei euch wirklich so gar keine konkreteren Hinweise? Wenigstens einen klitzekleinen Anhaltspunkt?«

Martin Felix zuckte die Schultern. »Nein. Die Spur, in die ich die größte Hoffnung setze, ist die Überprüfung derjenigen, die sich via Internet oder Leserbriefen in irgendwelchen Kommentaren gegen Atomkraft, gegen Atdorf oder gegen Stuttgart 21 ergehen. Außerdem hetzen rechte Aktivisten auf ihrer Homepage gegen linke, und die wiederum outen die Rechten im Netz. Das erleichtert uns die Arbeit etwas.« Er grinste schief.

»Und was gilt für alle anderen? ›Es lebe der große Lauschangriff‹?«

Martin Felix ignorierte die Bemerkung. »Was halten Sie denn davon, einmal eine Liste all derer zu schreiben, die *Sie* sich als potenzielle Mörder vorstellen könnten? Sie kennen doch die Leute hier.«

Nun, keine Antwort war auch eine. »Vielleicht ist das gar keine schlechte Idee. Apropos – soll ich auch den Keltenforscher auf die Liste nehmen, der neulich via Leserbrief darauf hingewiesen hat, dass durch die Umweltzerstörung auch Feengebiete vernichtet werden?«

Der Glückliche hob die Augenbrauen. »Feengebiete?«

»Ja, Regionen, in denen Feen leben. Ist doch ein schöner Gedanke, dass es solche Gegenden bei uns noch gibt, oder?« Sie reckte das Kinn.

»Können Sie nicht einmal sachlich bleiben?«

»Sie sind gut. Ich muss mich in Kreativität üben. Ich bin schließlich auf dem besten Wege, eine erfolgreiche Galeristin zu werden. Blöderweise habe ich dabei auch noch Trautmann an der Hacke.«

»Sparen Sie sich Ihren Sarkasmus. Und was Trautmann betrifft: selbst schuld. Außerdem glaube ich, dass Ihnen das gar nicht so unrecht ist.«

»Grinsen Sie nicht so blöd. Sie Hauptkommissar. Sie hatten schon immer die Menschenkenntnis eines Igels.«

Er runzelte die Stirn. »Eines Igels? Was soll das denn heißen?«

»Kleines Hirn, stachelig, und im Fall von Gefahr rollt er sich zusammen und stellt sich tot.«

»Das ist jetzt aber nicht fair.«

Dieses Mal feixte sie. »Nein, nicht so ganz. Aber ein bisschen schon. Ich gehe übrigens morgen zur Demo bei Kleindöttingen unter dem Motto ›Menschenstrom gegen Atom‹ gegen das Schweizer KKW Beznau. Es haben jede Menge Schweizer, aber auch deutsche Umweltinitiativen zum Mitmachen aufgerufen, hundertneunundvierzig, glaube ich. Es sind auch einige von der Bürgerinitiative gegen das Pumpspeicherwerk Atdorf dabei, das stand im Laufenburger Mitteilungsblatt. Mal sehen, ob sich da etwas ergibt. Außerdem muss *ich* nicht mehr auf irgendwelche Landesgrenzen oder Bürokraten Rücksicht nehmen, nicht wahr?«

»Geben Sie zu, das ist praktisch.«

»Alles hat was Gutes, sagte meine verstorbene Mutter immer, wenn sie mal wieder den Liebhaber gewechselt hatte.« Sie biss sich auf die Lippe.

Er lachte, es klang gekünstelt. Dieses Weib war unmöglich. Es gab niemanden, der so penetrant sein, der ihn so schnell auf Hundert bringen konnte. Aber er bewunderte ihren Verstand und hatte in den Jahren der Zusammenarbeit gelernt, ihrem Instinkt zu vertrauen. Mochte sie auch widerborstig sein, er schätzte diese nägelkauende, sture Person. Irgendwie beneidete er sie sogar, weil sie sich nicht verbiegen ließ, weil sie es nicht allen recht machen wollte, weil sie sich weigerte, aus ihrem Herzen eine Mördergrube zu machen. Sie war, zumindest was ihre Vorgesetzten anbetraf, wahrlich kein Ausbund an Diplomatie.

Dabei konnte sie ganz anders. Sie war die beste Verhörspezialistin, die er kannte. Da machte ihr niemand so schnell etwas vor. Vielleicht gerade *weil* sie meist direkt auf den Punkt kam und sich nicht mit psychologischen Spielchen aufhielt, die inzwischen jeder Kriminelle aus dem Fernsehen kannte und deshalb auch irgendwie erwartete. Er hatte mehr als einmal beobachten können, dass sich der Überraschungseffekt zu ihren Gunsten ausgewirkt hatte.

Martin Felix verstand nicht, warum sie nicht mehr aus sich machte. Ein wenig Make-up über die großporigen Stellen neben der Nase, etwas Abdeckstift, um die Unregelmäßigkeiten des Teints zu kaschieren, und schon wäre sie recht ansehnlich. Natürlich müsste sie auch andere Kleidung anziehen, nicht diese Schlabbershirts, wie sie jetzt schon wieder eines trug. Sie musste endlich lernen, zu ihren Formen zu stehen. Es gab genügend Männer, die barocke Rundungen mochten. Außerdem musste sie aufhören, Nägel zu kauen, wenn sie nachdachte. Er hatte mehr als einmal versucht, mit ihr darüber zu reden. Sie hatte ihn jedes Mal gehörig abgebürstet.

»Na dann, wir sprechen uns. Ich muss.« Er nickte ihr zu und bog um die Ecke der Turnhalle, ohne ihren Abschiedsgruß abzuwarten.

Als der Glückliche verschwunden war, besah Iris sich den Aushang an der Rhinaer Turnhalle. »Achtzehn Uhr, Schnuppertraining für Gewichtheber« stand da. Sie seufzte. Schnuppern konnte sie ja mal. Schon, damit Trautmann nicht behaupten konnte, sie habe ihn angelogen. Sie las weiter. Ah, sie musste dafür tatsächlich in die Rappensteinhalle. Am Mittwoch. Trautmann hatte mal wieder recht gehabt.

Was war nun das Fazit des Gesprächs mit Felix? Sie stocherten im Nebel. Vielleicht kam ihr eine Idee, wenn Sie sich mal persönlich anschaute, was den *Wächter* am Autobahnbau eigentlich so wütend machte. Sie stapfte die Schulstraße bergauf, bog links in die Hohlgasse ein und marschierte dann über die kleine Schreienbach-Brücke Richtung Niederhof.

Sie war schon lange nicht mehr im Birkenfeld gewesen und erkannte das einst so idyllische Tal kaum wieder – nun ja, idyllisch jedenfalls, so lange man stoisch über den doppelten Strang aus 38-KV-Strommasten hinwegsah, der sich in Richtung Schweiz zum großem Umspannwerk von Swissgrid zog. Gebaut worden waren die Masten ursprünglich von der Energiegesellschaft Laufenburg, heute war die EGL nur noch einer von insgesamt acht Aktionären der Swissgrid, allesamt Schweizer Elektrizitätsunternehmen. Die EGL war nach dem Bau des Laufenburger Rheinkraftwerks in der zweiten Hälfte des 19. Jahrhunderts angetreten, um die Gegend mit günstigem Strom zu versorgen. Das Wasserkraftwerk erzeugte nicht nur Strom, es verband auch das deutsche mit dem Schweizer Ufer, denn es war das erste gewesen, das sie quer zum Fluss errichtet hatten. Um möglichst viel Leistung zu erzielen, waren damals die Laufenburger Stromschnellen gesprengt worden. Sehr zum Missfallen einer Bürgerinitiative. Die war eine der ersten Umweltbewegungen der Region gewesen, soweit Iris wusste. Ja, die Laufenburger hatten Übung im Protestieren.

Sie sah sich um. Bagger und Buddler hatten im Birkenfeld das Unterste zuoberst gekehrt. Erdhügel säumten, was einmal eine schmale asphaltierte Verbindungsstraße nach Niederhof gewesen war. Dort hatten sich schon wieder die ersten Pflanzen angesiedelt. Kamille krallte sich fest, trotzte der Trockenheit, die seit Wochen andauerte, und reckte die kleinen weißen Blüten. Wo sich früher Maispflanzen im Wind gewiegt hatten, erhob sich jetzt ein turmhoher Erdwall, auf dem eine einsame Walze parkte, abgestellt, bis der Fahrer am Montag wiederkommen und weiterwalzen würde, um die Fahrbahn für die Asphaltierung vorzubereiten. Der Rappensteintunnel im Osten, von einer Bürgerinitiative entgegen der ursprünglichen Pläne mit viel Einsatz erkämpft, war inzwischen so gut wie fertig.

Für einen Moment konnte Iris den *Wächter* und seine Wut fast nachvollziehen. Aber traurig darüber zu sein, dass dieses Tal so komplett umgekrempelt worden war, und mit Mord und Anschlägen zu drohen, war Zweierlei.

Iris wischte sich mit dem Ärmel den Schweiß von der Stirn. Die Sonne knallte auf den staubigen, mit einer dünnen Lage von kantigem Schotter bedeckten Boden und den knochenharten, rissigen Lehm am Straßenrand. Wie sollte das erst im Sommer werden! Sie machte schließlich dankbar im Schatten einer dieser neuen Unterführungen mit blauem Geländer Halt, die sie im Abstand von nur wenigen hundert Metern gebaut hatten, um wieder zu verbinden, was der Wall der Autobahntrasse durchschnitt. Auf der linken Seite plätscherte ein kleiner Bach, nein, eigentlich ein klägliches Rinnsal, in einem neuen, künstlich angelegten Bett zu Tal. Die Bruchsteinquader der Uferbefestigung waren noch nackt und grau, kein Moos, kein Grün war zu erkennen. Der Beton der Unterführung hingegen war nicht mehr nackt. *Fuck you, scheiß Niederhofer!* hatte jemand daraufgesprüht.

Iris lehnte sich gegen die Wand. Die Kühle war angenehm im Rücken. Anfangs hörte sie nur ihr eigenes Schnaufen. Dann richtete sie sich etwas auf, und … Tickte da etwas? Sie schüttelte den Kopf. Blödsinn. Doch das Geräusch verschwand nicht. Es klang wirklich wie ein Ticken. Sie versuchte zu ergründen, woher es kommen konnte. Und schließlich fand sie die Quelle. Zwischen zwei größeren Bruchsteinen lag etwas. Sie bückte sich, um es näher in Augenschein zu nehmen, und fuhr zurück. Eine Bombe! Eine ziemlich ungeschickt gebaute Bombe, aber dennoch. Darin, wie die Karte in einem Strauß, steckte ein Zettel. *»Dies ist die dritte und letzte Warnung«*, stand darauf. *»In memoriam Bruno Manser. Der Wächter.«*

Iris nahm ihn an sich und griff in die Hosentasche. Verflucht, sie hatte ihr Handy vergessen! Sie begann zu rennen. Sie musste ins nächste Haus, die Polizei und die Feuerwehr alarmieren.

Ein alter Mann kam ihr entgegen. Iris' geschulter Blick der erfahrenen Ermittlerin erfasste die Gestalt. Etwa achtzig Jahre alt, untersetzt, blaue Augen. Trotz der sommerlichen Temperaturen trug er einen Anorak, die Kapuze bis weit ins Gesicht gezogen, aber nur eine kurze Hose. Iris konnte auf die Schnelle nicht ausmachen, ob es eine Shorts oder eine schwarze Unterhose war. Daraus ragten dünne Säbelbeine hervor. Er trug schwarze Socken und darüber karierte Hausschlappen. Der Mann wirkte verwirrt, wedelte mit den Händen in der Luft herum und schimpfte laut vor sich hin. War das nicht … Ja, tatsächlich, der vermisste Alte, Franz Örtler, Tanjas Vater.

»Lumpenpack, Blutsauger, Diebesgesindel, alles Verbrecher!«

Sie versuchte, ihn mit sich zu zerren. »Halt, gehen Sie zurück, da vorne ist eine Bombe.«

Er sperrte sich, murmelte etwas, das sie nicht verstand. Eigentlich war er aber auch weit genug von der Gefahrenstelle entfernt. »Sie bleiben hier stehen! Hören Sie mich? Haben Sie mich verstanden?«

Er nickte.

Iris sah ihn einen Moment prüfend an. War er zu durcheinander oder hatte er begriffen, was sie gesagt hatte? Sie war nicht sicher. Immerhin hatte er reagiert. Sie musste es riskieren und schnellstens die Kollegen informieren. Ehe noch mehr Menschen hier entlangliefen und in Gefahr gerieten. Um den alten Mann würde sie sich später kümmern.

Während sie rannte, dachte sie über die Botschaft nach. *»Dies ist die dritte und letzte Warnung.«* Was sollte das bedeuten? Die erste Bombe schien keine wirkliche Gefahr gewesen zu sein. Wollte der *Wächter* damit sagen, dass es jetzt ernst wurde? Dass er beabsichtigte, künftig Menschen in die Luft zu jagen? Und wieso überhaupt die *dritte*? Abgesehen von dieser hatten sie nur die Bombe beim Schluchseewerk gefunden. Das waren zwei Bomben, nicht drei. Allerdings … *›Sucht dort: Energieunternehmen, Regierungspräsidium, Autobahn.‹* Es stimmte, das Wort Autobahn hatte der *Wäch-*

ter als Drittes genannt. Hatte er also als zweite Warnung einen Anschlag auf das Regierungspräsidium in Freiburg geplant gehabt? Auf den Regierungspräsidenten selbst? Glücklicherweise war der ja gewarnt. Trotzdem, kompletten Schutz gab es nicht. Und der *Wächter* konnte sich ebenso gut jemanden anderen aussuchen. Oder einen anderen Ort, der sich auf das Regierungspräsidium bezog. Das hatte er beim Schluchseewerk ja auch getan.

Iris bemerkte nicht, dass Franz Örtler ihr nachschaute. Sein Blick war klar.

4

Max Trautmann war müde von der Suche nach dem alten Örtler. Er hatte all die Stellen abgeklappert, die Tanja Gerber ihm genannt hatte. Nichts. Er klappte den Aktenordner auf. Hier sortierte er alles ein, was unter Umweltgesichtspunkten relevant sein könnte. Umwelt war das Thema der Zeit. Doch er musste sich beschränken. Es war einfach nicht möglich, alles zu sammeln, was dazu veröffentlicht wurde. In seinem Schlafzimmer lagen die Zeitungen an einer Wand schon kniehoch.

Der Drucker ratterte und spuckte die beiden Meldungen des Landkreises Lörrach aus, die er abheften wollte. Er war und blieb eben ein Fan des Papiers. *»Seit Wochen kaum Regen – die Situation für die Gewässer im Landkreis wird zunehmend kritischer … ansteigende Konzentrationen der Schmutzstoffe … und damit absinkende Sauerstoff-Gehalte – all dies setzt nicht nur den Fischen, sondern auch den Kleinlebewesen in und an den Gewässern zu.«*

»Auch die nächsten Tage ist kaum Regen in Sicht, die angekündigten Gewitter mit lokalen Schauern werden die Lage nicht wesentlich bessern …«

Trautmann hatte keine Ahnung, ob er diese beiden Meldungen jemals benötigen würde. Aber seit er sich vor mehr als zwei Jahren vom Autor von Westernromanen zum Detektiv hatte umschulen lassen, sammelte er Nachrichten praktisch aus beruflichen Gründen. Vielleicht konnte er sie außerdem einmal nutzen, um Krimis zu schreiben. Diese Westernromane um seinen immer heldenhaften Helden Peter West hingen ihm sowieso zum Hals raus.

Und irgendwann, wenn sie sich einmal als nicht so widerborstig erwies, würde er dies alles Iris Terheyde zeigen. Vielleicht wäre sie dann beeindruckt. Wenigstens ein wenig.

Sie wich ihm wieder einmal aus. Dabei hatte sich doch alles so gut angelassen.

Trautmann war sicher, dass sie ihm etwas verschwieg. Er kannte sie gut genug. Hinter der angeblichen Kündigung, dem Traum von der eigenen Galerie und dieser plötzlichen Anstellung als Aushilfe in Lindas Buchhandlung steckte mehr, eine Gefahr, über die sie nicht sprach. Er hatte sie noch nie so verletzt und wütend gesehen wie vorgestern Abend, als er ihr im Rebstock über den Weg gelaufen war. Er sah sie wieder vor sich, wie sie am Katzentisch mit einem leeren Rotweinglas vor sich, schon halb betrunken, neben der Tür zur Rheinterrasse saß und den nächsten Schlegel bestellte. Es war ganz sicher nicht der erste Schnaps und der erste Rotwein gewesen. Und das war so gar nicht ihre Art. Er wusste aus eigener Erfahrung, dass sie es hasste, die Kontrolle über sich zu verlieren. »Lasch mich in Ruh!«, hatte sie ihn anfangs mit schwerer Zunge angefaucht. Und dann doch von ihren Plänen erzählt.

Da hatten bei ihm alle Alarmglocken geschrillt. Das war nur die halbe Wahrheit. Sie war in Gefahr!

Schon allein bei diesem Gedanken stellten sich ihm die Härchen an den Armen auf. Sie war nun einmal sein Gänseblümchen, ob es ihr gefiel oder nicht. Mochte sie auch noch so widerborstig sein. Oder sich so geben. Doch er hatte genau gewusst, dass sie ihm nicht mehr erzählen würde. Je mehr er in sie drang, umso bockiger hatte sie reagiert. Also hatte er ihr den Vorschlag unterbreitet, in der Galerie auch eine Detektei aufzumachen.

Er wusste, dass auch er ihr nicht gleichgültig war. Er spürte es einfach. Und dann wieder dachte er, er würde sich das alles nur einbilden. Weil er es sich so sehr wünschte.

»Akazie blüht,
doch ich steche mich
an einem Dorn.«

Max Trautmann seufzte. Ja, so war sie. So hatte sie sich in seine Gefühle geschlichen und sich darin festgekrallt. Sperrig, kratzbürstig, unberechenbar. Im einen Moment offen und herzlich, im nächsten verletzend, immer dann, wenn er schon begann, Hoffnung zu schöpfen. Wie eine Mimose, ein Pflänzchen »Rühr mich nicht an«, das bei der kleinsten Berührung die Blätter einrollte. Er konnte die Haikus schon nicht mehr zählen, die er über sie geschrieben hatte, hatte sich aber inzwischen damit abgefunden, dass er sie ihr nie würde zeigen können. Das war frustrierend. Sehr.

Noch frustrierender jedoch wäre eine Welt ohne sie. Das war seine größte Angst. So etwas hatte er schon einmal erlebt. Damals, als seine geliebte Stiefschwester Klara Selbstmord begangen hatte und damit einfach aus seinem Leben verschwunden war. Als Iris nach dem Selbstmord und dem Tod des Stiefvaters gegen ihn ermittelt hatte. Damals hätte etwas aus ihnen werden können. Beinah jedenfalls. Trautmann wusste, dass das schon an Paranoia grenzte. Er hatte panische Angst, dass das, was hinter Iris' Veränderung steckte, sie dazu veranlassen könnte fortzugehen, weg aus der Wohnung, die der seinen direkt gegenüber lag, und fort aus seiner Welt. So wie Klara.

Er blätterte zurück und überflog die Überschriften zum geplanten Pumpspeicherwerk Atdorf. Der Artikel *»Pannen bei der Planung«* stammte aus dem »Südkurier« vom 28. April 2011. Zur Sicherheit hatte er ihn auch noch im Internet gegoogelt und dazugeschrieben, wo er online zu finden war: http://www.suedkurier.de/region/hochrhein/bad-saeckingen/Pumpspeicherwerk-Atdorf-Pannen-bei-der-Planung;art372588,4855938.

Außerdem gab es da noch die Artikel zu Arsenfunden im Sondierungsstollen, die er online gefunden, heruntergeladen und dann ausgedruckt hatte.

Ein mächtiges Krachen hallte durch die Laufenburger Hauptstraße, die Scheiben seiner Wohnung klirrten. Max sprang auf und rannte auf den Balkon. Nein, nichts, die Gebäude links und rechts der Kopfsteinpflastergasse standen da wie vorhin, friedlich und mit sonnenbeschienenen Dächern. Noch immer plätscherte der Brunnen unter seinem Fenster. Auch gegenüber, im Neubau, in dem Iris über den Arkaden wohnte, war alles still. Doch irgendwo musste es eine große Explosion gegeben haben.

Da hörte er auch schon ein Martinshorn, gefolgt von weiteren. Dem Schall nach fuhren sie auf der Bundesstraße in Richtung Westen. Er beschloss, der Sache nachzugehen, und schaltete den Polizeifunk ein. Der Sender rauschte, die Stimmen waren schwer zu verstehen. Hier in der Altstadt bekam er die Frequenz nur schlecht herein. Doch wenn er die Wortfetzen richtig interpretierte, dann orderte die Leitstelle Feuerwehrautos und einen Notarzt zu einer der neuen Unterführungen im Rhinaer Birkenfeld.

Was war da passiert? Hatte Iris nicht gesagt, dass sie nach Rhina wollte? Zur Turnhalle. Eigentlich hatte er angenommen, dass das nur eine Ausrede gewesen war. Damit er ihr nicht folgte? Ihm wurde kalt. Zu Fuß? Mit dem Auto? Er entschied sich für die Variante Fahrrad.

Schon unten an der Jahnstraße hatten sie die Zufahrt zum Birkenfeld abgesperrt. Also nahm er den Weg über die Schulstraße. Bei der Brücke über den Schreienbach standen ebenfalls Polizisten. Doch Trautmann kannte sie. Und so ließen sie ihn nach einigem Hin und Her schließlich durch. Allerdings trug es ihm einen erstaunten Blick ein, als er erklärte, er müsse unbedingt Kriminalhauptkommissarin Terheyde sprechen. Sie warte schon auf ihn. Das war ein Schuss ins Blaue gewesen. Und doch ein Treffer. Kein Widerspruch, als er von der Kriminalhauptkommissarin gesprochen hatte. Sie war da. Hieß das, die Geschichte mit der Kündigung war von A bis Z erstunken und erlogen? Er hatte es doch geahnt. Sie verheimlichte etwas.

Als sich Trautmann der Unterführung näherte, konnte er die Feuerwehrautos schon von Weitem sehen. Auch ein Notarztwagen stand da. Und der Wagen des DRK. Dazu viele Männer in Feuerwehruniformen und die wohl unvermeidlichen Schaulustigen. Das Einzige, was nicht mehr stand, war die Unterführung. Statt des blauen Geländers klaffte ein Loch im Beton, der Wall darüber war zusammengebrochen. Am Boden unter dem Loch türmte sich ein Haufen Schutt. So wie es aussah, hatte jemand die Unterführung mit einer gehörigen Portion Dynamit in die Luft gejagt. Oder mit was auch immer.

Aufgeregte Schreie gellten ihm entgegen. »Schnell, schnell, hier liegt er!«

Über die Baustellenauffahrt rollte ein Bagger heran.

Max Trautmann begann zu rennen. *Er*, die Stimme hatte *er* gesagt. Also ging es ihr gut. Dann sah er sie. Iris Terheyde stand ein wenig abseits, bleich wie die Wand.

»Was ist hier los?«, japste er, als er sie erreicht hatte.

Sie benötigte einige Augenblicke, bis sie auf seine Frage antworten konnte, schaute ihn im ersten Moment an, als komme er vom Mars. »Eine Bombe.«

»Eine Bombe? Aber wer sollte ...« Als er sah, wie sie sich auf die Unterlippe biss, brach er ab. Sie hatte wohl schon zu viel gesagt, mehr als sie hatte sagen wollen oder dürfen. »Ich bin sehr froh, dass Ihnen nichts geschehen ist«, meinte er deshalb leise.

»Danke«, antwortete sie und blickte ihn an. »Danke. Es tut gut zu wissen, dass es jemanden kümmert.«

Er wusste, er machte jetzt besser keine Bemerkung dazu. Sonst zerstörte er diesen winzigen Keimling der Nähe.

Er sah sich um. »Wer ist verletzt?«

»Ein Sprengstoffexperte, er wollte die Bombe entschärfen. Er hatte gerade damit begonnen, da ging sie in die Luft.« Sie schaute an ihm vorbei. »Wenn ich die Bombe nicht gefunden und Alarm geschlagen hätte, wäre wahrscheinlich niemand zu Schaden gekommen. Es ist Samstag, da ist niemand auf der Baustelle. Nun liegt ein Mensch unter den Trümmern. Und ich bin schuld.« Das klang jämmerlich.

»Das sind Sie nicht! Natürlich haben Sie Alarm geschlagen, wer hätte das nicht?«

Sie senkte den Kopf. Er begriff, sie wollte nicht, dass er sah, wie ihr die Tränen in die Augen stiegen.

Trautmann blickte sich um, bemüht, einen Ansatz für ein anderes Thema zu finden. Er räusperte sich. »Da, sehen Sie mal, der alte Forstweiler. Was macht der denn da? Und da ist ja auch der Mann, den ich suchen sollte, Tanja Gerbers Vater. He, die Greise scheinen sich heftig zu streiten. Was ist denn jetzt los?«

Sie schaute hoch. »Franz Örtler ist mir vorhin schon über den Weg gelaufen. Kurz nachdem ich die Bombe gefunden hatte. Der arme Mann, er ist völlig verwirrt. Da, schauen Sie, sie streiten nicht, Forstweiler versucht, ihn von hier wegzubekommen. Wahrscheinlich will er ihn nach Hause bringen.«

Johannes Forstweiler zerrte tatsächlich Franz Örtler am Ärmel und redete heftig auf ihn ein. Es sah fast aus, als flehe er ihn an, endlich weiterzugehen. Örtler wurde lauter. »Scheißescheißescheiße«, brüllte er.

»Was halten Sie davon, wenn wir Herrn Örtler heimbringen?«, fragte Trautmann. »Sie können hier nichts tun, bis die Bergungsarbeiten abgeschlossen sind. Die wissen, wo Sie zu finden sind, wenn sie eine Aussage von Ihnen benötigen. Außerdem denke ich, dass wir jetzt beide einen Schnaps vertragen können.«

Iris reagierte nicht. Sie war mit ihren Gedanken wieder einmal woanders, hatte ihn komplett vergessen. Wahrscheinlich der Schock.

Trautmann ging zu den beiden alten Männern. »Kommen Sie, Herr Örtler, beruhigen Sie sich. Ihre Tochter sucht Sie schon. Wir gehen jetzt zu mir, und dann rufe ich bei ihr an, damit sie Sie abholen kommt. Danke, Herr Forstweiler, dass Sie sich um Herrn Örtler gekümmert haben. Wieso sind Sie eigentlich hier?«

Der alte Hagestolz murmelte etwas von »Mittagsspaziergang«. Seine Augen hingen an Iris Terheyde. Dann nickte er, als sei er zu einem Schluss gekommen. »Muss jetzt heim. Heim ins Heim.« Er lachte rau und wandte sich an den alten Örtler. »Tschau, Franz. Mir g'sehn eus.« Damit stapfte er in Richtung Rhein und Altstadt.

Franz Örtler hielt in seinen Schimpftiraden inne und nickte fast unmerklich. Johannes Forstweiler sah es nicht mehr.

Während sich Örtler nunmehr widerstandslos von Trautmann zu Iris geleiten ließ, stellte dieser plötzlich fest: Er hatte neue Fragen dazubekommen. Was hatte das Gänseblümchen in Rhina gewollt? Wieso ließ hier jemand eine Bombe hochgehen? Hatte sie vorher davon gewusst, oder warum war sie hergekommen? Nun, er würde der Geschichte schon auf den Grund gehen. Wozu war er schließlich Detektiv?

»Ich kann nicht«, sagte Iris in diesem Moment. »Ich muss doch wissen, was mit dem Mann ist.«

»Wir können später bei Buchmann auf dem Posten Laufenburg anrufen. Er hat schon mit Ihnen zusammengearbeitet und gibt Ihnen bestimmt Auskunft«, meinte er sanft.

Sie senkte den Kopf und widersprach nicht mehr. Zum ersten Mal, seit er sie kannte, ließ sie sich von ihm führen. Auch das schob er auf den Schock. Örtler trottete hinter ihnen her.

Schweigend marschierten sie durch die Unterführung unter der Bundesstraße hindurch und über die Zimmermannstraße, am Westbahnhof vorbei, Trautmanns Fahrrad immer zwischen sich. Dann weiter bis kurz vor das Waldtor, bei dem sie beide wohnten.

Der Einzige, der während des Fußmarsches unentwegt brabbelte, war Franz Örtler. Er schimpfte vor sich hin. Was er genau sagte, war bis auf wenige Wortfetzen nicht auszumachen. »Faschisten«, verstand Max Trautmann. Und dass demnächst die Kommunisten kämen und Rache nähmen. Wofür, das ließ sich nicht ergründen.

Weder Iris noch Trautmann versuchten, ihn zu beruhigen. Örtler stromerte fast täglich nörgelnd und schimpfend durch die Laufenburger Altstadt, über die Rheinbrücke hinüber in die Schweiz und denselben Weg zurück. Er war bekannt dafür. Alle Laufenburger, selbst die Kinder, betrachteten ihn mit lächelnder Nachsicht und Mitleid. Dieser Mann war einmal ein hohes Tier auf dem Landratsamt gewesen, eine Respektsperson. Ein Mensch, dessen Meinung etwas galt.

Und nun? Nun war er nur noch ein alter Mann mit Säbelbeinen, rosigen Bäckchen und einem Kirschmund in einem Gesicht, das geformt war wie einer dieser Smileys. Für sein Alter hatte er bemerkenswert wenige Falten. Außer auf der Stirn, doch da konnte man sich auch täuschen, denn er hatte sie praktisch ständig in verärgerte oder besorgte Falten gelegt. Über den stahlblauen Augen unterbrachen borstige dichte Augenbrauen die runden Formen. Sie standen unternehmungslustig nach oben und bildeten einen merkwürdigen Kontrast zu den Apfelbäckchen.

Bis auf die Beine war auch Örtlers Figur eher rund und untersetzt. Er trug normalerweise statt der Boxershorts eine am Hintern und an den Knien abgewetzte braungrüne Breitripp-Cordhose, bunte Hosenträger mit Biene-Maja-Motiven darauf, die wohl eher für Kinder gedacht waren, und ein gelbes Hemd. Wenn Trautmann Franz Örtler sah, fühlte er sich aus einem für ihn selbst unerfindlichen Grund immer an eine Comic-Serie erinnert, die heutzutage kaum noch jemand kannte: »Herr Rossi sucht das Glück.«

Iris weigerte sich strikt, mit in Trautmanns Wohnung zu kommen und auf den Schreck einen Schnaps zu trinken. Sie habe noch etwas vor, erklärte sie. Sie müsse aufs Polizeirevier, um ihre Aussage zu machen. Und das könne sie wohl schlecht mit einer Schnapsfahne tun.

Trautmann schluckte die Enttäuschung hinunter, warf einen Blick auf das seit einiger Zeit dekorierte Schaufenster neben seiner Haustür. Im Erdgeschoss hatte sich nach langem Leerstand die Filiale eines Bad Säckinger Bestattungsinstituts eingerichtet. Die werden wohl nicht so bald wieder verschwinden, dachte Trautmann in Anbetracht der vielen leeren Ladenfenster in der Altstadt. Solange es Menschen gab, würden auch welche sterben. Er schloss die Haustür auf. Franz Örtler bruddelte weiter vor sich hin und ächzte, während er sich hinter ihm die schmale Treppe zu seiner Wohnung emporquälte.

Trautmann konnte sich trotz der leeren Altstadtläden und der von Lärm erfüllten Zeiten zu Fasnacht oder wenn mal wieder ein Fest in der Altstadt war, keinen besseren Ort zum Leben vorstellen als das romantische Laufenburg. Zumindest seitdem die Autos sich nicht mehr über die Laufenbrücke und durch die engen Gassen den Berg hinaufdrängten, sondern über die neue Hochrheinbrücke im Osten fuhren. Gut, sie war nicht mehr wirklich neu, schon mehrere Jahre alt. Trotzdem freute er sich noch immer an den so positiv veränderten Verhältnissen. Wenn er sich einsam fühlte, ging er auf seinen Balkon, lehnte sich zwischen den Geranienkästen ans Geländer und beobachtete die Tagestouristen und die Radfahrer. Manche strebten der Laufenbrücke zu, vermutlich, um sich die Burg in der Schweiz anzuschauen. Doch die konnte er von seinem Balkon aus nicht mehr sehen. Andere tranken vielleicht einen Kaffee und aßen Kuchen im »Hähnle« neben der Brücke, das lauschige Plätzchen unter einem großen Kastanienbaum direkt am Rhein zu bieten hatte. Vielleicht aßen sie auch noch beim Griechen zu Abend.

Doch die Kaufkraft der Tagestouristen reichte nicht aus, um das Juweliergeschäft am Leben zu halten oder den Optikerladen. Die Laufenburger und besonders auch die Kunden aus der angrenzenden Schweiz mit ihren starken Franken kauften das, was sie so benötigten, im Gewerbepark auf der Grünen Wiese ganz in der Nähe der Hochrheinbrücke ein. Immerhin hatte sich für die Räume des Optikers eine Nachmieterin gefunden, eine russische Schneiderin, die sich schnell den Ruf erworben hatte, dass sie fast alles konnte.

Hosen kürzen konnte sie jedenfalls. Das hatte Trautmann schon festgestellt. Er brauchte im Bund relativ weite Hosen. Und die waren immer zu lang. Aber er war nun mal kein Mann von der Stange, wie die charmante und darüber hinaus recht gut aussehende Russin bei jedem Auftrag aufs Neue zu bemerken pflegte. Vielleicht war sie aber auch keine Russin, sondern eine Kirgisin. Oder aus Tadschikistan. Er musste sich beim nächsten Besuch mal genauer erkundigen. Noch immer war er nicht in der Lage, all die Staaten aufzuzählen, in die sich die ehemalige Sowjetunion aufgesplittet hatte.

Im Wohnzimmer griff Trautmann zum Telefon. »Setzen Sie sich«, bat er den alten Mann. »Ich rufe jetzt Ihre Tochter an, die kommt Sie holen.« Dann schaltete er wieder den Polizeifunk ein und geriet mitten in einen regen Funkverkehr zwischen Polizei und Leitstelle. Es rauschte heftig, doch so viel konnte er verstehen: Der Mann, der die Bombe hatte entschärfen sollen, war schwer verletzt geborgen worden. Es gab derzeit noch keine gesicherten Erkenntnisse, aber zumindest die Vermutung, dass er vielleicht einen Fehler gemacht haben könnte und deshalb in die Luft geflogen war. Er hatte mehrere Finger sowie ein Auge verloren und rang im Krankenhaus um sein Leben.

Franz Örtler wankte und setzte sich auf das neue rote Sofa, das Trautmann erst vor einigen Wochen erstanden hatte. Max brachte dem erschöpften alten Mann ein Glas Wasser.

Als es nach etwa einer Viertelstunde unten an der Tür schellte und er nach unten stapfte, um Tanja Gerber die Tür zu öffnen, hatte er eine ziemlich genaue Vorstellung davon, warum Franz Örtler immer wieder von zu Hause ausriss.

Iris saß zu dieser Zeit bereits im Polizeiposten Laufenburg, rutschte auf einem harten Holzstuhl hin und her und wartete auf zwei Leute vom Verfassungsschutz. Sie hatte mit dem Glücklichen telefoniert und die Anweisung erhalten, zunächst ausschließlich mit diesen Männern zu reden. Und so saß sie da, vor sich tatsächlich einen Schnaps, den Postenchef Buchmann besorgt und mit den Worten »Sie sind ein wenig bleich um die Nase« vor sie hingestellt hatte, und machte sich Vorwürfe. Sie nippte an dem Glas. Es war ein guter Obstler, so wie er schmeckte, stammte er wahrscheinlich von einem der beiden Obsthöfe im benachbarten Luttingen.

Die Herren, die sie befragten, stellten sich mit den Namen Schott und Schütte vor. Und anders als angekündigt, war nur Schütte vom Verfassungsschutz, Schott kam vom Landeskriminalamt in Stuttgart. Der Leutseligere von beiden war Schütte, jedenfalls gab er sich so. Nichts von verspiegelter Sonnenbrille, Hut und Regenmantel. Er machte Scherzchen und präsentierte sich als gemütlicher Zeitgenosse, doch Iris konnte die Angespanntheit hinter der jovialen Fassade spüren. Fast kam es ihr vor, als sei sie die einzige Hoffnung der Herren auf der Suche nach dem *Wächter*. Natürlich sagte Schütte das nicht. Schott sprach sowieso kaum. Er hat im Wortsinn die Schotten dicht gemacht, dachte Iris.

Und zum ersten Mal im Leben spürte sie, was andere Zeugen oder Verdächtige in Befragungen oder Verhören empfinden mussten. Unsicherheit. Das nagende Gefühl, womöglich das Falsche zu sagen. Immer wieder wanderte ihr Blick zur verschlossenen Miene von Schott. Unwillkürlich versuchte sie, sein Wohlwollen zu erringen. Doch es funktionierte nicht. Aber es wirkte, ihre Verunsicherung wuchs. Dabei war sie doch auf der richtigen Seite, bei den Guten, eine Kollegin. Dass sie das wusste, machte es allerdings auch nicht besser.

Wie leicht zu verunsichern die Menschen doch sind, selbst die, die es besser wissen müssten, dachte sie später auf dem Heimweg. Wieder stiegen ihr die Tränen in die Augen. Was hätte sie anders machen können? Hätte sie etwas anders machen *müssen* und die Bombe vielleicht selbst entschärfen sollen? Nicht gleich Alarm schlagen? Dann wäre vielleicht niemand verletzt worden. Sie schniefte. In ihrer Hosentasche brannte der Zettel, den sie neben der Bombe gefunden hatte. Verdammt, vor lauter Verwirrung über die ungewohnte Situation hatte sie vergessen, ihn den Herren Schott und Schütte zu geben. Immerhin, erzählt hatte sie davon. Die beiden hätten ja auch mal danach fragen können. Nun, sie hatten wohl angenommen, der Zettel sei mit in die Luft geflogen.

Die *dritte* Warnung, die *dritte* Warnung, hämmerte es in ihrem Kopf. Das bedeutete doch, dass es woanders noch mindestens einen weiteren Sprengsatz geben musste. Eine dritte Bombe mit der zweiten Warnung. Sie hatte aber nichts von einer weiteren Bombe gehört. Buchmann auch nicht, sonst hätte er bestimmt etwas gesagt. Also musste sie noch irgendwo ticken.

Sie konnte auch nicht glauben, dass der Sprengstoffexperte einen Fehler beim Entschärfen gemacht haben könnte, wie Buchmann behauptete. Das war ein erfahrener Mann, sie kannte ihn. Was allerdings nur einen Schluss zuließ: Die Bombe war zu früh hochgegangen, früher als geplant jedenfalls. Und aufgrund der eingestellten Uhrzeit hatte sich der Sprengstofffachmann in Sicherheit gewiegt. Verdammt, warum hatte sie nicht auf das Zifferblatt geachtet? Dann müsste sie jetzt nicht so herumspekulieren. Oder war das alles nur eine Taktik des *Wächters*, um das Chaos noch größer zu machen?

Es sprach noch etwas für ihre Theorie. Wenn die Bombe laut eingestellter Zeit kurz vor der Explosion gestanden hätte, dann wäre der Sprengstoffexperte nicht mehr drangegangen. Dann hätten sie einfach die Gegend abgesperrt. Es waren ja keine Menschenleben in Gefahr gewesen, nur ein Stück Beton. Und das ließ sich ersetzen. Vermutlich würde das bei den Gesamtkosten des Autobahnbaus noch nicht einmal groß ins Gewicht fallen. Ja, je länger sie darüber nachdachte, desto sicherer wurde sie: Die dritte Explosion hatte vor der zweiten stattgefunden.

Und noch eine Frage machte ihr zu schaffen. Wieso hatte der *Wächter* sie gerade hier platziert? Wieso nicht an einem Ort, wo mehr Sachschaden angerichtet wurde? Wo die Explosion Menschen beeinflussen würde, die zu den Entscheidern zählten. Zum Beispiel beim Autobahnbundesamt. Oder dem Regierungspräsidium, der zuständigen Planfeststellungsbehörde. Und was sollte dann in die Luft gehen, nach der dritten Warnung? Das bereits bestehende Pumpspeicherwerk der Schluwe? Das wäre doch das Naheliegendste. Iris kannte die Gegend im Wehratal, von der aus ein Stollen zu den Turbinen des Kavernenkraftwerks führte. Dort käme man rein. Den Eingang hatten sie allerdings mit einem massiven Gittertor abgesperrt, um Unbefugte fernzuhalten. Besagtes Kavernenkraftwerk war nicht einfach irgendein früher gebautes Pumpspeicherwerk des Schluchseewerks, sondern eines der weltweit größten. Es lag beim Wehratal-Stausee an der Todtmooser Straße und produzierte mehr als eine Milliarde Kilowattstunden pro Jahr. Das Wehrabecken bildete das Unterbecken dieses Kavernenkraftwerks und konnte aus dem sechshundertdreißig Höhenmeter weiter oben gelegenen Hornbergbecken über den anderthalb Kilometer langen Stollen bis zu 4,1 Millionen Kubikmeter Wasser aufnehmen.

Was, wenn dies nach den drei erfolgten Warnungen nun das wahre Ziel des *Wächters* war?

Herrje, bitte nicht! Das war ja eine Horrorvorstellung, wie eine Szene aus einem Apokalypsefilm: Die über vierzig Meter hohe Staumauer des Wehratal-Stausees flog in die Luft – und Millionen Liter Wasser ergossen sich ins Tal. Nicht auszudenken, was das für die unten liegenden Ortschaften bedeutete. *»Geht und gießt die sieben Schalen mit dem Zorn Gottes über die Erde«*, hatte der *Wächter* in seiner ersten Botschaft geschrieben. Ja, *gießen*. Das passte. Die Flut von oben würde auch über Brennet hereinbrechen, den Heimatort von Regierungspräsident Julian Würtenberger und damit Leiter der Behörde, die die Planfeststellungsverfahren zur A98 und zum Pumpspeicherwerk durchführte.

Sie musste sofort noch einmal mit dem Glücklichen telefonieren. Falls dem so war, musste der *Wächter* irgendwo eine greifbare Spur hinterlassen haben. Ein solches Vorhaben ließ sich nicht von heute auf morgen realisieren, möglicherweise noch nicht mal von einem einzelnen Mann. Das brauchte Logistik, Planungszeit und eine ganz schöne Menge Sprengstoff. Die musste irgendwo herkommen. Und dann wäre der *Wächter* auch kein Dilettant, sondern hätte mit seinen altertümlich anmutenden Bomben nur diesen Eindruck erwecken wollen.

5

Niemand, der Iris Terheyde etwas näher kannte, wäre auch nur im Entferntesten auf die Idee gekommen, sie an einem Sonntagmorgen um zehn Uhr zu behelligen. Ihre Umgebung wusste, dass sie die üble Art des Morgenmuffels war, jene, die nicht nur grummelte, sondern richtig kiebig werden konnte, wenn man sie morgens uneingeladen störte. Aber natürlich hatte sich das nicht überall herumgesprochen. Johannes Forstweiler zum Beispiel wusste das nicht.

Die Klingel unten an der Haustür hatte einen fiesen, ins Schrille gehenden Ton. Iris ignorierte sie tapfer und zog sich sicherheitshalber die Bettdecke über den Kopf. Trotzdem hörte sie kurze Zeit später die Glocke an der Wohnungstür, ein aufsteigendes, etwas sanfteres Dummm, Dummm, Dummm. Wer, zum Teufel, hatte da wieder einfach jemanden ins Haus gelassen, respektive die Haustür offen stehen lassen? Dieser Gedanke veranlasste sie, wenigstens ein Auge zu öffnen und auf den Wecker zu schielen. Sie sah die Zahlen nur verschwommen. War das tatsächlich schon die Altersweitsichtigkeit? Brauchte sie eine Brille? Blödsinn, sie war einfach noch nicht richtig wach. Sie blinzelte. Ihr Blick klärte sich. Na also. Verdammt, schon zehn Uhr! Das blöde Ding hätte vor einer Stunde klingeln sollen.

Iris schoss aus dem Bett und stellte wieder einmal fest, dass ihr schnelle Bewegungen am frühen Morgen nicht bekamen. Sie beschloss, sich einen Kaffee zu kochen, um ihrem Kreislauf und ihrem Denkvermögen wieder auf ein akzeptables Niveau zu helfen. Und sich anzuziehen, bis das Wasser kochte. Denn schließlich musste sie nach Döttingen. Sie ging durchs Wohnzimmer zur angegliederten Küchenzeile und befüllte den Wasserkocher. Dann wusch sie den Kaffeestampfer aus. Jedenfalls nannte sie die runde Glaskanne mit dem dazugehörigen Stempel zum Herunterdrücken des Kaffeepulvers so. Eigentlich hieß das Ding ja French Press. Also französischer Druck. Warum auch immer. Sie gab vier doppelte Löffel Kaffeepulver und einen kleinen Löffel Trinkschokolade in die Glaskanne. Anschließend marschierte sie ins Bad, spritzte sich Wasser ins Gesicht, putzte die Zähne und bestäubte sich ausgiebig mit Parfüm. Sie hatte jetzt einfach keine Zeit mehr für eine Dusche, sie musste sich beeilen.

Das Klingeln setzte sich währenddessen ungemindert fort. Wer auch immer draußen stand, war wohl ebenso stur wie sie selbst. Iris ging ins Bad, wühlte in einem Kleiderstapel und kramte nach ihrem Handy. Sie war gestern einfach zu müde gewesen, um noch ordentlich aufzuräumen. Mist, es musste da doch irgendwo sein? Sie fluchte. Da, da war es, auf den Boden gefallen.

Der Glückliche war erst nach achtmal Klingeln dran. »Wieso brauchen Sie so lange, um ans Handy zu gehen?«, muffelte sie ins Telefon. »Wie bitte? Ja, ich weiß, dass Sonntag ist. Bin schon seit Stunden wach. Und? – Himmel, Ihre Begriffsstutzigkeit ist nervtötend. – Nichts? Sie haben nichts gefunden? – Nein, ich höre nicht schlecht. Nicht im Wehratal und auch nichts von den Kollegen, die sich beim Oettinger-Besuch umgeschaut haben? Schade. – Wie bitte? – Ja, das finde ich auch. – Teufel noch eins, da stecken wir aber ganz schön in der Bredouille. Na, ich werd dann mal. – Wohin? Sie haben ein Gedächtnis wie ein Sieb. Oder lesen Sie Ihre Mails nicht? Ich hatte es Ihnen zur Sicherheit doch noch mal aufgeschrieben. Zur Anti-AKW-Demo bei den Beznauer Meilern. Schon vergessen? Ich bin Undercoveragentin, ich soll mich bei den Umweltschützern umhören. Und davon gibt es dort heute jede Menge auf einem Haufen. Wenn ich etwas erfahren kann, das uns zum *Wächter* führt, dann da. Vielleicht ist er sogar selbst dabei. Jeder, der in dieser Szene etwas auf sich hält, wird dorthin kommen.« Sie legte auf, ohne sich zu verabschieden, und griff sich ihre Kleidung.

Es klingelte weitere drei Male an der Wohnungstür. Lang und laut. Dann folgte ein Bollern. »Ich han Sie g'hört, ich weiß, dass Sie do sin. Es ischt wichtig«, krächzte eine Männerstimme.

Iris, inzwischen immerhin mit einem T-Shirt und ihrer ältesten Jeans bekleidet, bezeichnete den Besucher draußen halblaut als lästigen Scheißtyp, der lieber in die Kirche gehen sollte, statt sonntäglichen Klingelterror an ihrer Wohnungstür zu veranstalten. Nur die ihr anerzogenen Benimmregeln hinderten sie daran, das so laut zu sagen, dass der Mensch vor ihrer Tür es auch verstehen konnte. Doch ihr Gesichtsausdruck war nicht freundlich, als sie den Schlüssel drehte und durch den Spalt spähte, der von der Kette vor der Tür begrenzt wurde. Den bissigen Kommentar, der ihr bereits auf der Zunge gelegen hatte, schluckte sie allerdings hinunter, als sie sah, wer da vor ihr stand. Stattdessen bemühte sie sich um Höflichkeit. Sollte man nicht das Alter ehren?

»Herr Forstweiler, was tun Sie denn hier? Moment.« Sie schloss die Tür wieder, nahm die Kette ab und ließ den alten Mann herein.

»Guet, dass sie no do sin.« Johannes Forstweiler kaute an seinem Zahnstocher und sah ein wenig so aus wie der Anfangsbuchstabe seines Nachnamens, nur etwas gekrümmter. Das dachte Iris jedes Mal, wenn sie ihm begegnete. Allerdings wirkte er wie ein sehr derangiertes F. Er musste schnell gelaufen sein. Ob ein Mensch sich irgendwann auch körperlich den eigenen Initialen annäherte? Ob sie selbst einmal wie ein T oder ein I aussehen würde? Das waren schlanke Buchstaben, oder? Der kurze Anflug von Hoffnung zerstob sofort. Diese Chance war nicht groß. Sie schlug nach ihrer Mutter und hatte eher die Form eines B, besser gesagt, die eines doppelten B. Mit beidseitigen Rundungen. Zumindest von der Seite gesehen. Den einen B-Schwung vorne, in Höhe des Brustkorbes, den anderen hinten, weiter unten, ab Steißhöhe.

Der ungebetene Besucher trug seine übliche Kappe mit dem großen Schirm, sodass seine braunen Augen etwas im Schatten lagen. Was den Vergleich mit dem Oberstrich des F zusätzlich nahelegte.

Forstweiler griff in die Tasche, zerrte umständlich ein großes Stofftaschentuch hervor und wischte sich über die Stirn. »'s isch mengisch heiß, hä?«

Ein kurzer Blick in Richtung Wohnzimmerfenster überzeugte Iris davon, dass es nicht so heiß sein konnte. Denn gerade eben schob sich eine Wolke vor die Sonne. Jetzt erinnerte sie sich. Es war Gewitter angesagt. Einerseits eine gute Nachricht, die Landwirte erwarteten wegen der wochenlangen Trockenheit schon Ernteausfälle. Andererseits verspürte sie nicht das mindeste Bedürfnis, die ausgefallene Morgendusche bei der Anti-AKW-Demo im Platzregen nachzuholen.

»Ich habe wenig Zeit. Ich muss weg. Was ist?«

Er nahm den Zahnstocher aus dem Mund. »Jo, also, kchönntet Sie mich mitnäh, äh mitnehmen?«

»Ich will aber nach Döttingen.«

Er nickte. »Jo, desdewäge bin i do. Kchönntet sie mich mitnehmen? Ich han kchai Auto. Un kchai Töff, äh Motorrad.«

Iris musste über seine Mischung aus Schwyzerdütsch und Hochdeutsch etwas schmunzeln. Sie sagte aber nichts dazu, sondern fragte: »Woher wissen Sie, dass ich …«

Der Wasserkocher machte ihr durch ein gurgelndes Geräusch klar, dass er seine Arbeit getan hatte und das Wasser kochte.

»Moment. Wollen Sie auch einen Kaffee?«

Johannes Forstweiler konnte ihr nicht gleich antworten, denn er war von einem Hustenanfall übermannt worden. Er räusperte sich mehrfach und prustete in sein Taschentuch. Schließlich nickte er. »Jo, gärn. Dankche vielmol. Tipptopp.«

Iris goss schnell den Kaffee auf, rührte um und drückte den Stampfer nach unten. Oder wie auch immer dieses stempelähnliche Runterdrückdings zum Zusammenpressen des Kaffeepulvers am Boden der Kanne hieß. An dieser Stelle der Kaffeezubereitung gestand sie sich mit schöner Regelmäßigkeit ein: Sie war altmodisch bezüglich ihrer Methoden. Filterkaffe mochte sie nicht. Und Maschinenkaffe auch nicht. Letzteren nicht wegen des Geschmacks, sondern weil sie es hasste, dauernd die Kaffeemaschine zu putzen. Eine besonders große Abneigung hatte sie gegen die ewige Entkalkerei. Das Laufenburger Wasser war sehr hart. Das hieß, mindestens einmal in der Woche waren die Leitungen einer jeden Kaffeemaschine verstopft, und statt heißem Wasser gab sie nur noch heißen Dampf von sich. Dazu kam, dass sie meistens kein Entkalkungsmittel im Haus hatte. Essig ging auch, aber dafür brauchte sie mindestens drei Durchläufe. Und danach stank alles sauer.

Sie hatte es geschafft, das Kaffeepulver nach unten zu drücken, ohne eine allzu große Sauerei durch den aus der Ausgusstülle der Glaskanne herausschwappenden Kaffee anzurichten, und schüttete das heiße Gebräu, dessen Duft die Erweckung ihrer Lebensgeister versprach, in zwei große Tassen mit Picasso-Motiven. »Milch, Zucker?«

Der obere Teil des Gesichtes von Johannes Forstweiler tauchte aus dem Taschentuch auf, und er schüttelte den Kopf. »Schwarz.«

Iris gab ihm die Tasse. »Hier bitte.«

Sie griff nach ihrer Tasse und trat an eines der beiden Wohnzimmerfenster, die jeweils einen Ausschnitt des schönsten Bildes der ganzen Wohnung umrahmten: den Blick auf den Rhein. Andere Bilder hatte sie sowieso nicht, Iris mochte weiße Wände.

Auf den Fluss zu schauen, das war wie eine Morgenmeditation. Es half ihr, sich langsam auf den neuen Tag einzustimmen, sich darin zurechtzufinden. Unter dem Himmel mit den heute blauschwarzen Blumenkohlwolken, die sich dort in tausendfacher Zeitlupe vor hellblauem Hintergrund zusammenschoben und ebenso langsam wieder auseinanderdrifteten, floss der Rhein träge und sattgrün dahin. Noch grüner als die Bäume und Felder, die sich auf der Schweizer Rheinseite an den südlichen Ausläufern des Tafeljura emporzogen und dem Fluss etwas von ihrer Farbe abgaben. Der Rhein führte wenig Wasser und sah fast aus wie ein See, so still war seine Oberfläche. Die Fahne mit dem aufgerichteten Habsburger Löwen über dem Palas der gegenüberliegenden Burgruine hoch über dem Strom hatte das Wehen eingestellt und hing schlaff am Mast.

Sie hörte Forstweiler mit den typischen kleinen Schritten alter Männer heranschlurfen. Er stellte sich mit seiner Tasse in der Hand neben sie, sagte aber nichts, sondern wartete einfach. Iris war dankbar. Sie fühlte sich so kurz nach dem Aufstehen noch außerstande, mehr als zweisilbige Worte zu formulieren. Das gelang nur mit äußerster Anstrengung. Wenn sie musste. So ein Telefonat wie das mit Felix war das Höchste der Gefühle. Es war still im Raum. Die Welt atmete Frieden. Und sie genoss den Augenblick. In Momenten wie diesem stand die Zeit still, war außer diesem Strom und seinem Fließen der Rest der Welt weit weg und unwichtig, auch ein *Wächter* mit seinem Drohbrief und seinen Bomben. In solchen Augenblicken gab es keinen Neid und keinen Hass, keine Zweifel, keine Gewalt und keine Kriege. Sondern einfach nur Sein. Wenn sie hier am Fenster stand und hinausschaute, fühlte sie sich als ein Teil der Ewigkeit.

Johannes Forstweiler räusperte sich und wankte leicht. Iris stützte ihn instinktiv. Das brachte sie in die unmittelbare Wirklichkeit zurück, in der sie bei einer Demonstration mit dem Motto »Menschenstrom gegen Atom« nach einem potenziellen Attentäter Ausschau halten und ihn daran hindern sollte, Menschen umzubringen. Sie dachte an den Sprengsatz an der Unterführung. Das Gefühl der Dringlichkeit kehrte zurück und bildete einen Klumpen in ihrem Magen. Die Gewissheit, dass sie bezüglich der Person des *Wächters* und seiner möglichen Opfer nur im Nebel stocherte, dass sie eigentlich nichts wusste, was ihr helfen konnte, ihre Aufgabe zu erfüllen, wirkte dabei wie das Lab in frisch gemolkener Milch.

Sie warf einen bedauernden letzten Blick nach draußen, stellte die Tasse ins Spülbecken und nickte Forstweiler zu. »Sie haben wirklich Glück, dass Sie mich noch erwischt haben«, behauptete sie. »Ich hole sicherheitshalber noch meine Regenjacke, dann können wir. Mein Auto hab ich im Parkhaus Brunnenmatt, also nicht weit von hier. Was halten Sie nachher von einem kleinen Spaziergang? Ich kenne in der Nähe von Döttingen einen guten Parkplatz, etwas versteckt beim Klingnauer Stausee. Von da aus ist es etwa eine halbe Stunde zu Fuß bis aufs Demogelände.«

»Tipptopp. Un' s'git kchain Räge«, erklärte er im Brustton der Überzeugung.

»Ich nehme trotzdem lieber eine Jacke mit. Sie wissen ja, wie das ist. Wenn man keinen Schirm dabei hat, regnet es bestimmt. Ich vermute, das gilt auch für Jacken.« Sie lächelte ihm zu.

Forstweiler sollte recht behalten. Als sie wie Sonntagsausflügler am Klingnauer Stausee entlangschlenderten, wieder schweigend, jeder in die eigenen Gedanken vertieft, kam Wind auf und vertrieb die Blumenkohlansammlung am Himmel. Iris fröstelte sogar etwas. Doch sie genoss den Spaziergang über den schön ausgebauten Uferweg, vorbei an Wasserlachen und sumpfigen, mit Schilf bewachsenen Stellen, aus denen vielstimmiges Quaken ertönte, vorbei an den Nestern von brütenden Wasservögeln und Weidenbäumen, die ihre Äste zum Wasser hin streckten und unter denen es sich an heißen Tagen in aller Ruhe verweilen ließ. Zumindest dann, wenn nicht gerade ein Inlineskater heranbrauste.

Am gegenüberliegenden Ufer des Stausees erhob sich das Städtchen Klingnau. Es war alt, gegründet schon vor Jahrhunderten, lange bevor sie die Aare an dieser Stelle gestaut und das Wasserkraftwerk gebaut hatten. Iris erinnerte sich an das, was sie auf der BUND-Homepage zur Demonstration gelesen hatte: *»Die Route liegt in der Hochrisikoregion beim AKW Beznau, dem ältesten Druckwasserreaktor der Welt, beim Zwischenlager und Verbrennungsofen für radioaktiven Abfall (ZWILAG) und bei der Atomfabrik des Paul-Scherrer-Forschungsinstituts (PSI) im Herzen des Atomaargaus.«*

»Warum wollten Sie eigentlich unbedingt mit?«, fragte sie Forstweiler irgendwann.

Die Erwiderung kam prompt. »Die müen abschalte. Un mir müen Druck mache. Alli Generatione.«

»Sie klingen ja wie ein Revoluzzer.«

Er gab keine Antwort.

Am Bahnhof Kleindöttingen trennten sich ihre Wege. Johannes Forstweiler nutzte dankbar das Angebot einer Fahrradrikschafahrt zum Gelände der Abschlusskundgebung, das etwa drei Kilometer entfernt in einem Industriegebiet lag, wo die Protestierer niemanden störten. Iris blieb am Bahnhof und hörte den beiden Frauen am Lautsprecherwagen zu, die erklärten, man wolle noch etwas warten. Auf den nächsten Zug, auf weitere Protestierer. Und die die Anwesenden immer wieder ermahnten, ihre Abneigung gegen Atomkraftwerke doch bitte friedlich kundzutun. Die eine mit schriller Stimme auf Schwyzerdütsch, die andere auf Französisch, in einer etwas dunkleren Tonlage. Sie zählten wie ein Mantra ein ums andere Mal die Punkte auf, die quasi als Oberzeilen über dem heutigen Tag schwebten: Es sei angesagt, jedem offen und freundlich zu begegnen, Aggression oder Sachbeschädigungen seien unerwünscht, sich zu maskieren nicht erlaubt. Auch nicht, die überall erhältlichen Luftballons steigen zu lassen, da dies zu Gefährdungen des Flugverkehrs führen könne. Und man möge bitte Verständnis für die Anwohner haben, die durch die Großdemonstration in ihrer Sonntagsruhe doch sehr beeinträchtigt würden. Falls es wider Erwarten Probleme gäbe – den Damen war anzuhören, dass sie schon allein den Gedanken für geradezu unschicklich hielten – sollten sich die Versammelten doch bitte an einen der Peacekeeper wenden, erkennbar an neongrün-gelben Westen.

Sie sind einfach gründlich, diese Schweizer, dachte Iris. Sogar bei der Organisation von Demonstrationen. Sie schaute sich um. Bisher hatten sich etwa fünfhundert Menschen auf dem Vorplatz des Bahnhofs eingefunden, um gemeinsam zum Versammlungsgelände zu ziehen. Sie wusste, dass eine große Gruppe Demonstranten vom zehn Kilometer entfernten Bahnhof Siggenthal-Würenlingen hierherwanderte. Doch das war ihr zu weit gewesen. Sie sah auch die angesprochenen Peacekeeper. Es waren meist junge Männer, barfuß oder in Schlappen, einige mit Rauschebärten, manche mit Zöpfen oder beidem. Das Gemurmel vieler menschlicher Stimmen, Lachen, manchmal auch Rufe, war zu hören. Und Iris fragte sich, ob auch der Schweizer Inlandsgeheimdienst mit dem eigentlich ziemlich ehrlichen Namen »Dienst für Analyse und Prävention«, kurz DAP, so etwas wie den viel geschmähten »Agent provocateur« einsetzte, um für Aufruhr zu sorgen und damit die Umweltschützer als gewaltbereit und unvernünftig zu diskreditieren. Nun, falls dem so war, würden die Schweizer das genauso vehement abstreiten wie die Geheimdienste der deutschen Seite. Wahrscheinlich war es aber schon, dass sich hier Ermittler in Zivil unter die Menge gemischt hatten, verdeckte Ermittler wie sie selbst. Zumal die Eidgenossen von den Attentatsdrohungen des *Wächters* wussten. Spätestens seit im Birkenfeld die Bombe hochgegangen war. Der Austausch über die Grenze hinweg verlief meist problemlos, obwohl es eine EU-Außengrenze war. Mit den sehr zentralistisch organisierten Franzosen war die Zusammenarbeit nicht so unkompliziert.

Einige Umweltorganisationen hatten Stände aufgebaut, an denen es Infomaterial gab und etwas zu trinken. Doch lange Schlangen sah Iris nur vor den Klohäuschen, die für die Damen gedacht waren und die direkt an den Gleisen standen. Für die Herren gab es eine Art offenes, etwas höher stehendes Urinal mit einer Säule, an der vier Schüsseln hingen, und das einen guten Ausblick über das Gelände bot. Diese Art der öffentlichen Toilette kannte Iris noch nicht. Das Männerklo wirkte auf sie wie ein Feldherrenhügel, von dem aus die Offiziere selbst beim Pinkeln den Verlauf der

Schlacht kontrollieren konnten. Es schien sich jedenfalls keiner der Männer daran zu stören, dort seinen Reißverschluss herunter zu lassen. Natürlich mit dem Rücken zum Publikum. Und es achtete auch niemand darauf.

Kleinere Schlangen hatten sich an den Stationen mit den Gasflaschen gebildet, an denen eifrige Helfer Luftballons für all jene aufbliesen, die kein Transparent oder Schild dabeihatten. Und für die Kinder natürlich. Immer mehr grüne Luftballons und natürlich die gelben mit der lachenden Sonne, dem Zeichen der Antiatomkraftbewegung, das inzwischen fast jeder auf der ganzen Welt verstand, wurden von Bändeln daran gehindert, zum Himmel aufzusteigen. Iris fing Sprachfetzen auf – Schwyzerdütsch, Alemannisch, Hochdeutsch, Französisch, Italienisch, sogar Portugiesisch. Die Menschen kamen aus allen Himmelsrichtungen. Im Zug, der demnächst einfahren sollte, saßen angeblich über viertausend Leute. Das hatte ihr eine der beiden Frauen am Lautsprecherwagen erzählt, als sie sie zwischen zwei Durchsagen angesprochen hatte. Besondere Vorkommnisse? Nein, natürlich nicht. Die Lautsprecherdamen hatten sie auf ihre diesbezügliche Frage hin befremdet angeschaut.

Iris stöhnte leise auf. Das hier war die Suche nach der Nadel im Heuhaufen. Doch sie konnte sich ein Versagen nicht erlauben. Denn es kostete möglicherweise Menschenleben. Dass der *Wächter* es ernst meinte, hatte die Bombe bewiesen. Der verletzte Beamte war noch lange nicht über den Berg, man hatte ihn in ein künstliches Koma versetzt und konnte nur das Beste hoffen.

Während des Wartens auf die Verfassungsschützer am Abend zuvor hatte sie mitbekommen, dass die Bombe vom Birkenfeld den Kriminaltechnikern dieselben Rätsel aufgab wie schon die vorherige. Dilettantisch gebaut, alter Sprengstoff. Andererseits war sie aber sehr präzise platziert worden. An einer Stelle, an der sie den größtmöglichen Schaden anrichtete. Da kannte sich jemand mit Statik aus. Die Leute von der KT hatten sicher die Nacht durchgearbeitet und jeden noch so kleinen Stein umgedreht, um irgendeinen Hinweis zu finden. Wenn sie Glück hatten, konnten sie einen Fingerabdruck sichern. Und wenn sie noch mehr Glück hatten, fanden sie dazu jemanden in der Kartei.

Inzwischen hatten sich die Wolken verzogen, und es wurde brütend heiß auf dem Kleindöttinger Bahnhofsvorplatz. In Iris machten sich Beklemmungsgefühle breit, denn sie hatte nicht mit einem so großen Andrang gerechnet. Die Demonstranten strömten jetzt in Pulks herbei. Der Platz war bis zu den Gleisen voller Menschen, jeder Zentimeter Rasen, jeder Millimeter Schatten besetzt, und der angekündigte Zug war noch nicht einmal eingefahren. Sie beobachtete eine Familie mit drei kleinen Kindern, die mit einem Leiterwagen, der zum Kinderbett umfunktioniert worden war, diversen Rucksäcken, einem Hund und einem gelben Fass mit dem Atomsymbol einen halbwegs schattigen Platz unter einem jungen Baum ergattert hatte. Die junge Mutter zog eine Hundeschüssel aus dem Rucksack. Ihr Mann holte eine Flasche hervor und schüttete Wasser hinein. Der Retriever wedelte glücklich mit dem Schwanz und begann zu schlabbern. Das waren geübte Protestierer, sie hatten alles dabei, was Mensch und Tier an solch einem Nachmittag benötigten. Der Hund trug eine Art Geschirr. Wahrscheinlich war es seine Aufgabe, den Leiterwagen zu ziehen.

Iris schlängelte sich durch die Wartenden hindurch und ging über die Straße zu einer Verkehrsinsel mit Kreisverkehr mit einem kleinen Hügel, auf dem die Kleindöttinger zwischen Pflastersteinen in jeder Himmelsrichtung eine Weinrebe gepflanzt hatten. Auf der Kuppe zwischen den Reben wartete eine Dame mit einem Pappschild mit der Aufschrift »Presse« auf die Vertreter der schreibenden, fotografierenden, filmenden oder O-Töne sammelnden Zunft. Sie gesellte sich zu ihr und schaute hinüber zu den Menschen, die zwischen den Ständen der Umweltorganisationen herumwuselten, ihren Hunden »Sitz!« befahlen und versuchten, ihren Nachwuchs nicht aus den Augen zu verlieren, oder einfach ausharrten, bis endlich jemand den Startschuss zum Aufbruch gab. Wenn sie sich umwandte, sah sie die Straße, die zur Brücke über die Aare führte und weiter zum Versammlungsgelände.

Sie blickte wieder hinüber zu den Wartenden. Kleindöttingen war noch im glücklichen Besitz eines dieser romantischen alten Bahnhöfe, die in Deutschland längst dem Verfall preisgegeben worden waren. Das Gebäude wirkte gepflegt. Der Schweizer SBB sind offenbar auch kleine Orte und dörfliches Idyll noch etwas wert, dachte Iris. Das Summen der Stimmen erinnerte sie an einen Bienenkorb. Sie sah Transparente, Spruchbänder und darüber schwebende Luftballons. Ihr Blick fiel auf ein gelbes Transparent, das an einem Zaun vor dem Bahnhof hing. Links wurde auf eine Vorstellung des Zirkus Knie hingewiesen, rechts stand in roter Schrift »Kleintierausstellung«. Iris musste schmunzeln.

Ihre Miene wurde schnell wieder ernst, und ihr Blick wanderte ein ums andere Mal prüfend über die Menschen. Jeder von ihnen, bis auf die Kinder oder die ganz Alten, konnte der *Wächter* sein. Oder ihn kennen. Doch sie bemerkte nichts Ungewöhnliches.

Es war zum Verzweifeln.

Iris beschloss, sich schon einmal auf den Weg zum Versammlungsgelände zu machen.

Als sie nach etwa zwei Kilometern Fußmarsch nach rechts ins Industriegebiet abbog, entdeckte sie überall auf den Flachdächern der Fabrikgebäude blau gekleidete Gestalten in schusssicheren Westen und Walkie-Talkies an Mund oder Ohr. Oder Headsets. Oder Funkgeräten. Oder was auch immer. Alle trugen gut sichtbar Waffen.

Iris wunderte sich ein weiteres Mal über die Schweizer. Die Demonstranten nahmen es wie selbstverständlich hin, dass sie zwecks besserer Kontrolle an den Rand des bewohnten Döttingen verbannt wurden, dahin, wo an einem Sonntag kaum jemand hinging, nämlich in ein Industriegebiet. Es schien sich auch niemand über dieses martialisch wirkende Aufgebot an Sicherheitskräften zu wundern. Entweder hatten die Eidgenossen eine andere Demonstrationskultur als ihre deutschen Nachbarn, oder es war Gefahr im Verzug. Andererseits: Die Demo war von langer Hand geplant und angemeldet worden, schon Wochen vor den Drohungen des *Wächters*. Wenn sie seinetwegen nach außerhalb gelegt worden war, hätte es Hinweise gegeben, Durchsagen oder Schilder, dass die Kundgebung an einem anderen Ort als dem geplanten stattfand. Also war der Aufmarsch hier dem Kontrollbedürfnis der Schweizer Behörden zuzuschreiben, das offenbar noch größer war als das der deutschen.

Am Rand des riesigen Versammlungsplatzes, einer gemähten

Wiese, da, wo die Dixi-Toilettenhäuschen standen, wurde sie von einem Häuflein Radfahrer überholt. Na so was! Tanja Gerber und ihre Kinder waren dabei. Auch der Vorsitzende der Laufenburger Grünen und die Fotografin aus der Altstadt.

Iris spähte über den Platz. Direkt neben dem Eingang hatten die Organisatoren ein offenes Zeltdach aufgebaut, unter dem ein Beschäftigungsprogramm für Kinder lief. In Richtung Bühne zogen sich weitere Planen und Zeltdächer. Da standen auch Brauereitische samt den dazugehörigen Bänken. Einige Plätze waren noch frei, wenn auch recht weit von der Bühne entfernt. Sie bezweifelte, dass sie von dort aus die angekündigten Reden verstehen würde. Schade, denn der berühmte Schweizer Schriftsteller Franz Hohler wollte sprechen. Und Ärndsch Born sollte auftreten, der Sänger der ersten Stunde, der über viele Jahre der eher spärlichen Schweizer Antiatomkraftbewegung die Lieder vorgegeben hatte und um den es in den letzten Jahren recht still geworden war. Inzwischen betrieb er den Basler Kulturpavillon.

Iris entschied sich dennoch dafür, sich schnellstens einen der freien Sitzplätze zu sichern. Sie hatte nicht die mindeste Lust, stundenlang zu stehen. Die Bühne würde sowieso bewacht sein, da musste sie also nicht hin. Dort würde sich der *Wächter* deshalb vermutlich auch nicht aufhalten. Einer wie er war bestimmt darauf bedacht, sich möglichst weit von irgendwelchen Sicherheitsleuten entfernt zu halten, es sei denn, er war absolut cool. Aber danach hatte sein Drohbrief nun wirklich nicht geklungen. Eher nach einem Fanatiker. Falls er denn überhaupt hier war. Iris' Bauch behauptete jedenfalls, dass er hier irgendwo steckte, ein Gesicht unter Tausenden. Noch einmal ließ sie ihren Blick forschend über die Menge gleiten. Dann musste sie schmunzeln. Es war wohl wirklich zu viel verlangt, dass da einer saß, der ein Schild mit der Aufschrift *»Wächter«* auf die Stirn geklebt trug.

Es war ohnehin besser, sie rollte die Angelegenheit von hinten auf. Sie würde sich zu dem mittelalterlichen Ehepaar auf die Bank setzen und ganz unverbindlich mit ihnen plaudern. Zum Beispiel über das Who's who der Anti-Atomkraft-Szene. Die beiden wirkten jedenfalls demoerfahren. Sie hatten Bio-Sonnenmilch dabei sowie einen Picknickkorb, aus dem laut dem gut sichtbaren Picker ein Biobrot herausragte, und trugen bequeme Latschen an den Füßen. Später würde sie dann nach den Laufenburgern suchen, die an ihr vorbeigeradelt waren. Vielleicht hatten die auch Hinweise, die sie weiterbrachten. Auf besonders dogmatische Mitstreiter zum Beispiel.

Der Platz auf der Bank bot noch einen weiteren Vorteil. So musste sie nicht auf dem Boden sitzen. Das bewahrte sie vielleicht davor, völlig zerstochen heimzukommen. Denn eines war gewiss: Jede Stechmücke, jede Ameise im Umkreis von mindestens zehn Kilometern würde sie finden. Das war immer so. Iris stellte sich vor, wie schon jetzt eine Ameise piepste oder was Ameisen sonst taten, um zu kommunizieren: »Seht, da kommt sie, auf sie mit Biss!« Sie tastete in ihrer Umhängetasche herum und atmete erleichtert aus. Sie hatte das Anti-Ungezieferzeug eingesteckt. Sie mochte es nur nicht, weil es stank.

Die Sonne blendete. Iris blinzelte und schützte die Augen mit der Hand. Nein, sie konnte den alten Forstweiler nicht entdecken. Er schien wie vom Erdboden verschluckt zu sein. Aber er war erwachsen. Und sie hatten ja verabredet, sich in drei Stunden, nach den Reden, an den Klohäuschen zu treffen.

Ah, dahinten boten sie Kaffee an. Aus der Maschine, tassenweise. *Eine* Maschine für Tausende von Leuten? Sie hatten auch Kuchen. Gut. Wundersamerweise hatte sich noch keine Schlange gebildet. Am besten, sie besorgte sich schnell ihr Frühstück, ehe der Andrang begann. Als sie hatte, was sie brauchte, steuerte sie auf die Bank mit dem Ehepaar zu. »Ist hier noch frei?« Sie erntete ein Nicken des männlichen Parts und ein Lächeln seiner Begleiterin, die eine Tüte mit Studentenfutter aus dem Korb zog. »Wön Sie au öbbis?«

»Nein, danke, das ist nett, aber ich hab mir gerade etwas gekauft.«

Die Frau nickte und hielt ihrem Mann die Tüte hin.

Iris war zufrieden. Den ersten Kontakt hatte sie geknüpft. Nun aber nur nicht mit der Tür ins Haus fallen. Dem Dialekt nach schienen die beiden aus der Gegend um Basel zu stammen. Die Leute aus dem Baselbiet hatten so etwas nicht so gern, schon gar nicht von einer Deutschen. Es herrschten – ja, wie sollte man das bezeichnen? – meist nur unterschwellig spürbar gegenseitige Vorbehalte unter den Alemannen dies- und jenseits des Rheins. Aber diese beiden sahen nicht so aus, als hätten sie etwas gegen eine Deutsche, sondern eigentlich genau so, wie sich Iris immer ein spießiges deutsches Ehepaar jenseits der vierzig vorgestellt hatte. Nur dass sie auf Demos gingen. Obwohl, vielleicht war auch das inzwischen schon ein Stück Spießertum. Manchmal erschien es ihr, als sei der Protestbürger dabei, zu einem Bestandteil der Alltagskultur zu werden.

Während Iris auf ihrer Bank vor sich hin sinnierte, zufrieden kaute und hin und wieder einen Schluck Kaffee nahm, füllte sich der Platz immer mehr. Es mussten bereits Tausende sein. Jetzt zogen auch die Demonstranten ein, die über Würenlingen gekommen waren. Wirklich, es waren alle Generationen dabei, wie der alte Forstweiler gesagt hatte. Manche sahen aus, als wären sie schon in den Achtundsechzigern auf die Straße gegangen, um gegen den Kapitalismus, die verkrusteten Strukturen und die Seilschaften zu kämpfen, die die Entnazifizierung unbeschadet überstanden hatten.

»Ah mini Schöne, do bisch! Ich han dich g'suecht! Dr Felix hät g'sait, dass du do bisch.«

Sie fuhr herum. »Viktor, was machst du denn hier? Bist du nicht mehr bei der Aargauer Kantonspolizei?«

Er grinste. »Doch, doch, scho. Sie hän bi derre Soko *Wächter* alle gno, die sie hän finde kchönne. Selbscht mich. Un so bin i do. Guet siehsch us. Un? G'fallt dir dini neui Uffgab?«

»Du weißt Bescheid? Das wundert mich aber. Sie machen doch ein Mordsgeheimnis draus. So viel zu ›undercover‹. Wenn das so weitergeht, stelle ich mich doch am besten gleich vorne ans Mikro und informiere auch den Rest der Welt. Diese Idioten.«

»Nai, nai. Offiziell weiß i nix. Mach dir kchaine Sorge. Ich bin sozusage dein Schweizer Felix. Wenn du ebbes hörsch, was uns betrifft, denn kchasches mir sage. Un – meinsch nit, mir solltet jetzt endlich es Bier trinke? Du hesches versproche. Vor Johre. Ach, mini Schöni, du bisch halt scho so aine.«

Was sollte das jetzt wieder? Über diese Phase waren sie doch längst hinaus.

»Viktor, hör auf zu balzen, grüß lieber deine Frau von mir. Wie geht es dir denn so als junger Ehemann?«

Er zuckte die Schultern und schaute betont betreten. »S'isch halt so, wenn ich dich seh, dann überkchunnts mi. Waisch, der Schmerz des ewig Abgewiesenen.«

Sie musste schallend lachen und schaute vielsagend an ihm herunter. »Ja, vor lauter Liebeskummer bist du schon richtig abgemagert. Obwohl. Ich glaube, das liegt eher an den ehelichen Pflichten, was?«

»Bisch mengisch a ganz schöne Hex. Do, zur Versöhnig, magsch a Abihäberli?«

»Nein, danke, so früh am Morgen brauch ich keinen Verdauungsschnaps. Obwohl, du als mein ›Verbindungsoffizier‹ zu den Schweizer Behörden, das kann einer Frau auf den Magen schlagen. Aber ich sehe schon, die grenzenlose Zusammenarbeit klappt. Weißt du was Neues? Habt wenigstens ihr schon was gefunden?«

Er wurde ernst und schüttelte den Kopf. »Mir hän die Überwachung am AKW Leibstadt und do in Beznau verstärkt. Stell dir bloß mal vor, der Meiler goht ind Luft. 's wär a Kataschtroph.«

Sie stöhnte auf. »Lieber nicht. Wenn wir von Fukushima ausgehen, wäre dann im Umkreis von mindestens dreißig Kilometern auf Tausende von Jahren alles verseucht, bei uns sogar noch eher als bei euch in der Schweiz. Jedenfalls bläst der Fricktäler hin und wieder ziemlich kräftig in unsere Richtung. Der könnte die Strontium-Partikel leicht bis in den Hotzenwald tragen – Rickenbach, Todtmoos, vielleicht sogar St. Blasien. Alles verseucht. Auch die Städte und Dörfer im Rheintal zwischen Weil am Rhein und Klettgau und bei euch der Aargau und das Fricktal wären betroffen, ebenso die Kantone Basel-Stadt und Basel-Land, womöglich sogar die Flughäfen Basel-Mühlhausen und Zürich.«

Sie schwiegen eine Weile. Iris fragte sich, wie lange sie Viktor schon kannte? Jahre. Er war oft ihr Ansprechpartner gewesen, wenn ihre Ermittlungen sie in die Schweiz geführt hatten und keine Zeit für Vorschriften und Behördenwege gewesen war. Also praktisch immer. Nun, wenigstens diese Probleme hatte sie jetzt nicht mehr.

»Und du, mini Schöne, häsch du öbbis Neus?«

»Nein, bisher nichts. Du kannst das Anbaggern nicht lassen, was?«

»Gseiht so us.« Er grinste breit, um gleich darauf wieder ernst zu werden. »Do isch no was. 's isch nit offiziell. Du kchönntescht mir helfe.«

Sie schaute ihn erstaunt an. »Und wie?«

»Siesch du die beiden Männer da vorn?«

»Den Blonden, der so ein bisschen wie ein Bauer aussieht? Den kenne ich, das ist Paul Zumkeller. Der betreibt mit seiner Partnerin einen Pferdehof, die bieten Reittherapie an, glaube ich. Den Dicken, der so schwitzt, habe ich aber noch nie gesehen.«

»Jo. Der Feischte, das ischt Beat Stümpfli vo Frick, Stümpfli Hoch- und Tiefbau. Dä Ma hät sine Finger überall drin. Au im Dütsche. Zum Bischpiel bim Bau von der A98 bi euch. Do isch er sogar ziemlich dick dabi.«

»Und was ist mit ihm?«

»'s isch an ziemlich undurchsichtige Typ. Mir hän Stümpfli schon sit einiger Zit unter Beobachtung, mir glaubet, dass er Schwarzarbeiter usm Oschtblock beschäftigt, im Dütsche natürlich. Aber dass er au welche über die Europa-Grenz zu eus schleust. Guet, jetzt sind's nümme so viele, sit die europäische Freizügigkeit au für die Pole gilt. Die schaffe jetzt nüm für drei Euro in der Schtund. Jetzt karrt er halt Kosovaren her, hemmer g'hört. Aber mir hän ihm bisher nix nochwise kchönne. Dä Ma isch aalglatt. Un er hät guete Kchontakte. Wenn immer mir mit Hilfe vom dütsche Zoll sine Autobahn-Bauschtelle überprüfe, isch alles in Ordnig.«

»Ja und, was habe ich damit zu tun?«

»Mir hän geschtern Stümpflis Firma durchsucht. Waisch, mir mün doch ussefinde, woher dä Sprengstoff für die beide Bombe kchunt. Un so en Bauunternehmer hät doch Zugang zu Sprengstoff. Do hemmer denkt, mir nutze die G'legenheit und verbindet das mitre weitere Dursuchig bi ihm in Frick. Nüt. Aber mir hän öbbis anderes entdeckt.«

Iris sah ihn fragend an.

»Er kauft sit Neueschtem eifrig Land bi euch im Dütsche, zahlt de Buure vu Rickenbach und Herrischried überhöhte Preise, un alles bar.«

»Das ist doch nicht strafbar.«

»Nai. Aber mir fraget eus, woher kchunnt das Bargeld? 's isch verbote, so viel uszfüehre. Vielleicht hät er jo schwarze Kchonte im Dütsche. Und usserdem kchauft er Fläche, die eure Regierig bim Autobahnbau dringend für Ussglichsmaßnahmen brucht. Oder 's Schluchseewerk, wenn sie ihr Pumpspeicherwerk baue wön. Wenn Stümpfli a Dütscher wär, würd er im Zweifel halt enteignet. Ihr hend do so a G'setz, do goht das neuerdings no einfacher. Er isch aber Schwizer …«

»Ja, und die Eidgenossen schützen ihre Leute auf Teufel komm raus. Das gäbe fürchterliche diplomatische Verwicklungen, wenn man einen wie ihn enteignen wollte. Gut, ihr verdächtigt ihn, irgendwo schwarze Konten zu haben und Illegale zu beschäftigen. Außerdem kauft er Land auf, wahrscheinlich, um es später teuer an den Meistbietenden zu verscherbeln. Aber was hat das alles mit dem *Wächter* zu tun? Ich kann verstehen, dass es manchen Leuten nicht gefällt, wenn er die Bodenpreise auf dem Hotzenwald in die Höhe treibt. Aber so profitieren wenigstens die Bauern davon und müssen sich nicht mit den niedrigen Preisen zufrieden geben, die das Schluchseewerk bietet. Ich habe gehört, die bezahlen nicht viel.«

»Maidli, du bisch jo en halbe Kchommunischt! Häsch du eine Ahnig, um wie viel's do goht? Der Bund sucht für sin Autobahnbau krampfhaft noch Fläche bis Dachsberg und weiter, sogar bis Pforzheim. 's Schluchseewerk bietet um die ein Euro fünfzig pro Quadratmeter, soweit ich weiß. Do kchunnt öbbis zemme. Wenn sie kchaine Fläche ufftüen, müen sie kräftig zahle. Allei fürs Projekt Atdorf fallet – ich weiß it wie viel – Hektar Wald weg, am Abhau und im Haselbachtal oberhalb vom Säckinger Bergsee. Dodazu muesch du no die Deponiefläche für Aushub rechne, des sind laut der Ufflischtig vu dem Stümpfli nomol hundertfünfzig, hundertsechzig Hektar. Die brauche also Minimum fünfhundert bis tausend Hektar. Mir hän do a Konzept bim Stümpfli gfunde. Der Ma mues guete Quelle bi euch bim Regierigspräsidium ha. Viellicht sogar bis Stuttgart. Oder bim Schluchseewerk. Jedefalls weiß er genau Bescheid, welche Fläche interessant sind und a G'schäft bedüte kchönntet.«

»Ja, und was soll ich jetzt tun?«

»Kchönntescht du dich viellicht a weng mit Stümpfli unterhalte? Ussefinde, wo genau er überall sine Finger drin hät? Und mit wem er so im Dütsche z'ämmeschafft. Woher er sine Informatione hät. Kcha si, hän no öbbis übersehen. Oder ihm rutscht öbbis usse, bisch jo a ganz Charmante. Falls du wodsch. Übrigens, die Nochbre von sellem Zumkeller dä do bim Stümpfli sitzt, also die Lüt vom Herrischrieder Kohlbrennerhof, wön alles Land komplett ans Schluchseewerk verscherble. Und jetzt isch sine Pacht uf sellene Fläche in Gefahr. Er hät den Pferdehof do obe, aber kcheine eigenen Weiden. Möglicherwis will er den Beat Stümpfli bitte, ihm Land zu verkaufe. Woher kennscht du eigentlich den Zumkeller?«

Iris nickte. »Mach ich, ich red' mit Stümpfli. Paul Zumkeller kommt hin und wieder in Lindas Buchladen. Da trifft sich Gott und die Welt. Und in Herrischried gibt es ja keine Buchhandlung. Von dem geplanten Verkauf des Kohlbrennerhofs ans Schluchseewerk hab ich schon gehört. Du weißt ja, die Leute reden. Falls der Handel zustande kommt, wird dem Reiterhof sicher die Pacht gekündigt. Und es stimmt, Zumkeller braucht die Flächen unbedingt. Der Hof gibt den Zukauf von Futter nicht her. Das Reitzentrum besteht noch nicht so lange, und deswegen hat er noch eine Hucke voll Schulden. Das hat er selbst mal angedeutet. Du meinst also, Stümpfli ist ebenfalls an den Flächen des Kohlbrennerhofes dran? Der arme Kerl. Wahrscheinlich ist Zumkeller ziemlich verzweifelt. Stümpfli sieht mir nicht aus wie ein guter Samariter.«

Viktor nickte betrübt. »Jo, die Welt isch schlecht. Und wenn's ums G'schäft goht, gibt's au kchaine Grenze. Der Stümpfli hät sich usserdem die Koordinate von dem Altenheim bi Atdorf notiert. Sel hän mir sine Unterlage entno.«

»Der Mühle Atdorf? Wieso?«

»'s Schluchseewerk will dem Heim offebar 's Ischpruchsrecht geges Bauvorhabe Pumpspeicherwerk abkchaufe. Zumindescht hät sich der Herr Stümpfli das so uff'gschriebe.«

»Und jetzt will er auch dieses Geschäft selbst machen. Wirklich, du hast recht, es ist schon erstaunlich, was der Mann so alles über die Atdorfpläne weiß. Das bedeutet natürlich jede Menge Motive und Wut bei denen, die um ihre Existenz bangen. Vielleicht sogar genügend Wut, um die Politiker und Entscheider in die Luft zu sprengen, die sie dafür verantwortlich machen? Was meinst du? Müssen wir den *Wächter* in dieser Ecke suchen? Kennst du eigentlich die Mühle in Atdorf? Das ist ein wirklich schönes großes Haus, so ein bisschen im Stil der alten Hotzenhäuser. Mit Walmdach und so. Ich glaube, dem Betreiber gehören auch noch andere Altenheime. Nun sag schon, habt ihr am Ende Hinweise, dass der *Wächter* aus Herrischried kommen könnte?«

»Nix Konkretes. Aber möglich isch alles. Und du waisch jo, wie des isch mit Behördewäg, 's macht die Sach a biz kompliziert. Aber du, du kchasch ganz unverfänglich bi dem Stümpfli und bim Zumkeller akchlopfe, ohni offiziellen Antrag un Erlaubnis.«

Ja, möglich war bei dieser Geschichte alles. Und sie konnten es sich nicht leisten, auch nur eine Möglichkeit außer Betracht zu lassen. Iris lachte leise. »Also gut, dann spiel ich mal die Mata Hari vom Hochrhein.«

Viktor schaute sie treuherzig an. »Wieso spielen?«

»Spar dir deinen Spott. Ich denke, ich fange mit Zumkeller an und versuche unauffällig herauszufinden, was er mit eurem Bauhai zu schaffen hat. Wenn es wirklich um schmutzige Geschäfte geht – und ich wüsste nicht, warum dieser Stümpfli sonst auf eine Demo von Umweltschützern kommen sollte –, ist es besser, ihn nicht durch direkte Nachfragen zu warnen.«

Viktor grinste. »Hä, du machsches scho. Also, mini Schöne, bis bald.«

Iris nickte gedankenverloren und begann, Nägel zu kauen. Eine Mata Hari war sie wirklich nicht. Also blieb nur die plumpe Tour der Annäherung an Zumkeller. »Lange nicht gesehen, das ist aber ein Zufall«, oder so. Sie blickte sich um, wollte sich von Viktor verabschieden. Er war schon weg. Sie hatte es nicht bemerkt.

Noch schnell einen Kaffee? Nein, den würde es nicht geben. Am Stand hatte sich inzwischen eine lange Schlange gebildet. Sie schaute auf die Uhr. Gleich würde die Kundgebung beginnen.

Wo zum Teufel steckte Forstweiler? Es machte sie unruhig, ihn nicht im Auge zu haben. Er war ein alter Mann, und bei der brütenden Hitze, die über dem Platz lag, bekam so mancher schnell einen Kreislaufkollaps. Sie fühlte sich irgendwie für ihn verantwortlich.

Iris stand auf, um das weite Feld besser überschauen zu können. Überall lagerten Menschen in verschiedenen Stadien der Entspannung auf Decken, auf Jacken, mit Picknickkörben und ohne, mit Transparenten und ohne. Sie schätzte, es mussten inzwischen um die zwanzigtausend sein. Sie konnte den alten Mann nirgends entdecken. Gut, dann würde sie sich später um ihn kümmern.

Sie marschierte in Richtung der Herren Zumkeller und Stümpfli. Plötzlich erhob sich Paul Zumkeller, packte den massigen Schweizer am Kragen und schüttelte ihn wie einen nassen Sack. Die Frauen am Tisch der beiden kreischten, Iris spurtete los.

»Paul, Paul, lassen Sie das! Um Himmels willen, lassen Sie den Mann los!« Sie stolperte über einen Stein und stürzte. »Verfluchte Hacke«, schimpfte sie und rappelte sich hoch.

Paul Zumkeller sah sie an, als erwache er aus einem bösen Traum, seine Hände sanken nach unten. Es waren die Hände eines Mannes, der einer langen Ahnenreihe von Landleuten entstammte. Große Hände, die zupacken konnten, die Heu machten und Ställe ausmisteten, die im Zweifel auch ein wildgewordenes Rindvieh bändigen konnten. Der Mann brauchte keine Muckibude. Wo er zuschlug, wuchs kein Gras mehr. Zumkeller mochte etwa Mitte dreißig sein, etwas jünger als sie selbst, schätzte Iris. Er trug einen Schnurrbart unter einer recht breiten und nach unten überhängenden Nase, die fast wie ein großer Kolben in Tropfenform aussah. Anders ausgedrückt, er hatte einen gewaltigen Zinken. Dessen Wirkung wurde durch die verschmitzten, etwas schräg stehenden Augen relativiert. Nein, ein schöner Mann war dieser Paul Zumkeller nicht. Er wirkte irgendwie ungelenk – und rührte sie genau deshalb trotz seiner mindestens ein Meter neunzig an, wie er so dastand und offenbar selbst kaum glauben konnte, was er gerade in seinem Zorn getan hatte.

Iris humpelte zu ihm und legte ihm die Hand auf den Oberarm. »Was halten Sie davon, mit mir ein Stück zu gehen?«, fragte sie. Dann zuckte sie sehr theatralisch zusammen und sog die Luft ein. »Sssss, ich glaube, ich habe mir den Knöchel verstaucht.«

Aus dem gerade noch wütenden Hünen wurde jetzt ein fürsorglicher Mann. »Oh, das tut mir leid«, antwortete er leise. Es war nicht ganz klar, ob er damit Stümpfli meinte oder den Umstand, dass Iris gefallen war, um zu verhindern, dass er dem Schweizer die Luft abschnürte.

Beat Stümpfli, zwei Zentner breit, in einem grünen Armani-Shirt und einer bestimmt sündhaft teuren Sonderanfertigung von Jeans, wischte sich mit einem großen Sacktuch den Schweiß von der Stirn. Sein Gesicht war krebsrot. Er schnaufte heftig und warf Zumkeller einen Blick zu, der neben der abebbenden Panik so viel Heimtücke enthielt, dass Iris ganz mulmig wurde. Der Mann würde sich für diesen Angriff rächen.

Sie versuchte, Zumkeller von Stümpfli wegzuziehen. »Kommen Sie, helfen Sie mir auf eine Bank, ich kann kaum noch stehen«, behauptete sie.

Stümpfli funkelte den Landwirt an. »Das wird Sie no reue«, quetsche er zwischen zusammengebissenen Zähnen hervor und fügte in bestem Schweizer Hochdeutsch hinzu. »Und dankchen Sie Gott, dass diese Frau gekommen ist.«

Jetzt kannst du leicht drohen, dachte Iris. Aber was hättest du denn tun wollen, trotz deiner zwei Zentner, wenn ich nicht gekommen wäre?

»Aber, aber«, warf sie ein, »da ist einem Mann nur kurz der Gaul durchgegangen. Das hat Paul nicht so gemeint.«

»Sie kchennet den da?« Stümpfli warf ihr einen forschenden Blick zu.

Iris nickte und wies auf ihren Knöchel. »Paul, bitte!«

Beat Stümpfli wandte sich ohne ein weiteres Wort zum Gehen und schlängelte sich für seine Fülle sehr behände durch die Menschen auf der Wiese.

Iris und Paul Zumkeller sahen ihm nach. »Danke«, sagte Zumkeller schließlich. »Können Sie es noch einen Moment aushalten? Dann besorge ich einen Stuhl.« Er sah sich suchend um.

»Geht schon wieder«, meinte Iris grinsend.

Er wurde richtig rot, als er begriff, dass sie seinetwegen Theater gespielt hatte. Herrje, schön war er nicht, dieser Hotzenwaldbauer, aber irgendwie süß.

Ein Handy klingelte, und Iris griff automatisch in ihre Umhängetasche, Paul Zumkeller in seine Jeans. Eine aus dem Billigladen.

Es war Zumkellers Handy. Sein Gesicht wurde immer ernster, während er zuhörte. Dann legte er auf und sagte: »Ich muss sofort nach Herrischried.«

»Was ist los? Ist was passiert?«, erkundigte sich Iris.

»Im Altenheim brennt's. Das war der Kreisbrandmeister. Er sagt, es sei noch nicht klar, wie schlimm es wird, bis das Feuer unter Kontrolle gebracht werden kann. Sie brauchen jeden Mann. Ich gehöre zum Atemschutztrupp. Aber ich bin mit dem Zug da, ich hab kein Auto. Bis ich mit öffentlichen Verkehrsmitteln auf dem Wald bin, das dauert ewig.«

Iris war alarmiert. Sie musste sofort daran denken, dass sie noch immer nach der zweiten Warnung des *Wächters* suchte. »Ich hab ein Auto. Ich bringe Sie. Mein Parkplatz ist allerdings etwas weiter weg. Aber wir können uns am Bahnhof eine von den Taxen nehmen, die dort stehen, und uns hinbringen lassen. Sagen Sie, war die Rede von einer Explosion?«

»Danke. Das hilft mir sehr.« Dann stutzte er. »Explosion? Nein, davon hat er nichts gesagt.«

Die Mühle in Atdorf. Viktor hatte doch vorhin erzählt, das Schluchseewerk habe dem Altenheim das Einspruchsrecht gegen das Atdorf-Projekt abkaufen wollen. Und dass da auch dieser Stümpfli dran war. Vielleicht hatte das ja gar nichts mit dem *Wächter* zu tun, sondern jemand veranstaltete hier einen heißen Abriss. Wo kein Altenheim, da kein Einspruch.

Und wenn doch?

»Wo Sie eine Explosion erwähnen …« Zumkeller zögerte.

»Ja?«

»Gestern Nacht sind die Wehrer Kameraden zu einem Feuer in Brennet gerufen worden. Ein halb verfallener Schuppen hat gebrannt. Später stellte sich raus, dass da wohl ein kleiner Sprengsatz deponiert war, der aber irgendwie nass geworden sein muss. Fragen Sie mich nicht, wie. Vielleicht hat eine Kuh draufgepinkelt. Oder ein Obdachloser. Der Schuppen ist jedenfalls nicht direkt in die Luft geflogen, es wurde anfangs nur das Stroh in Brand gesetzt. Das alte Holz hat gebrannt wie Zunder. Und als der Sprengsatz dann doch noch hochging, war vom Schuppen schon so wenig übrig, dass die Explosion keinen Schaden mehr anrichten konnte. Deswegen sind sie erst vor ein paar Stunden drauf gestoßen, als sie die verkohlten Schuppenreste untersucht haben.«

6

»Wo steht denn jetzt Ihr Auto? Ist es noch weit?« Paul Zumkellers Stimme klang angespannt.

»Nein, es steht gleich da vorne. Sehen Sie, der gelbe Twingo da?« Sie warf ihm einen Seitenblick zu. Er hatte die Lippen zusammengepresst, seine kräftigen Kiefer mahlten. Der Mann hatte – ja, was? Der Mann hatte Angst, um nicht zu sagen Panik.

Iris stockte mitten im Schritt und fluchte. Teufel noch eins, sie hatte den alten Forstweiler völlig vergessen. Sie kramte in ihrer Handtasche. »Moment, ich muss mal telefonieren.«

»Können Sie das nicht später machen, ich muss schnellstens nach Herrischried.«

»Wieso, was befürchten Sie denn, haben Sie Angst, die Flammen könnten auf Ihren Pferdehof übergreifen?«

Er starrte sie einen Moment an, schüttelte dann aber den Kopf. »Nein, der ist weit genug weg. Wenn sie das Altenheim evakuieren müssen, brauchen sie aber jede Hilfe, die sie kriegen können. Und wie gesagt, ich gehöre zum Atemschutztrupp. Vielleicht müssen Menschen aus dem Haus gerettet werden.«

Das klang logisch, wirkte auf Iris aber dennoch wie eine Ausrede. Da steckte mehr dahinter. »Keine Bange, Ihre Kollegen sind schließlich schon vor Ort. Ich bin auch gleich so weit.«

Sie ging ein Stück zur Seite, damit Paul Zumkeller nicht mithören konnte. »Viktor? – Ja, hallo. Hast du schon von der Bombe in Brennet gehört? – Ah, der Glückliche hat dich informiert. Klar, ich vergaß, du gehörst ja auch zur Soko *Wächter. Mir* hat er nichts gesagt. Ich bin wohl jetzt außen vor. – Nein, ich bin nicht verbittert. Nur realistisch. – So, so, ihr seid dran? – Ja, ich kann verstehen, dass ihr unter Druck steht. Lassen wir das. Ach, und ich habe eine Bitte: Ich bin gerade auf dem Weg nach Herrischried, ich bringe Paul Zumkeller hoch. Es brennt offenbar im Altenheim, du weißt schon, in dem, dessen Koordinaten sich Stümpfli notiert hat. – Was? – Nein, ich weiß nicht, wie schlimm es ist. Ich rufe dich auch aus einem anderen Grund an. Als ich heute Morgen hergekommen bin, hatte ich den alten Johannes Forstweiler dabei. – Du kennst ihn? – Ja, er stammt aus Sulz. – Richtig, der ehemalige reformierte Pfarrer. Jedenfalls hab ich ihn völlig vergessen. Kannst du ihn bitte ausrufen lassen und dafür sorgen, dass er heimkommt? – Ah, danke, das ist nett. – Wie bitte? – Nein, von einer Explosion war nicht die Rede. Aber ich sage dir Bescheid, falls es eine gegeben haben sollte. *Ich* bin ja nicht so.«

Sie legte auf und ging zu Zumkeller zurück. »So, schon fertig, sehen Sie, das ging schnell.«

Doch die Worte wirkten keineswegs beruhigend. Sie konnte hören, wie er mit den Zähnen knirschte, als er ins Auto einstieg. Warum, zum Kuckuck, war dieser Mann derart nervös? Ging es am Ende gar nicht darum, dass er einer der dringend benötigten Atemschutzträger der Freiwilligen Feuerwehr Herrischried war? Das waren die Männer, die bei einem »Löschangriff«, wie es so schön hieß, in die brennenden Häuser gingen. Gut, es gab nicht viele, die Atemschutzausrüstung war teuer und kompliziert zu handhaben. Deswegen wurden nur erfahrene Feuerwehrleute entsprechend ausgebildet. Aber mehr als einen Atemschutzträger hatte die Herrischrieder Feuerwehr bestimmt. Und wenn es schlimm war, dann pflegte die Leitstelle zudem die umliegenden Wehren zu alarmieren. Sie ließ den Motor an und fuhr los.

»Nun machen Sie schon!«

»Ich fahre ja bereits so schnell ich kann, aber auf die übrigen Verkehrsteilnehmer sollten wir trotzdem achten. Es hilft auch nichts, wenn wir unterwegs verunglücken.«

Er schwieg, und Iris konzentrierte sich für eine Weile auf den Verkehr. »Ist das Altenheim denn groß, wohnen dort viele Leute?«, fragte sie schließlich.

Er zuckte die Schultern. »Soweit ich weiß, haben sie achtundzwanzig Zimmer. Einzel- und Doppelzimmer.«

»Hat Ihr Brandmeister gesagt, wie schlimm es brennt?« Sie streifte ihn mit einem Seitenblick.

Paul Zumkeller schüttelte den Kopf. Der Mann war angespannt wie eine Bogensehne.

Am besten gab sie sich unwissend, machte Small Talk, klopfte etwas auf den Busch. Vielleicht verriet er dann, ohne es zu merken, den Grund für seine Unruhe. So konnte sie auch gleich checken, ob sie bezüglich des Themas seiner Unterhaltung mit Stümpfli richtig vermutet hatte. »Sagen Sie mal, die Reittherapie, die Sie auf dem Reiterhof anbieten, für wen ist die eigentlich?«

»Zum Beispiel für hyperaktive Kinder oder Behinderte. Manchmal auch für Kinder, die einen seelischen Schaden davongetragen haben, weil sie etwas Schreckliches erleben mussten. Den Tod eines Elternteils zum Beispiel. Oder weil sie misshandelt worden sind und lernen müssen, wieder Vertrauen aufzubauen.«

»Das ist bestimmt eine erfüllende Aufgabe.«

Er nickte.

»Sie kennen doch den Kohlbrennerhof?«

»Natürlich.«

»Stimmt es, dass die Erben alles an das Schluchseewerk verkauft haben oder es zumindest wollen? Das haben Sie neulich bei Linda erzählt. Erinnern Sie sich? Das muss vor etwa zwei Wochen gewesen sein. Da saßen wir zusammen an der Cafétheke. Ging es da nicht auch um Wasserrechte?«

»Nicht die Erben. Die Tochter. Elena Malzacher. Der alte Kohlbrenner hat ihr alles überschrieben, bevor sie ihn ins Altenheim gesteckt haben. Sie hätten es ihm eh abgeknöpft, um den Aufenthalt im Heim zu finanzieren. Das ist teuer, über dreitausend Euro im Monat, hab ich gehört. So ein Landwirt hat nicht viel Rente. Und jetzt will Elenas Mann Flächen verkaufen. Quasi an sich selbst. Fred Malzacher ist beim Schluchseewerk zuständig für die Landaufkäufe, wissen Sie? Die Option auf einen Teil der Grundstücke hat sich aber vorher noch dieser Beat Stümpfli unter den Nagel gerissen. Über die Tochter. Ich habe versucht, Stümpfli zu überreden, mir Flächen zu verpachten, hab ihn beschworen, sogar bekniet, aber … Wieso wollen Sie das eigentlich wissen? Sind Sie noch bei der Polizei, oder doch nicht? In Herrischried geht das Gerücht, dass …«

Iris lachte, es klang gekünstelt, das hörte sie selbst. Klatsch schien Flügel zu haben. Immerhin, es stimmte also, was sie und Viktor sich bezüglich des Gesprächs von Paul Zumkeller mit Stümpfli gedacht hatten. Trotzdem war es vielleicht nicht gut, nur seine Situation zu durchleuchten. In der Gegend um Atdorf gab es noch andere, die wütend wegen der Schluwe-Pläne waren. Wütend genug, um Bomben hochgehen zu lassen? Zumkeller kannte jede und jeden. Vielleicht wusste er ja etwas. »Die Leute reden viel, wenn der Tag lang ist. Aber dieses Mal stimmt es. Polizei, das war einmal. Ich mache demnächst in Laufenburg eine Galerie auf. Offenbar ist bei mir das Fragen zur dummen Gewohnheit geworden. Jemand von der Bürgerinitiative Atdorf hat mir übrigens erzählt, dass Quellen versiegen werden, wenn sie den Abhau abholzen und den Berg köpfen.«

»Damit müssen wir wohl rechnen.« Er zögerte eine Weile. »Es hat ja bereits jede Menge Pannen gegeben. Langsam werden selbst die Gemeinderäte von Herrischried und Rickenbach unruhig. Die hatten das Konzept des Schluchseewerks für ein neues Wassermanagement begeistert abgesegnet, weil sie glaubten, mit dem Pumpspeicherwerk würden auch die Steuereinnahmen sprudeln.«

»Und Sie glauben das nicht?«

»Nein. Bei der Vielzahl der betroffenen Gemeinden bleibt an den einzelnen Kommunen kaum etwas hängen. Wenn überhaupt. Aber unser Hotzenwald wird trotzdem kaputt gemacht. Und das mit dem Wassermanagement wird nicht so klappen, wie die vom Schluchseewerk es sich vorgestellt haben. Es geht ja schon jetzt alles schief.«

»Was genau meinen Sie?«

»Tja, lassen Sie mich überlegen. Bei der Bohrung des Sondierstollens letztes Jahr um Ostern herum sprudelte das Wasser an manchen Stellen regelrecht aus dem Gestein. Fünfundzwanzig bis dreißig Liter pro Sekunde sollen es gewesen sein. Angeblich. Im November letzten Jahres genau dasselbe. Soweit ich weiß, hatten die aber nur eine Genehmigung zum Ableiten von viel weniger Bergwasser. Beim Landratsamt haben sie dann den Antrag gestellt, fünf Liter mehr ableiten zu dürfen. Dabei war die Ursprungsmenge, die aus dem Felsen kam, meines Wissens aber bereits weit größer als die schließlich erlaubte Literzahl pro Sekunde. So viel zu den Fachleuten. Gut, ich würde nie wagen zu behaupten, dass sich da bezüglich der wirklich angefallenen Wassermengen jemand bewusst verrechnet hat. Aber komisch ist es schon.«

»Das klingt bitter. Glauben Sie denn, das sind alles Dilettanten?

Die wissen doch, was sie tun. Hat das Landratsamt sich denn nicht eingeschaltet? Gab es Strafen?«

»Ha, der Himmel erhalte Ihnen Ihren Kinderglauben. Die stecken doch alle unter einer Decke. Landratsamt, Schluchseewerk, Regierungspräsidium – bis hin nach Stuttgart. Oder glauben Sie, der Mappus hat den Kauf der Anteile an EnBW gleich nach der Verlängerung der AKW-Laufzeiten umsonst still und heimlich eingefädelt? Das wäre jedenfalls ein ziemlicher Zufall.«

»Sie wollen doch nicht unterstellen, dass hier mit unlauteren Methoden gearbeitet wird?«

»Wo werde ich denn. Glauben Sie, ich handle mir eine Anzeige wegen Verleumdung ein? Aber eines ist so sicher wie das Amen in der Kirche: *Wenn* die wissen, was sie tun, dann nur, um möglichst viel Geld zu verdienen. Sie glauben tatsächlich den Scheiß vom in Atdorf ökologisch produzierten Strom? Da geht es auch bloß ums Geschäft. Ich glaube, vor der neuerdings so viel propagierten Energiewende dachten die sich das ursprünglich so: Die großen Schluwe-Mütter RWE und EnBW, die wegen ihrer Abnahmemengen kräftig handeln können, kaufen billigen Strom, zum Beispiel von den französischen Atomkraftwerken, und geben ihn an die Schluwe weiter. Ich habe gehört, zu bestimmten Zeiten, bei geringem Stromverbrauch, bekommen sie sogar Geld, wenn sie den Erzeugern den Strom abnehmen, der gerade nicht gebraucht wird. Aber auch ohne billigen Atomstrom aus dem Ausland ist die Schluwe ein Umschlagplatz für den Überschuss. Es ist nämlich so: Die Einspeisung von Strom aus regenerativen Energien ins Netz hat wegen der gesetzlich garantierten Abnahme ›Vorfahrt‹. Und da die Netze nur eine gewisse Kapazität haben, müssen sie den anderen Strom, sogar den selbst produzierten, loswerden. Sie wissen, dass EnBW zwei AKWs betreibt? Oder besser: bis vor Kurzem betrieben hat. Und die mussten sich schließlich rentieren. Da kommt dann auch das Thema der zusätzlichen Speicherbecken ins Spiel. Bei der Schluwe wird mit dem billigen oder überflüssigen Strom Wasser hochgepumpt und über Turbinen abgelassen, wenn der Stromverbrauch hoch ist – um den so entstehenden ›Öko-Strom‹ dann zu Spitzenlastzeiten mit kräftigem Gewinn an die Kunden zu verhökern. Gut, ich gebe zu, ich hab das jetzt etwas verkürzt dargestellt. Aber so in etwa ist es. *Das* verstehen die unter Ökologie. Und Sie werden sehen, mit der Energiewende werden die Strompreise noch weiter steigen.«

Iris war baff. Dieser Mann, der aussah wie ein Bauer, hatte sich in Themen eingearbeitet, von denen sie selbst nur ansatzweise etwas verstand. »Aber jetzt werden die deutschen AKWs doch abgeschaltet.«

»Ach? Werden sie das? Soweit ich weiß, gehen erst mal sieben vom Netz. Ob das so bleibt, werden wir sehen. Von Rückbau hab ich jedenfalls noch nichts gehört, auch nicht bezüglich der zwei AKWs von EnBW. Ach ja, auch das AKW Leibstadt auf der anderen Rheinseite soll heruntergefahren werden, es geht aber frühestens 2034 vom Netz. Falls die Schweizer Ernst machen und der Volksentscheid entsprechend ausfällt. In Frankreich laufen die Meiler weiter. Die liefern den Atomstrom, den wir nicht mehr selbst produzieren, natürlich gern, also laufen die Stromgeschäfte trotzdem weiter. Dafür machen die Energiekonzerne mit Hilfe unserer Politiker dann unsere Heimat kaputt, kaufen unsere Höfe auf und vernichten Quellen, riskieren sogar einen hohen Nitrateintrag im Grundwasser. Eine der Rickenbacher Mühleweiherquellen stand wegen der Probebohrungen tatsächlich kurz vor dem Versiegen. Und soweit ich weiß, hat die Bürgerinitiative Atdorf in diesem Frühjahr bereits mehrfach stark zurückgegangene Schüttungen bei Quellen auf dem Abhau gemeldet. Aber das ist noch nicht einmal alles.«

»Was soll das heißen?«

Er lachte freudlos. »Wenn er nicht so schrecklich wäre, dieser ganze Schlamassel, wäre es fast komisch. Im Wasserschutzgebiet auf dem Abhau ist im Sommer 2009 bei den Erkundungsbohrungen Öl ausgetreten. Stellen Sie sich das mal vor: Öl! Zwar war die Menge gering, aber die haben noch nicht einmal das Landratsamt informiert. Das hat ein Spaziergänger erledigt. Im November 2010 hat das Landratsamt die Erkundungsbohrung im Bereich der Rüttmattquelle stoppen müssen. Statt der genehmigten fünfundzwanzig Meter war über dreißig Meter tief gebohrt worden. Das hätte niemand gemerkt, hätten die Leute von der Bürgerinitiative Atdorf nicht aufgepasst und die Behörde alarmiert. Da mussten sie reagieren, ob sie wollten oder nicht. Damals bin ich der Bürgerinitiative beigetreten.«

»Sie meinen, ohne die Bürgerinitiative hätten die einfach weitergemacht, als wäre nichts geschehen? Sieht fast so aus, als hätte die Bürgerinitiative da einen Wachdienst eingerichtet.«

Er sah sie von der Seite an. »Kann schon sein.«

»Kommen Sie, Sie können mir vertrauen. Auch eine Exkriminalkommissarin hat so etwas wie ein politisches Bewusstsein. Auch ich fühle mich hier zu Hause. Außerdem ist mir menschliches Mitgefühl nicht fremd. Ich spüre doch, wie angespannt Sie sind. Und das liegt sicherlich nicht nur an dem Brand. Ihr Hof ist ja nicht in Gefahr. Das haben Sie vorhin selbst gesagt. Zumindest nicht durch Feuer. Dieser Stümpfli ist also an Flächen dran, die Sie vom alten Kohlbrenner gepachtet haben. Sind Sie deswegen mit ihm aneinandergeraten?«

»Ja, stimmt. Er rückt nicht so richtig damit raus, wie weit seine Geländekauf-Absichten gediehen sind. Der Mann windet sich wie ein Aal. Er will mir das Gelände jedenfalls nicht verpachten. Er will einen Käufer. Vermutlich versucht er, alle Interessenten gegeneinander auszuspielen, um ein gutes Geschäft zu machen. Ich kann die benötigten Flächen aber nicht selbst erwerben. Wir bekommen keinen weiteren Kredit mehr. Das bringt uns um. Der Hof ist mein Lebenswerk, wissen Sie. Wir haben so hart dafür geschuftet.«

»Da kann ich verstehen, dass Sie wütend werden.«

»Wütend? Das ist das falsche Wort. Manchmal bin ich es einfach leid zu kämpfen. Ich habe versucht, mit Stümpfli zu reden, immer und immer wieder. Ihm eine höhere Pacht angeboten, versucht, ihm zu erklären, dass es um unsere Existenz geht, dass wir Schulden haben und vor der absoluten Katastrophe stehen. Doch das ist ihm egal. Er hat gesagt, wenn wir nicht freiwillig das Feld räumen, dann …«

»Was dann? Hat das etwa was mit dem Brand des Altenheims zu tun? Ich habe gehört, dass Stümpfli versucht, den Betreibern das Einspruchsrecht gegen das Atdorfprojekt abzuluchsen. Jetzt reden Sie schon, oder glauben Sie, ich merke nicht, dass Sie vor irgendetwas Angst haben? Werden Sie bedroht? Glauben Sie, es war

Brandstiftung? Fürchten Sie, dass auch Ihr Hof bald brennt? Damit Stümpfli Sie schneller loswird? Dann müssen Sie zur Polizei. Sofort.«

»Die stecken doch alle unter einer Decke. Woher weiß dieser Stümpfli denn eigentlich, welche Flächen einen guten Gewinn versprechen, weil sie als Ausgleich gebraucht werden? Oder wer die Verkäufer sind?«

»Wen meinen Sie mit die? Und wer ist alle? Glauben Sie, Stümpfli hat gewisse Verbindungen? Gewährsleute im Regierungspräsidium oder bei den Ministerien?«

Zumkeller kam nicht mehr dazu, ihre Frage zu beantworten. Sie wurden von einer Straßensperre gestoppt. Ein Feuerwehrmann trat neben den Wagen und klopfte an die Scheibe der Fahrertür. Iris kurbelte sie herunter. Ihr Twingo verfügte noch nicht über Elektronik.

»Guten Tag. Tut mir leid, aber Sie können hier nicht durch. Da vorne hat es gebrannt. Ah, hallo, Paul, du bist auch da? Hättest nicht kommen müssen, wir haben die Sache schon im Griff.«

»Lass uns durch, Martin«, gab Paul Zumkeller kurz angebunden zurück.

Der Angesprochene nickte, schob einen rotweißen Absperrpoller zur Seite und winkte sie durch.

Iris entdeckte mehrere Feuerwehrautos. Männer in Feuerwehruniformen rollten Schläuche auf. Andere schälten sich aus ihren Atemschutzanzügen, wieder andere rauchten eine Zigarette. Offenbar war der Löschangriff inzwischen beendet. Sie befürchtete schon das Schlimmste, doch als der Blick auf das Altenheim frei wurde, konnte sie keine Schäden erkennen. Das Gebäude stand da, als wäre nichts geschehen, die Geranien und Petunien in den Kästen an den Fenstern unterstrichen die Idylle.

Erst auf den zweiten Blick entdeckte sie die schwarze Fensterhöhle im Erdgeschoss, aus der die Flammen geschlagen waren, denn um den Rahmen herum war die Hauswand rußig.

Sie stellte das Auto ab und stieg aus, Paul Zumkeller schloss sich sofort seinen Kameraden an. Iris entschied, ihn später weiter in die Mangel zu nehmen. Sie benötigte zuerst vom Einsatzleiter die Antwort auf eine andere wichtige Frage. Doch sie konnte ihn nicht finden. Auf ihre entsprechende Erkundigung hieß es, er sei hinten im Garten bei der Heimleitung. Sie ging um das Haus herum und sah eine Gruppe verängstigt wirkender alter Menschen, die sich auf dem sonnenbeschienenen Rasen versammelt hatten. Einige saßen in Rollstühlen, andere auf Gartenstühlen. Manche hatten Köfferchen neben sich stehen. Alle sahen erschöpft aus. Wo steckten denn die Pflegerinnen?

Ah, da war der Kreisbrandmeister. Er unterhielt sich mit einem anderen Mann, vermutlich dem Heimleiter. Iris kannte ihn nicht und marschierte deshalb direkt auf den obersten Feuerwehrkommandanten des Landkreises Waldshut zu. »Hallo, Herr Flum. Kann ich Sie mal kurz sprechen?«

»Frau Terheyde, was tun Sie denn hier? Es sind noch nicht mal die Brandexperten vor Ort, und schon ermittelt die Polizei? Aber wieso Sie? Sind sie nicht bei der Lörracher Mordkommission?«

Offenbar gab es auf dieser Welt wenigstens einen Menschen, der noch nichts von ihrer »Kündigung« gehört hatte. »Nein, ich ermittle nicht. Ich habe nur einen Ihrer Leute hergebracht. Paul Zumkeller. Wir dachten, es wäre schlimmer.«

Klaus Flum, ein hochgewachsener Mann in den Sechzigern, seit über zwanzig Jahren Kreisbrandmeister und von allen wegen seiner unaufgeregten, manchmal fast altväterlich wirkenden Art sehr geschätzt, schob den Helm nach hinten. »Ja, das dachten wir zunächst auch. Aber das Feuer ist rechtzeitig entdeckt worden, sodass nur das Speisezimmer in Mitleidenschaft gezogen wurde. Wir hatten den Brand schnell im Griff und konnten alle Heimbewohner unverletzt herausholen. Allerdings hat das Löschwasser einen ziemlichen Schaden angerichtet. Und bevor nicht geklärt ist, warum es hier gebrannt hat, können die Senioren leider nicht wieder in ihre Zimmer.«

Von den Heimbewohnern, die mitgehört hatten, kam missbilligendes Gemurmel. »Diebesbande!«, krähte einer.

Flum grinste. »Aber meine Herrschaften, ich bitte Sie. Es ist doch nicht für lange. Wir haben doch schon vorhin darüber gesprochen.«

»Können wir jetzt mit der Evakuierung weitermachen?«, erkundigte sich der Mann, der bei Flum stand.

»Ja, natürlich. Meine Leute helfen Ihnen«, antwortete Flum. »Der Bus müsste auch gleich kommen. Vielleicht steht er sogar schon vor dem Haus.«

Er wandte sich wieder Iris zu und schmunzelte. »Tja, so ist das mit den alten Herrschaften. Manche haben noch den Krieg erlebt und misstrauen allen und jedem. Die älteste Bewohnerin hier ist bald hundert. Aber die Heimleitung hat tolle Arbeit geleistet und für alle einen Platz in einem der umliegenden Heime oder bei Verwandten und Freunden gefunden. Außerdem betreibt das Unternehmen ja auch noch ein weiteres Heim in Bad Säckingen.«

»Sie wissen also noch nicht, weshalb das Feuer ausgebrochen ist?«

»Nein, wieso fragen Sie?«

»Ach, nur so. Herr Flum, gibt es jemanden, der kurz vor dem Brand eine Explosion gehört hat?«

Der Kreisbrandmeister musterte sie besorgt. »Das fragen Sie doch nicht einfach nur so, oder?«

»Doch, doch«, wiegelte Iris ab. »Ich dachte, vielleicht war es eine Gasexplosion.«

»Die heizen hier mit Öl. Außerdem – glauben Sie nicht, dass wir im Landkreis Waldshut genug von der Brandbekämpfung verstehen, um so etwas selbst in Betracht zu ziehen?«

»Aber sicher. Das wollte ich auch nicht unterstellen. Äh. Haben Sie, ich meine, hat jemand von Ihren Leuten vielleicht irgendwo einen Zettel gefunden? Einen Brief oder so etwas?«

Jetzt war er misstrauisch geworden. Sie hätte sich in den Bauch beißen können, dass sie so plump mit der Tür ins Haus gefallen war.

»Wieso fragen Sie das?«

»Ähm. Herr Zumkeller war … also …«

»Was ist mit Paul?«

»Ich weiß auch nicht. Jedenfalls haben wir uns auf dem Weg hierher unterhalten, und ich hatte fast den Eindruck, als fühlte er sich bedroht. Ich meine, er hat das nicht so gesagt, beileibe nicht. Aber könnte es nicht sein, dass dieses Feuer eine Warnung war?«

»Warnung? Weshalb? Und wovor?«

»Na ja, weil jemand die Leute hier loswerden will.«

»Weshalb?«

»Weil dieser Jemand, sagen wir mal … Interesse an einer anderweitigen Verwendung der Flächen hat.«

Flum lachte schallend. »Das Schluchseewerk meinen Sie, wegen der Ausgleichsflächen für das geplante Pumpspeicherwerk?« Vor lauter Lachen kamen ihm sogar die Tränen. »Frau Terheyde, also wirklich, ich hätte nicht gedacht, dass Sie zu denen gehören, die an Verschwörungstheorien glauben. Die Waldbesitzer der Region sind unlängst angeschrieben worden, ob sie nicht verkaufen wollen. Ich übrigens auch. Hab erst vorgestern den Vertrag unterschrieben und mich bei der Gelegenheit mal erkundigt, wie die Aktion so gelaufen ist. Soweit ich weiß, sind der Schluwe mehr Flächen angeboten worden, als sie überhaupt brauchen kann.«

Das war Iris neu. »Na ja, ich meinte ja nur.«

Flum gluckste noch immer vor Vergnügen, als Iris schon wieder auf dem Weg zu ihrem Auto war. Sie schaute nicht zurück, aber sie konnte es genau hören und fand es irgendwie … beleidigend. Der Mann nahm sie nicht ernst. Das Gefühl gefiel ihr nicht. Auch wenn es unter den gegebenen Umständen vermutlich besser war, wenn er nicht weiter nachhakte.

Jetzt konnte sie sich wenigstens zusammenreimen, warum Stümpfli den armen Zumkeller unter Druck setzte und nicht verpachten, sondern nur verkaufen wollte. Vielleicht verhielt es sich ja so: Der Schweizer hatte die Option auf Flächen des Kohlbrennerhofes teuer bezahlt. Um sich das Gelände zu sichern. Vielleicht hatte er es sogar längst gekauft, möglicherweise schon zu Zeiten, als die Pläne und damit das für Ausgleichsflächen vorgesehene Gelände noch gar nicht öffentlich gewesen waren. Doch das konnte er jetzt nicht zugeben, weil sonst klar würde, dass er Insiderinformationen gehabt hatte. Da lag Zumkeller wahrscheinlich richtig. Entgegen Stümpflis Erwartungen waren die Waldbesitzer nun jedoch keineswegs abgeneigt, ihre Flächen zu verkaufen. Das ging aus Flums Angaben hervor. Nun wurde Stümpfli das Gelände nicht wie geplant an die Schluwe los und blieb womöglich darauf sitzen. Kurz, der Mann hatte sich verspekuliert. Und sah in Zumkeller eine Möglichkeit, doch noch ein Geschäft zu machen. Sie mussten diesen Stümpfli genauer unter die Lupe nehmen. Und Paul Zumkeller ebenfalls.

Iris sah sich zwischen den Einsatzwagen um, doch sie konnte ihn nirgends entdecken. Gut, dann musste eben der Glückliche ran. Das war vielleicht sowieso besser. Zumkeller hatte gute Gründe, alle zu hassen, die etwas mit dem Bau des Pumpspeicherwerks zu tun hatten, davon profitierten oder es vorhatten. Er kam also durchaus als *Wächter* in Frage. Doch er war keineswegs der Einzige. Da waren zum Beispiel die anderen Aktivisten der Bürgerinitiative. Ihre Wächterfunktion hatten die Leute nicht grundlos übernommen, wie es schien. Sie zückte ihr Handy.

Der Glückliche erklärte, sie würden Paul Zumkeller sofort zur Vernehmung vorladen.

»Na, dann macht's gut«, meinte sie und legte auf. Als sie das Handy wieder in ihre Tasche stecken wollte, hörte sie das Knistern von Papier. Sie zog den Zettel heraus. Es war eine Namensliste.

Günther Oettinger
Julian Würtenberger
Stefan Mappus
Ernst Pfister
Beat Stümpfli

Fünf Namen. Sonst nichts. Aber warum gerade diese fünf? Ernst Pfister, FDP, war bis zur Wahl im letzten März der baden-württembergische Wirtschaftminister gewesen, bei Oettinger und Mappus handelte es sich um ehemalige Ministerpräsidenten. Würtenberger war der amtierende Regierungspräsident – und auch Stümpfli, der Schweizer Bauunternehmer, stand auf der Liste. Seit wann war dieser Zettel in ihrer Tasche?

Ihr wurde heiß und kalt. Die Liste musste vom *Wächter* stammen. Also doch Zumkeller? Vielleicht. Es gab aber noch eine andere Möglichkeit. Der *Wächter* könnte ihn ihr im Gedränge der Anti-AKW-Demo in die Tasche gesteckt haben. So oder so, er musste ihr dafür ganz nah gekommen sein. Und sie hatte nichts bemerkt. WER ZUM TEUFEL WAR ER? WO WAR ER?

7

»Woher wissen *Sie* von der missglückten Explosion bei dem Scheunenbrand in Brennet?«

»Polizeifunk, ich bin schließlich Detektiv.« Max Trautmann bemühte sich um eine Unschuldsmine. »Aber verraten Sie mich nicht. Noch ein Glas Wein?«

Iris schüttelte den Kopf. »Und woher wissen Sie, dass das Grundstück, auf dem dieser Schuppen stand, der Familie unseres Regierungspräsidenten Julian Würtenberger gehört?«

Trautmann zuckte die Schultern. »Der Name fiel im Funkverkehr der Polizei. Also hab ich mal ein bisschen … recherchiert.«

»Recherchiert? So, so.«

Verdammt, nun hatte er sich beinahe verplappert. Wenn sie erfuhr, wie seine Quellen genau aussahen und was er bereits alles über ihre derzeitigen Aktivitäten wusste, würde sie ihm den Kopf abreißen, ihm die Hölle heißmachen. Nein, er stellte sich lieber nicht vor, was sie dann tun würde. Hoffentlich hakte sie nicht nach. Er musste sie ablenken, ehe sie zum Nachdenken kam und misstrauisch wurde. Darum griff er schnell nach einem Ordner im Regal, entnahm ihm zwei Zeitungsausschnitte und hielt sie ihr hin. »Ich hab in meinem Archiv gekramt, unter Würtenberger. Es hat mich natürlich interessiert, warum jemand so wütend auf ihn gewesen sein könnte, dass er seinen Schuppen in die Luft jagt.«

Er wedelte mit den Ausschnitten. »Hier hätten wir ein Motiv. Ich könnte mir einen wütenden Umweltschützer vorstellen, einen Atdorf-Gegner zum Beispiel. Würtenberger ist ja nicht unumstritten. In meinem Archiv ist übrigens einiges mehr, das Sie interessieren könnte.« Endlich bekam er mal Gelegenheit, es ihr zu zeigen. Er konnte den Stolz nicht ganz aus der Stimme heraushalten.

Sie reagierte nicht so freudig, wie er es sich erhofft hatte.

»Geben Sie her!« Sie griff nach einem der beiden Papiere.

Der Bericht stammte aus dem »Südkurier« und trug das Datum vom 1. April 2011. Iris blinzelte, dann hielt sie ihn weiter weg. Verdammt, warum war die Schrift so klein?

»Sie brauchen eine Brille.«

»Blödsinn. Hier ist bloß schlechtes Licht.« Sie ging zur Balkontür und zog die Gardine zur Seite. Trautmann folgte ihr.

Na also, es war nur das Licht. Sie bewegte die Lippen, während sie las.

Atdorf: Zweifel an Würtenbergers Neutralität

In Sachen Pumpspeicherwerk Atdorf gibt es Zweifel an der Neutralität von Regierungspräsident Julian Würtenberger: Dem SÜDKURIER wurde gestern ein Dokument zugespielt, dessen Inhalt aus Sicht der Atdorf-Gegner einige Brisanz enthält.

Iris überflog den weiteren Inhalt. Offenbar handelte es sich bei dem erwähnten Dokument um die Kopie eines Briefes, den Regierungspräsident Julian Würtenberger am 16. September 2008, also noch vor Bekanntwerden der Schluchseewerkpläne, an den damaligen Ministerpräsidenten Oettinger geschrieben und in dem er bereits zu diesem frühen Zeitpunkt eine äußerst positive Bewertung des Pumpspeicherprojektes vorgenommen hatte.

Kritiker des Pumpspeicherbeckens sprachen von einem »Skandal«. Dieser Brief zeige, dass die Behörde nicht neutral zu dem Projekt stehe.

»Hm«, sagte Iris. »Das hab ich gar nicht mitgekriegt, ist völlig an mir vorbeigegangen.«

»Na, Sie mussten ja auch unbedingt in Urlaub an die Südsee.«

»Mallorca«, korrigierte ihn Iris. »Kann sein. Ich hatte mir den Urlaub jedenfalls verdient.« Sie las einen in dem Artikel zitierten Ausschnitt aus dem Brief laut vor. *»Ich selbst habe bereits drei Gespräche mit den beiden Vorstandsmitgliedern, Dr. Vogt und Dr. Rost, geführt. Ich habe mit ihnen ihr Kommunikationskonzept abgestimmt und ihnen unsere Unterstützung zugesichert … Das Projekt ist … in hohem Maße begrüßenswert.* – Das hat der Regierungspräsident wirklich geschrieben?«

Max Trautmann nickte eifrig. »Ja, ich habe mir den Brief angeschaut. Er ist im Internet als PDF-Datei abrufbar.«

Sie sah verwirrt aus. »Im Internet? Wo Sie sich überall herumtreiben. Ist schon erstaunlich. Hätte ich Ihnen gar nicht zugetraut.«

Das war es ja! Sie nahm ihn einfach nicht ernst. Nicht seine Intelligenz, nicht seine Gefühle, nicht seine Männlichkeit.

Iris war jetzt wieder völlig auf den Text konzentriert. *»Im Ge-*

spräch mit unserer Zeitung sagt der Regierungspräsident: ›Ich sehe darin keine Voreingenommenheit.‹ Laut Würtenberger sei es durchaus üblich, ein Rat suchendes Unternehmen zu unterstützen. Er habe dabei in keiner Weise dem Genehmigungsverfahren vorgegriffen oder gar eine Blanko-Verfügung gegeben.«

Trautmann schaute sie triumphierend an. »Sehen Sie, so was kann einen Bürger doch wütend machen. Also für mich klingt das nach Mauschelei. Und unser Exwirtschaftminister von der FDP steckt da mitsamt seinem Ministerium auch irgendwie drin.« Er deutete auf den Artikel, den er noch in der Hand hielt. »Wenn man Würtenberger auf die Angelegenheit anspricht, gibt er sich jedoch sanft wie ein Wattebausch in der Frühlingsbrise.« Er überflog den Text auf der Suche nach einer bestimmten Stelle und las sie vor: *»Auf die Frage, ob er unter einer grün-roten Regierung seinen Posten behalte, antwortete er: ›Das entscheidet die neue Regierung. Natürlich weiß ein politischer Beamter um das Risiko in seinem Amt.‹ Aber er sei bereit, auch unter der neuen Regierung seine Aufgaben loyal zu erfüllen.* – Nachtigall, ick hör dir trapsen, sag ich da nur. Der Typ hat Angst um seinen Job.«

Und guten Grund, Angst um sein Leben zu haben, dachte Iris. Aber es standen ja noch andere auf der Todesliste. Zum Beispiel der Exwirtschaftsminister, den Trautmann gerade genannt hatte. »Und was ist mit Ernst Pfister?« Steht über ihn auch was in dem Artikel, den Sie da so krampfhaft festhalten?«

»Lesen Sie ihn halt.«

»Soll ich hier Wurzeln schlagen, sind Sie nicht in der Lage, so was zusammenzufassen?«

Trautmann seufzte. »Der Artikel stammt aus der ›Stuttgarter Zeitung‹ vom 19. April. Im Wesentlichen steht dasselbe darin wie in dem vom ›Südkurier‹. Nur dass der Journalist, ein Wolfgang Messner, auch Pfisters Zutun erwähnt. Und die ebenfalls sehr ›fördernde‹ Rolle, die unsere beiden Exministerpräsidenten Oettinger und Mappus bei den ganzen Bauvorhaben in der Hochrheinregion gespielt haben. Allerdings hebt er mehr auf den Autobahn-Neubau ab. Hier, das bestätigt meine Schlussfolgerungen total. Die haben zugunsten des Schluchseewerks gemauschelt. Zumindest verstehe ich das so. ›Abgestimmt‹ steht da, es sei alles mit dem

Schluchseewerk abgestimmt gewesen. Ha!« Er hielt ihr den Bericht unter die Nase.

Iris nahm ihn und überflog die ersten Zeilen.

Es ist für Julian Würtenberger (CDU) eine ungewohnte Situation. Mit einem Mal steht der Freiburger Regierungspräsident im Blickpunkt der Öffentlichkeit. Aber nicht so, wie es der 54-Jährige gerne hat – als jovialer und smarter Sachwalter Südbadens –, sondern als einer, der sich dem Verdacht ausgesetzt sieht, seine Rolle als Chef der Mittelbehörde nicht immer so neutral wahrzunehmen, wie es sich für einen Behördenchef gehört.

Trautmann wurde ungeduldig, griff nach dem Zeitungsausschnitt und las laut: »*Am 16. September 2008 versichert der Behörden- dem Regierungschef – also damals noch Oettinger –, er habe bei dem mit einem Volumen von 1,2 Milliarden Euro zweitgrößten Bauvorhaben nach Stuttgart 21 den Vorständen der Schluchseewerk AG ›unsere Unterstützung zugesagt‹. Zudem sei mit zwei Vorständen ›ihr Kommunikationskonzept abgestimmt‹ worden.*« – Na, was sagt man dazu? Absprachen, damit sich auch niemand verplappert? Und dann das: »*Durch StZ-Recherchen wurde deutlich, wie eng der Wirtschaftsminister Ernst Pfister (FDP) mit dem Regierungspräsidium eine Presseerklärung zu Atdorf abgestimmt hatte, die Ende September 2010 mitten in die öffentliche Erörterung zum Raumordnungsverfahren platzte. Darin erklärte Pfister das wegen seines enormen Landschaftsverbrauchs umstrittene Projekt als ›unverzichtbar‹. Vertreter von Bürgerinitiativen sehen ihren Verdacht auf ›Kungelei‹ bestätigt. Würtenberger hat seitdem alle Mühe, diesen Eindruck zu zerstreuen.*«

Trautmann schaute sie, Zustimmung heischend, an. »Sagen Sie selbst: Das heißt doch nichts anderes, als dass so ein Atdorf-Gegner sich von den Politikern über den Tisch gezogen fühlen und ein Motiv haben könnte, Würtenberger einen Warnschuss zu verpassen. Soweit ich weiß, ist in Brennet ja nicht viel passiert. Das sind jedenfalls meine Schlussfolgerungen. Aber Sie sind natürlich der Profi, äh, Exprofi.«

Iris hätte sich in den Bauch beißen können. Die Worte des *Wächters* hallten ein weiteres Mal in ihrem Kopf wider. *Sucht dort: Energieunternehmen, Regierungspräsidium, Autobahn.* Er hatte sich für seine zweite Warnung einen alten Schuppen ausgesucht, der dem

Regierungspräsidenten gehörte. Warum hatte es erst dieses Artikels und Trautmanns bedurft, um sie auf den Trichter zu bringen? Fünf, hatte der *Wächter* zudem geschrieben. Erst drei, dann fünf. Das war die Anzahl der Namen auf der Todesliste. Der *Wächter* spielte nicht. Bisher hatte er alle seine Ankündigungen wahr gemacht. Erst die drei Warnungen. Und nun ging es richtig los, nun standen Menschenleben auf dem Spiel. Eines irritierte sie jedoch. Den Namen Beat Stümpfli erklärte das nicht. Oder doch? Es würde bestätigen, was sie sich nach dem Gespräch mit Zumkeller zusammengereimt hatte. Stümpflis Verbindungen reichten womöglich bis in die höchsten Ebenen des Landes Baden-Württemberg. Und der *Wächter* wusste das? Dann lag die Vermutung nahe, dass er selbst ein Insider war. Oder eigene Verbindungen hatte.

Andererseits baute Stümpfli immerhin an einer Bundesautobahn mit, und das war allgemein bekannt – spätestens, seit die Diskussion um eine schon viele Jahre alte deutsch-schweizerische Auseinandersetzung wieder aufgeflammt war. Die Schweizer waren nicht sonderlich glücklich darüber, wenn Deutsche bei Aufträgen der öffentlichen Hand, ja überhaupt bei Ausschreibungen in ihrem Land mitboten. Das galt aber auch umgekehrt. Auf der persönlichen Ebene funktionierten die Geschäftsbeziehungen im alemannischen Sprachraum gut, eine Ebene darüber änderte sich das aber schlagartig. Und Medien wie der Schweizer »Blick« diskutierten genüsslich über den »arroganten Deutschen«. Was die deutschen Leser veranlasste, über die »großkotzigen Schweizer« herzuziehen, die mit ihren bis zum Überlaufen gefüllten Einkaufswägen hierzulande regelmäßig für Schlangen an den Supermarktkassen sorgten. Man kann kaum glauben, dass der Kulturraum, in dem die Streithähne leben, über Jahrhunderte ein gemeinsamer war, dachte Iris. Sie fühlte sich dabei immer an streitende Geschwister erinnert. Jetzt hatte sie aber über anderes nachzudenken als über deutsch-schweizerische Abgrenzungen und Befindlichkeiten. Sie wandte sich wieder Trautmann zu. »Herrje, das zieht sich ja bis in die höchsten Kreise.«

Trautmann sagte nichts.

Iris las leise weiter und sah dann hoch. »Wussten Sie eigentlich, dass Würtenberger der Sohn des Staatsrechtlers Thomas Würtenberger und Enkel des Künstlers Ernst Würtenberger aus Wehr-Brennet ist?« Sie wartete Trautmanns Antwort gar nicht ab, sondern las weiter. »Ach nein. Das ist ja pikant. Ganz schön süffisant, was dieser Messner da schreibt – und tatsächlich genau das, was Sie gesagt haben, Trautmann: *In der Riege der Regierungspräsidenten gilt Würtenbergers Position als am stärksten gefährdet. Er steht ganz oben auf der Giftliste, sagen Grüne, die an den Koalitionsgesprächen beteiligt sind.* – Wieso bringen Sie mir das erst jetzt? Soweit ich weiß, waren *Sie* nicht in Urlaub.«

»Woher hätte ich wissen sollen, dass Sie das interessiert?«, fragte er scheinheilig. »Ich bin außerdem kein Prophet. Woher sollte ich wissen, dass in Brennet ein Schuppen in die Luft fliegen würde, der ausgerechnet Würtenberger gehört?«

Er machte eine Pause. Sollte er ihr von seinem neuen Klienten erzählen? Nein. Nicht, solange sie ihm nicht vertraute und ihn endlich von sich aus in das einweihte, was hier Sache war. So lange würde er eben auf eigene Faust weiterermitteln. Gut, eine Chance bekam sie noch. »Irgendetwas stimmt doch hier nicht. Ich meine, mit Ihrem angeblichen Berufswechsel. Ich habe ja bisher so getan, als würde ich alles glauben, was Sie sagen. Aber Sie verschweigen mir etwas. Wie sollen wir unter diesen Umständen vertrauensvoll zusammenarbeiten?«

»Sollen wir ja nicht«, erwiderte sie spitz. »*Ich* bin nicht auf den Gedanken gekommen, dass es eine gute Idee sein könnte, wenn in die Räume meiner Galerie ein Internetcafé und ein Detektivbüro einziehen.«

Sie vertraute ihm nicht. Und er hatte nicht die Absicht, ihr zu erklären, dass er deswegen sogar den Kontakt zu Hackern aufgenommen hatte, genauer, dass er gerade selbst dabei war, die grundlegenden Tricks zu erlernen. Er war den »Spiderbugs« in Zusammenhang mit seinen durch Neugier befeuerten Nachforschungen bezüglich der Angriffe auf Banken als Folge der Verhaftung von Wikileaks-Gründer Assange begegnet. Noch schaffte er es nicht allein, an die täglichen Polizeimeldungen zu kommen. Aber bald. Als er letztes Jahr Stieg Larsson und dessen Millenniums-Trilogie gelesen hatte, war ihm die Idee gekommen. Was diese spillerige Lisbeth Salander konnte, nämlich in anderer Leute Computer zu spionieren, das konnte er auch. Gut, das kostete alles eine Stange Geld, aber er konnte es sich seit dem Tod von Klara sowie seiner Exfrau und des Stiefvaters leisten. Er hatte dreimal ganz gut geerbt.

Er hatte unbedingt herausfinden wollen, wie diese Galeriepläne mit der Veränderung in Iris' Leben zusammenhingen. Also hatte er einen der »Spiderbugs« gebeten, ihm zu zeigen, wie man einen Trojaner in fremde PCs einschleusen und sich sogar von dort aus in wieder andere PCs hacken konnte, um die Spuren zu verwischen. Nun las er bei ihr mit. Das war einfach gewesen. Sie hatte ihr WLAN nicht verschlüsselt. Das war wirklich fahrlässig. Irgendwann würde er sie darauf aufmerksam machen. Eine ihrer Mails bereitete ihm jedoch Kopfzerbrechen, er konnte sie nicht einordnen. Sie war an Felix gegangen. »Für Neues vom *Wächter*: Gateway one.« Er hatte keine Ahnung, was das heißen sollte. Und danach – nichts mehr.

Eine derartige Mailabstinenz war bei einer so einschneidenden Veränderung doch seltsam, oder? Gut, sie war keine Frau für enge Freundschaften, das bekam er selbst immer wieder zu spüren. Er kannte genau genommen niemanden, der einen derartig großen Fluchtraum hatte. Aber da war nichts über eine Galerie, eine Suche nach Räumen oder so. Null Komma nichts. Das sah nicht so aus, als wollte sie wirklich eine gründen. Nein, er hatte keinen Moment an ihre Kündigung geglaubt. Aber sie sollte es ihm selbst erzählen.

Es klingelte. Max stapfte die enge alte Stiege hinunter, um die Haustür aufzuschließen. In diesem Gebäude gab es keine Gegensprechanlage mit elektronischem Türöffner. Er war nicht böse darüber. Das zwang ihn immer mal wieder zum Treppensteigen.

»Aber hallo, der Glückliche! Das ist jetzt ja eine Überraschung.«

Martin Felix grinste. »Tag, Trautmann. Sie kennen meinen Spitznamen? Ist sie hier? Bei Ihnen? Daheim ist sie nämlich nicht.«

Max musste nicht nachfragen, um zu wissen, wer gemeint war. »Ja, sie ist hier. Kommen Sie.«

Iris Augen weiteten sich, als sie den Glücklichen hinter Trautmann ins Zimmer kommen sah. »Was machen Sie den hier? Und woher wissen Sie, wo ich bin?«

»Ich freue mich immer über einen so begeisterten Empfang.«

Felix feixte. »Sie sind nicht schwer zu finden. Wo sollten Sie denn sonst sein? Ist Herr Trautmann nicht Ihr künftiger Partner?«

»Felix, Süffisanz ist mein Revier. Sie können das nicht. Also versuchen Sie es besser gar nicht erst.«

»Tzzzz. Bissig wie eh und je.«

»Was wollen Sie?«

»Ich muss mit Ihnen reden.«

»Wieso kommen Sie dann extra her? Es gibt Telefon.«

»Weil ich auch mit diesem Herrn hier reden muss. Das geht dann in einem Aufwasch.«

»Vorher muss ich Ihnen allerdings noch etwas geben. Das hat mir jemand in meine Tasche geschmuggelt.« Iris holte den Zettel mit den Namen aus der Hosentasche und reichte ihn ihm.

Der Glückliche pfiff durch die Zähne. »Hoppla. Das ist ja ein Ding. Meinen Sie, das ist vom *Wächter*? Wie kommt der in Ihre Tasche?«

Iris warf Felix bei der Erwähnung des *Wächters* einen warnenden Blick zu. Der lachte grimmig. »Machen Sie sich keine Sorgen. Ich glaube, Ihr Freund hier weiß längst, dass Sie keineswegs den Polizeidienst quittiert haben.«

Iris fuhr auf. »Was soll das heißen?«

»Oh, wir haben ihn erwischt, wie er versucht hat, unseren Polizeicomputer zu hacken. Ziemlich stümperhafter Versuch, muss ich sagen, Herr Trautmann. Er hat sich übrigens auch in Ihren Computer eingeschlichen, Frau Terheyde. Sie werden uns jetzt sicherlich mitteilen, Trautmann, wer Ihnen dabei geholfen hat. Dann könnte es sein, dass Sie mildernde Umstände bekommen. Sie wissen, dass das strafbar ist, was Sie da machen?«

Trautmann schluckte. »Schweigegelübde. Äh, Berufsgeheimnis. Informantenschutz. Es geht um einen Klienten. Mehr kann ich Ihnen nicht sagen. Keinesfalls. Und wenn Sie mich ins Gefängnis stecken«, erklärte er schließlich forscher, als er sich fühlte.

»Mein lieber Herr Detektiv, wenn Sie nicht ab sofort eng und vertrauensvoll mit uns zusammenarbeiten, dann kostet Sie das Ihre noch ziemlich neue Lizenz, und Sie können Ihr Detektivbüro vergessen.«

Iris hatte dem Wortwechsel mit wachsender Fassungslosigkeit

zugehört. So langsam begann ihr zu dämmern, was das hieß. Wie eine Furie ging sie auf Trautmann los. »Wie können Sie es wagen!«

Trautmann hielt abwehrend die Hände vor sich. »Bitte, nun bringen Sie mich nicht gleich um. Ich wusste, dass hier was nicht stimmt. Und ich dachte, Sie sind vielleicht in Gefahr. Ich wollte Ihnen nur helfen.«

»Ich will keinen Schutzengel! Ich brauche keinen Schutzengel. Und Sie schon gar nicht!«

»Ich glaube, Sie brauchen doch einen«, widersprach Trautmann. »Zumindest entnehme ich das dem Umstand, dass dieser *Wächter* offensichtlich einen Zettel in Ihre Tasche geschmuggelt hat. Er muss Ihnen ziemlich nah gekommen sein. Was steht darauf? Übrigens, wenn Sie nicht wollen, dass jemand bei Ihnen mitliest, dann sollten sie Ihren Internetzugang besser verschlüsseln. Ihr WLAN ist so offen wie ein Scheunentor.«

Iris sank auf Trautmanns neues Sofa. »Haben Sie einen Schnaps?«

Trautmann enteilte in die Küche.

»Und wieso sind *Sie* in meinem PC?«, fragte sie Felix.

»Wie bitte?«

»Woher wissen Sie, dass Trautmann bei mir mitliest?«

»Ach, nur zur Sicherheit. Bleich hat das angeordnet.«

»Dieses Arschloch.« Sie schluckte. »Und Trautmann hat tatsächlich versucht, den Polizeicomputer zu hacken?«, fragte sie nach einer kurzen Pause.

Der Glückliche nickte. »Hat er. Genauer, den des Landeskriminalamtes. Aber die haben das natürlich schnell gemerkt.«

»Das ist der Hammer.«

»So, hier ist der Schnaps.« Trautmann stellte drei Gläser auf den Couchtisch. »Guter Kirsch aus Stadenhausen. Wollen Sie auch einen auf den Schreck, Herr Felix?«

»Wollen Sie gut Wetter machen? Das wird Ihnen nichts nützen. Aber warum nicht? Ich bin ja eigentlich sowieso nicht hier.«

»Was soll das denn nun wieder heißen?« Trautmann fühlte sich zunehmend unwohl. Dann dämmerte es ihm. »Sie wollen was von mir. Sonst hätten Sie mich schon längst verhaftet.«

»Kluges Kerlchen.«

»Kann mich hier bitte mal jemand aufklären?«, fauchte Iris.

»Trautmann ist nicht der Einzige, der versucht hat, sich in den Polizeicomputer zu hacken.«

Trautmann schaute ihn groß an. »Ups. Aber was hat das mit mir zu tun?«

»Nun, dieser andere Jemand hat es sehr viel geschickter angestellt. Über eine Prepaid-Karte. Aber auch über den Account von Frau Terheyde. Wir konnten, anders als bei Ihnen, allerdings bisher nicht herausfinden, wer das ist.«

»Waas? Über meinen Internetanschluss haben *zwei* Leute versucht, den Computer des Landeskriminalamtes anzuzapfen? Ich fasse es nicht.« Iris Terheyde stürzte den Schnaps hinunter, als wäre er Wasser, riss Trautmann die Flasche aus der Hand und schüttete sich einen weiteren ein, den sie ebenso hinunterstürzte. »Dann werde ich sofort meinen Account abstellen. Oder verschlüsseln.«

»Das werden Sie nicht«, erklärte der Glückliche in aller Gemütsruhe. »Sie werden zusammen mit diesem verhinderten Hacker hier herausfinden, wer der Unbekannte ist, der sich für die Interna des Landeskriminalamtes interessiert. Das werden Sie doch hinkriegen, Herr Trautmann? Denn das ist der Deal. Wenn Sie es schaffen, könnte es sein, dass Sie noch einmal ungeschoren davonkommen. Natürlich nur, wenn Sie nie, aber auch niemals wieder so etwas versuchen.«

Trautmann nickte. Er fühlte sich ziemlich bedröppelt, bekam langsam weiche Knie. Um es milde auszudrücken. Die weichen Knie konnten aber auch damit zusammenhängen, dass er das Gänseblümchen besonders sexy fand, wenn sie wütend war. Dann wogten ihre Brüste auf und ab, so wie jetzt wieder unter dem neonfarbenen, viel zu weiten T-Shirt mit der blödsinnigen Aufschrift: »Same, same but butter«. Warum nur trug sie immer diesen Schlabberlook? Begriff sie denn nicht, dass ihre Fülle wunderschön und sehr weiblich war? Er wusste, an ihr war alles fest. Sie hatte fast keine Orangenhaut. Nur ganz leicht an den Oberschenkeln. Aber das störte ihn nicht. Frauen begriffen einfach nicht, dass das keinen verliebten Mann störte. Dass es nur störte, wenn sie ständig darüber jammerten.

Beim Gedanken an diese eine Nacht wurde ihm schummrig, und er spürte eine zunehmende Härte im Schritt. Die Beinah-

Nacht. Als er sie im Arm gehalten hatte, ihre Haut spüren konnte, ihre Formen ertasten. Als sie es sich von jetzt auf gleich anders überlegt hatte. Natürlich ahnte er, warum. Er wusste, dass sie eine Vermutung hatte, was damals mit seinem Stiefvater geschehen war.

Ihre Brüste wogten schon etwas weniger. Und bei dem Gedanken daran, was sie mit ihm anstellen würde, wenn der Glückliche erst einmal zur Tür hinaus war und sie Zeit gehabt hatte, die Angelegenheit mit der Hackerei zu verdauen, wurde ihm noch mulmiger. Er schenkte sich ebenfalls einen weiteren Kirsch ein und nickte. »Gebongt.«

»Mir wäre es lieber, Sie würden diesen Typen sofort in den tiefsten Kerker werfen, den wir in dieser Republik haben«, knurrte Iris.

»Geht nicht, werte Kollegin. Wir brauchen ihn. Sie verstehen einfach zu wenig von Computern, wie die Ereignisse zeigen.«

Sie biss sich auf die Lippen.

Felix dozierte: »Ich hab mich informiert. Wer sich in eine fremde WLAN-Verbindung einklinken will, darf nicht allzu weit weg sein. Die Reichweite von Wireless LAN ist nicht allzu groß, derjenige, der sich einwählt, darf nicht weiter als etwa hundert Meter vom sogenannten Access Point entfernt sein. Die genaue Reichweite hängt von den Räumlichkeiten und der direkten Umgebung ab. Ob es dicke Mauern gibt oder Hauswände und so. Daneben spielen Dinge wie die Antenne natürlich eine entscheidende Rolle, und auch die Sendeleistung des WLAN an sich muss in die Überlegungen mit einbezogen werden. Wenn man über die Reichweite von WLAN spricht, muss man natürlich wissen, dass sich die Funkwellen quasi optisch ausbreiten, also ähnlich wie Licht. Daher ist es ideal, wenn zwischen Netzwerkkarte und Access Point eine sogenannte ›Line of Sight‹, kurz LOS besteht, also eine direkte Sichtverbindung. Das können wir hier aber wohl ausschließen. Lange Rede, kurzer Sinn …«

»… wer auch immer sich heimlich bei Frau Terheyde einloggt, muss hier ganz in der Nähe sitzen.«

»Sie haben es erfasst, Herr Detektiv.«

»Ich soll also die Straße im Auge behalten und herausfinden, ob vielleicht jemand immer wieder hier vorbeifährt? Gibt es denn bestimmte Zeiten?« Eine wohlbekannte Aufregung, die von der verstärkten Adrenalinproduktion in seinem Körper kündete, begann sich in Max' Magen auszubreiten. Er fühlte sich lebendig.

»Eher nicht. Es sind ganz verschiedene Zeiten. Wir vermuten daher, dass der Hacker selbst irgendwo in der Laufenburger Hauptstraße sitzt, vielleicht sogar wohnt.«

Max Trautmann nickte bedächtig. »Das heißt, ich soll unauffällig in die Nachbarwohnungen einbrechen, alle Computer überprüfen, derer ich habhaft werden kann, und herausfinden, ob sich von da aus jemand in Frau Terheydes PC eingeschmuggelt hat. Der ›Rebstock‹ gegenüber hat einen offenen Anschluss.«

Der Glückliche nickte. »PCs checken – ja. Aber wehe Ihnen, Sie brechen ein. Bloß, weil Sie jetzt an der Geschichte mitarbeiten, haben Sie noch lange keinen Persilschein. Da müssen Sie sich schon was anderes überlegen. Sie sind doch Schriftsteller, oder? Und haben demnach Phantasie. Den Rebstock-Anschluss haben wir übrigens schon überprüft. Aber von dort aus hat sich niemand bei Frau Terheyde eingehackt.«

Trautmann nickte. »Verstehe. Und von den Netzwerken, die ich sehen kann, wenn ich mir die in der Nähe vorhandenen anzeigen lasse, dürfte es auch keines sein.«

»Vermutlich nicht«, bestätigte der Glückliche. »Es ist anzunehmen, dass jemand, der sich bei anderen einhackt, auch weiß, wie man den eigenen Anschluss versteckt. Es soll aber auch Ausnahmen geben.« Er warf Trautmann einen vielsagenden Blick zu. »Bei uns sind alle Kräfte mit der Fahndung nach dem *Wächter* gebunden. Wir haben einfach niemanden mehr. Außerdem ist es so unauffälliger.«

»Halleluja«, meinte Iris.

Die beiden Männer sahen sie erstaunt an.

»Was soll das denn heißen?«, erkundigte sich Martin Felix.

»Na, dann sind Trautmann und ich ja mal wieder gemeinsam an derselben Ermittlung. Und ich hatte gehofft, nun würde alles anders.«

Felix schmunzelte. »Manches bleibt. Besonders ein gutes Team. Sie sollten den Herrn Detektiv besser einweihen. Wir haben die

Erlaubnis. Erzählen Sie ihm alles. Zumindest das, was er noch nicht weiß.«

Sie warf Max einen unergründlichen Blick zu. »Das muss ich dann ja wohl. Übrigens, kennen Sie die Zeitungsartikel über eine mögliche Befangenheit von Würtenberger? Trautmann, wo haben Sie die?«

»Hier, hier«, erklärte dieser eifrig und reichte sie Felix.

Der warf einen kurzen Blick darauf. »Aber ja, die Berichte kennen wir.«

»Wenn Sie die Namen auf der Liste, die ich Ihnen gegeben habe, mit den Namen vergleichen, die Sie im Artikel finden, was fällt ihnen auf?«

»Was mir auffällt? Der *Wächter* liest Zeitung. Und war Ihnen ganz nahe. Wollen Sie Personenschutz? Das könnte allerdings auffallen.«

»Was noch?«

»Also wirklich. Alle Namen auf der Todesliste des *Wächters* sind in diesen Zeitungsartikeln genannt. Bis auf einen.«

Iris nickte. »Viktor hat mir heute bei der Demo von Stümpfli erzählt, ein Schweizer Bauunternehmer, der ziemlich viele Interna zu kennen scheint. Wie der *Wächter*. Ich habe mir ein paar Gedanken dazu gemacht und beschlossen, mit Tanja Gerber Freundschaft zu schließen. Ihr Mann arbeitet beim Regierungspräsidium. Vielleicht hat er ihr irgendwas erzählt, was uns einen Hinweis gibt. Könnte doch sein, dass sich über ihn Spuren ergeben, die uns zum *Wächter* führen. Übrigens, haben Sie Paul Zumkeller schon vorgeladen?«

»Ja, wir sprechen morgen mit Ihm.«

»Ich passe auf Sie auf«, erklärte Trautmann.

»Sie tun nichts dergleichen, Sie, Sie … verdammter Hacker!«

Der Glückliche grinste. »Na, dann überlasse ich Sie mal Ihrem Liebesgeplänkel.«

»Liebesgeplänkel? Ich werde ihn um-brin-gen!«, fauchte Iris.

»Aber erst später. Noch brauchen Sie mich.« Trautmann zwinkerte ihr zu. »Und nun erzählen Sie mal.«

8

Hanspeter Gerber war der Typ Luis Trenker. Ein mittelgroßer, drahtiger Naturbursche, vom Radfahren und Wandern durchtrainierte Oberschenkel, unten Knödelwaden. Iris wusste, dass er für den Laufenburger Schwarzwaldverein hin und wieder die Mittwochswanderungen für Senioren führte. Er hatte wesentlich mehr Raumverdrängung, als bei seiner Größe zu erwarten gewesen wäre, als er jetzt wütend in Lindas Buchladen stürmte. »Wo ist er? Ist er hier?«

Iris, die nach einer Nacht mit wenig Schlaf und einer morgendlichen Schwimmrunde im Laufenburger Gartenstrandbad auf einen ruhigen Kaffee samt Laugencroissant und ein Schwätzchen mit Tanja Gerber gehofft hatte, griff unwillkürlich nach einer Dienstwaffe, die nicht mehr da war.

Irritiert zog sie die Hand wieder zurück. Heute half Tanja Gerber hinter der Theke aus. Wie jeden Montag. Und Iris saß davor.

Sie war ohnehin schon etwas genervt. Denn neben ihr thronte Elena, und wie immer, wenn sie ihren Sohn mitgebracht hatte, keifte sie ihn ständig an. Iris schaute den Fünfjährigen an und zwinkerte ihm zu. Seinem Umfang nach zu urteilen, bekam er oft Kuchen. Statt Liebe und Ermutigung. Rührte er sich mal kurz, wurde er auch schon mit einer Flut lautstark vorgetragener mütterlicher Ermahnungen eingedeckt. »Kannst du nicht sitzen bleiben? Fass nichts an. Andere Kinder wissen, wie sie sich benehmen sollen. Hier, iss und sei still.«

Tanja reagierte umgehend auf das Auftauchen ihres Mannes. Binnen Sekunden verwandelte sich die selbstbewusste Frau in ein verunsichertes, verhuschtes Mäuschen. »Hanspeter, was ist?«

»Dein Vater«, brüllte er. »Dauernd ist er verschwunden. Ist er hier? Ich habe die Nase voll. Jetzt stecken wir den alten Sack ins Heim.«

»Hanspeter, bitte, die Leute! Ich kümmere mich darum«, mahnte Tanja leise.

»Das kenne ich. Und fünf Minuten danach ist der Tattergreis wieder weg. Er hätte vorhin fast das Haus abgefackelt. Ich hab ihn erwischt, als er mit Streichhölzern hantiert hat. Schieb gefälligst deinen Hintern heim und kümmere dich um deinen Alten.«

»Einen kleinen Moment bitte«, sagte Linda zu einer Kundin. Dann baute sie sich vor Hanspeter Gerber auf, die Hände in die Seiten gestemmt und erklärte in ruhigem, aber sehr bestimmten Ton: »Nun mal langsam, Herr Gerber. Ihr Schwiegervater ist nicht hier. Toben Sie Ihre cholerischen Anfälle anderswo aus, aber bitte nicht in meinem Laden.«

Das schien irgendwie zu ihm durchzudringen, sein Blick klärte sich. Er sah sich um und wurde sich des Umstandes gewahr, dass er nicht mit seiner Frau allein war. Er entschuldigte sich zwar nicht, sah aber doch recht betreten aus. Linda nahm ihn am Arm und führte ihn von der Kaffeetheke weg. »Kommen Sie, ich spendiere Ihnen einen Kaffee. Wollen Sie sich vielleicht nach draußen setzen und ihn dort trinken? Haben Sie heute frei?« Linda war die Königin des Small Talks.

»Überstunden«, hörte Iris noch. Tanja Gerber machte sich ans Kaffeekochen. Iris konnte ihr Gesicht im Spiegel sehen, während sie an der Maschine hantierte. Sie schämte sich.

»Ich bringe Ihrem Mann den Kaffee auf die Terrasse, Tanja«, sagte Iris und stand auf. »Soll ich den Thekendienst für Sie übernehmen? Dann können Sie sich um Ihren Vater kümmern.«

Tanja schaute sie dankbar an, griff nach ihrer Handtasche und spurtete aus dem Laden. Ihr Mann sprang auf, beide diskutierten heftig und gingen dann fort. Iris beschloss, den Kaffee selbst zu trinken.

»Kotzbrocken«, stellte Elena Malzacher fest. Das war ihre erste vernünftige Bemerkung an diesem Tag, fand Iris. Kurz darauf packte Elena ihren Sprössling und rauschte ebenfalls hinaus. Iris schnaufte durch. Es war plötzlich wunderbar still und friedlich in Lindas Buchhandlung. Doch nicht für lange.

»Ah, mini liebschte Buchhändlerin. 's isch doch immer wieder eine Augenweide. Sunneschii für en alte Ma.« Die Figur, die jetzt in der Eingangstür erschien, war ebenso unverwechselbar wie die knarzige Stimme. Johannes Forstweiler. Im Schlepptau hatte er einen weiteren alten Mann, um die achtzig wie er selbst. »Selles Klappergschtell isch Joseph Kohlbrenner. Er hät bim Brand geschtern im Herrischrieder Altenheim sini Heimet verlore. Jetzt wohnt er a biz bi mir auf der ›Halde‹. Han denkcht, ‘s isch das Beschte und vielleicht tröschtet es ihn au, wenn ich ihm die scharmanteste Frau vu ganz Laufenburg vorschtell.«

Der Alte schäkerte wie ein junger, dachte Iris und musste schmunzeln. Linda ging darauf ein und strahlte Forstweiler an. »Und hier kommt der charmanteste Schweizer von Laufenburg«, flötete sie und bedachte ihn mit den üblichen drei Küsschen. Linke Wange, rechte Wange, linke Wange. Dann wandte sie sich seinem Begleiter zu.

Joseph Kohlbrenner war ein gebeugtes, spilleriges Männchen und bildete daher einen ziemlichen Kontrast zur F-Form seines Begleiters. Doch er wirkte geistig fit, seine grauen Augen blickten aufmerksam. Sein Kopf war kahl geschoren, sodass nicht auszumachen war, wie viele Haare er noch hatte. Zumindest was das Haupthaar anging. Denn in der unteren Gesichtshälfte spross ein mächtiger grauer Vollbart. Der Mann sah genau so aus, wie Iris sich immer den Alm-Öhi vorgestellt hatte.

»Ha, so krieg ich wenigschtens sellen Buchladen und die Frau zu sehen, von der mein Freund do scho so lang schwärmt«, krähte Joseph Kohlbrenner, griff nach Lindas rechter Hand, spitzte die Lippen und gab der Luft dicht darüber einen formvollendeten Handkuss.

Linda lachte. »Oh, ein Gentleman der alten Schule. Wie ein aus seiner Heimat Vertriebener sehen Sie aber nicht aus. Ich habe heute Morgen in SWR4 schon von dem Brand gehört. Ist viel passiert?«

»Iwo!«, knarzte Kohlbrenner. »Kann bald wieder zurück. Sobald klar isch, wieso ‘s im Speisesaal brennt hät. Guet, sie mün die Sauerei no uffräume, die wo die Feuerwehr bim Löschangriff verursacht hät. Die hän die Niagarafälle produziert, bloß für a winzigs Füür. ‘S isch älles nass.«

»Das klingt ja fast, als würden Sie bedauern, dass der Löschaktion eine angemessene Grundlage fehlte«, mischte sich Iris ins Gespräch. »Kann ich den Herren etwas anbieten? Ich glaube, ich habe Sie gestern gesehen, Herr Kohlbrenner, als ich oben war. Im Garten, zusammen mit den anderen Heimbewohnern. Kann das sein?«

»So, so, ach ja, die Frau Kommissarin. D'r Zumkeller Paul hät mir von Ihnen erzählt. Er hät g'sait, Sie hätteten hochbrocht. Wisset Sie, er hät g'holfe, die alte Lüt zu versorge. Die ware jo ganz durchanand. Dä Sepp, min Kumpel, hät er sogar bi sich uffm Hof uffgno.«

»Das ist aber sehr freundlich«, fand Linda.

»Hajo. Eigentlich isches jo au it schlecht so. Han scho überlegt, ganz ins Tal z'kcho. Obe uffm Wald isches scho ziemlich Jottweedee. Und do in Laufeburg gibt's so scharmante Damen, do lohnt sich's Zügle. Usserdem schnarcht dä Johannes it ganz so lut wie dä Sepp. Sollt ihn um Asyl bitte. Wie wär's denn mit zämmezügle? Zum Bischpiel in selles neue Haim vu de Samariter direkt am Rhi? Sieht it schlecht us. Viellicht gibt's no a Doppelzimmer mit Rhiblick für eus, denn kchönntet mir eus betrachte, was die Knutscher uff der Promenade so machet, gell Johannes? Und denn schpucke mir von obe abe. Das git en Schpass!« Er gackerte.

»Joseph, schpucke! Du wirsch au nie erwachse. Aber zügle isch viellicht kchai schlechte Idee. Des wär ja beinah nebedra, fascht direkt bim Buchlade. Anderersits, dä Rescht vu mim Läbe im selben Altenheim mit dir? Joseph, 's isch a grauenvolli Vorschtellig«, frotzelte Forstweiler. »Abr jetz kchum, trink den Kaffee, du alter Schwerenöter. Das ischt *meine* Buchhändlerin. Also hör sofort auf mit derra Flirterei. Sonscht werd ich no iifersüchtig un mues dich zum Duell fordre. Momentamol.« Johannes Forstweiler spähte um den Raumteiler herum ins Café. »Alles leer. Momentamol«, wiederholte er und marschierte eilig zur Tür hinaus.

Kurz darauf kam er mit Franz Örtler zurück. Der war dieses Mal nicht so verrückt gekleidet wie am Samstag, als Iris ihn bei der Unterführung gesehen hatte, sondern eher den Temperaturen angemessen. Er trug eine Cordhose und ein Sommerhemd. Dazu eine ähnliche Kappe wie Johannes Forstweiler. Erneut fühlte Iris sich bei Örtlers Anblick an einen Smiley erinnert. Doch seine Mundwinkel waren nicht nach oben gebogen. Im Gegenteil. Er stöhnte und wankte. Außerdem war er kreidebleich. Dadurch traten die Altersflecken in seinem Gesicht und auf den Händen besonders deutlich hervor.

»Ich hatten g'schwind im Friseurladen näbedra ab'gsetzt. Er hät sim Schwiegersohn it begegne wölle. Dr Joseph und ich wolle mit ihm in'd Schwiz go, zu derra Krüterfrau, die isch au Heilerin, wisset Sie. Mitem Franz schtimmt öbbis it. Sie hät g'sait, sie kchan au sine Warze und die ganze dunkle Flecke beschpreche. Und der Joseph meint, s'kchönnt ja it schade. Er isch Buur uffm Hotzewald gsi, er musses jo wisse. Au wenn er'n schtudierte Landwirt isch.«

Joseph Kohlbrenner nickte. »Die Familie vom Franz weigert sich strikt, 's sei Humbug, hän se g'sait. Dabi ischer scho zweimal im Krankehus gsi. Ohne dasses besser gworden isch. Und wer hilft, hät recht, oder? Oje, Franz, was isch los mit dir?« Er packte Örtler besorgt am Arm. »Franz isch ab und an a weng durchanand und schwächelt, wisset Sie.« Als der alte Mann nicht auf seine Ansprache reagierte, rief Joseph Kohlbrenner: »Franz, jessas! Ich glaub, es isch besser, mir holet en Krankewage.«

Das fanden auch Iris und Linda. Franz Örtler schwankte erneut, wirkte völlig abwesend. Aus dem einen Mundwinkel zog sich ein Faden Speichel bis auf seine Brust. »Kopf, mein Kopf«, stöhnte er.

Dann kippte er um.

»Um Himmels willen«, murmelte Linda und griff zum Telefon.

Eine Viertelstunde später war der Notarzt da und verpasste dem alten Mann eine Spritze. »Gleich geht es Ihnen wieder besser, aber Sie sollten auf jeden Fall ins Krankenhaus zur Beobachtung«, ordnete er an.

Franz Örtler krächzte etwas, was Iris als Widerspruch interpretierte. Doch seine Äußerung verhallte ungehört. Die Sanitäter versprachen, die Familie zu informieren. »Wir transportieren ihn nicht das erste Mal ins Krankenhaus«, meinte einer.

»Mir fahret mit«, erklärten Joseph Kohlbrenner und Johannes Forstweiler unisono.

»Aber nicht im Krankenwagen«, widersprach der Sanitäter.

Der Notarzt schaltete sich ein. »Es hilft ihm vielleicht, wenn Sie einen seiner Freunde zu ihm setzen. Möglicherweise nimmt das dem Patienten ein wenig die Angst. Und der andere kann den Bus nehmen.«

So wurde es gemacht. Johannes Forstweiler fuhr mit dem Bus, Joseph Kohlbrenner begleitete Franz Örtler im Krankenwagen.

Kurz darauf erschien Max Trautmann im Laden. »Was war denn hier los? Ich hab das Martinshorn gehört.«

Linda blinzelte ihm erfreut zu. Zeit zum Küssen bekam sie nicht, denn gleich nach Trautmann betrat eine Kundin den Laden, die eine ausgiebige Beratung bezüglich eines Kinderbuches für ihren dreijährigen Enkel wünschte. Behauptete sie jedenfalls. Ihr nächster Satz lautete jedoch: »Oje, was war denn hier los?« Linda erklärte es ihr.

Es kamen noch weitere Menschen herein. Trautmann machte einen Bogen um alle und gesellte sich zu Iris.

»Na, Sie haben mir gerade noch gefehlt«, meinte diese. Sie hatte gehofft, nach all der Aufregung endlich ihr Laugencroissant essen und ihren Kaffee trinken zu können. Doch angesichts der Gaffer, die sich, angelockt durch den Krankenwagen und das Notarztfahrzeug, in und vor der Buchhandlung versammelt hatten, war das ohnehin illusorisch. Auch einige Bewohner des fast benachbarten und erst vor wenigen Jahren direkt am Rhein auf einem der schönsten Laufenburger Grundstücke gebauten Altenheims des Arbeiter-Samariterbundes, von dem Joseph Kohlbrenner vorhin gesprochen hatte, waren unter den Schaulustigen. Lindas Laden war für sie eine beliebte Anlaufstelle. Iris hatte immer ein mulmiges Gefühl, wenn sie an dem Haus vorbeiging. Damals, als es gebaut worden war, hatte Bowie, der Messerstecher, hinter einem Bauzaun auf sie gewartet. »Was machen Sie hier?«

»Ui, die Dame ist miesepetrig. Ich habe eine Verabredung mit Franz Örtler und Johannes Forstweiler sowie deren Kumpel Joseph Kohlbrenner. Allerdings erst später.«

»Haben Sie?«

»Ja, habe ich.«

»Seit wann so menschenfreundlich? Ich dachte, Sie mögen keine alten Männer.«

»Ich mochte nur meinen Stiefvater nicht. Aber die Herren Forstweiler, Örtler und Kohlbrenner sind ein interessantes Trio. Wir haben etwas zu bereden. Wieso sind Sie so schlecht gelaunt?«

»Sie wären auch miesepetrig, wenn Sie sich die halbe Nacht um die Ohren geschlagen hätten, um einen Trojaner zu finden, der sich in Ihrem PC eingenistet hat.«

»Und, haben Sie ihn gefunden?«, erkundigte sich Max Trautmann interessiert.

»Ja, hab ich. Um halb fünf heute Morgen. Nachdem ich Spy-Bot heruntergeladen hatte.«

»Spy-Bot? Was ist das?«

»Ein kostenloses Programm aus dem Internet, das Trojaner aufspürt und eliminiert. Wenn man es lässt. Hab ich natürlich nicht gemacht. Noch nicht. Aber jetzt weiß ich jedenfalls, wie es geht. Und sobald wir diesen anderen Hacker gefunden haben …«

Er sank etwas in sich zusammen. »Soso. Und ich dachte, Sie verstehen nichts von Computern.«

»Es hat sich schon so mancher Mann getäuscht, was meine Fähigkeiten betrifft.«

»Sieht so aus«, erwiderte Trautmann, schon wieder grienend. Hatte dieser Mann denn nie ein schlechtes Gewissen? Sie wollte ihn gerade danach fragen, da erklärte er: »Aber übrigens, ehe ich es vergesse: Ein gewisser Felix hat bei mir angerufen und gotteslästerlich geflucht. Er behauptet, Sie seien unfähig, selbst mit der einfachsten Technik umzugehen. Jedenfalls versucht er schon seit geraumer Zeit, Sie zu erreichen und hat inzwischen mindestens zehn Nachrichten auf der Mailbox Ihres Handys hinterlassen. Ich habe ihm versprochen, Ihnen Bescheid zu sagen, falls ich Sie sehe. Was war denn nun vorhin los? Und wo sind die alten Knacker? Sie müssten eigentlich längst hier sein.«

»So, Sie haben versprochen, mir Bescheid zu sagen.« Iris gab sich alle Mühe, sich *ihr* schlechtes Gewissen wegen des ausgeschalteten Handys nicht anmerken zu lassen. Sie hatte heute Morgen völlig vergessen, es wieder anzumachen. Sie wandte sich um. »Linda, kommst du einen Moment allein klar? Ich müsste mal was … erledigen.«

Die Buchhändlerin nickte. »Geh ruhig. Falls es Probleme gibt, hilft mir der nette Herr Trautmann hier. Nicht wahr? Kannst du Kaffee kochen?«

»Klar kann ich Kaffee kochen«, antwortete Max großspurig.

»Pass lieber auf, dass er deine Gäste nicht vergiftet«, meinte Iris.

»Meine Liebe, ich glaube, die Einzige, die hier gerade etwas giftig ist, bist du«, erwiderte Linda freundlich. »Hat das eigentlich einen besonderen Grund? Man sagt doch immer, was sich liebt, das neckt sich?«

Iris wurde feuerrot. Sie hätte Linda umbringen können. Auch Trautmann errötete. Während Linda noch interessiert von einem zum anderen schaute, entzog sich Iris der Musterung und möglichen weiteren Bemerkungen durch die Flucht nach draußen.

Sie beschloss, sich zum Telefonieren auf eine Bank am Rheinuferweg zu setzen. Sollte Linda doch Max Trautmann erklären, was mit Franz Örtler geschehen war.

Für einige Augenblicke genoss sie den idyllischen Anblick. Ihr Blick wanderte über die alten Häuser auf der Schweizer Rheinseite bis zur Laufenbrücke. Die war inzwischen vollständig saniert. Die Art der Sanierung hatte viel Missmut geschürt. Sie war von den Schweizern angeleiert worden. Doch dann waren die Deutschen vorgeprescht und hatten wegen der Leitungen in der Brücke die Fahrbahn ihrer Seite höher gelegt und anschließend zum Schutz der Fußgänger und Radfahrer einen eisernen Handlauf auf der Brückenbrüstung angebracht. Was, so fanden einige Schweizer Altstadtbewohner, nun keinesfalls der richtige Umgang mit der um 1911 nach einem Entwurf und unter der Leitung von Robert Maillart gebauten denkmalgeschützten Steinbrücke war. Sie hatten dagegen geklagt. Monate waren ins Land gegangen und viel Wasser unter der Brücke hindurchgeflossen. Doch am Ende hatten die Kläger verloren. Man hatte die Arbeiten wieder aufgenommen, und nun war die Laufenbrücke nicht mehr in eine sanierte deutsche und eine nicht sanierte Schweizer Seite geteilt.

Iris' Blick wanderte zurück zu den mittelalterlichen Häusern mit Dächern aus alten Biberschwanzziegeln, die sich jenseits der Brücke am Schweizer Ufer aneinanderschmiegten, eng an einen karstigen Gneisfelsen an der Biegung des Rheins gebaut. Diese dreihundertsechzig Meter hohe, fast kreisrunde Gneiskuppe grenzte die Halbinsel, auf der die Altstadt vor vielen hundert Jahren entstanden war, von der ansonsten flachen Talebene ab. Unten, am Wasser, hatten einst die einfachen Leute gewohnt, die Fischer, die Karrer, die Flößer. Hier lagen auch die Gastwirtschaften. Das Rathaus am Brunnen neben dem ehemaligen Zöllnerhäuschen mit den öffentlichen Toiletten war einst ein Spittel gewesen. Weiter oben am Felsen hatten sich die Reichen angesiedelt, darüber die Diener der Kirche, ganz in der Nähe der Kirche von St. Johannis. Und darüber lag die Burg.

Wie immer, wenn sie hier unten war, wurde Iris ruhiger. Der zurzeit wegen des niedrigen Wasserstandes sanft dahinströmende Fluss nahm ihre innere Anspannung in sein sattes Grün auf und mit sich abwärts ins Meer.

Nach einer Weile zückte sie ihr Handy. Als sie es anmachte, meldete sich sofort das Schweizer Netz. Sie hielt das Handy etwas von sich weg, kniff unwillkürlich die Augen zusammen, um den Blick besser zu fokussieren, ging übers Menü in den Unterpunkt »Netzsuche« und stellte das deutsche Handynetz ein. Die Polizei war pingelig, was die Spesen anbetraf, sie weigerte sich immer, Roaming-Gebühren zu zahlen. Das wusste sie aus Erfahrung. Was sie auf den Gedanken brachte, dass sie sich schnellstens mal erkundigen musste, wie das denn mit den Spesenabrechnungen für verdeckte Ermittlerinnen überhaupt aussah.

Sie drückte die Kurzwahltaste. Gleich darauf meldete sich der Glückliche. »Endlich. Wo haben Sie gesteckt?«

»Was ist?«

»Also zunächst mal: Das in Herrischried war keine Bombe. Jemand hat gekokelt. Ein mit Brandbeschleuniger getränkter Lappen wurde in einer Ecke auf dem Parkettboden des Speisesaals deponiert, ganz in der Nähe der Gardinen. Wohl in der Hoffnung, dass die Feuer fangen und die Flammen dann auf das Holz in der Decke übergreifen würden. Doch das Feuer wurde rechtzeitig entdeckt. Von einem Herrn Kohlbrenner.«

»Den habe ich eben getroffen«, meinte Iris und erzählte, was sich soeben in Lindas Buchladen abgespielt hatte. Sie fügte hinzu: »Mit Franz Örtler stimmt was nicht.«

»Was soll das heißen?«

»Angeblich war er schon zweimal im Krankenhaus, aber sie haben nichts gefunden. Dabei sieht er grauenhaft aus. Und sein Kumpel Kohlbrenner ist ein seltsamer Kauz.«

»Hm. Das dachte ich auch schon. Lassen Sie es mich mal so ausdrücken: Wir können nicht ganz ausschließen, dass Joseph Kohlbrenner das Feuer im Altenheim gelegt hat. Eigentlich liegt der Verdacht sogar ziemlich nahe. Ein verwirrter alter Mann eben. Als er zu sich gekommen ist und bemerkt hat, was er da angestellt hatte, hat er vielleicht so getan, als habe er es entdeckt.«

Iris fand, dass Kohlbrenner keineswegs verwirrt ausgesehen hatte. »Wissen die Tochter und der Sohn über euren Verdacht Bescheid?«

»Nein. Wir haben noch niemanden auftreiben können.«

»Versucht es mal beim Schluchseewerk.«

»Wieso das denn?«

»Der Schwiegersohn von Kohlbrenner, Fred Malzacher, ist da für den Ankauf und die Organisation der Flächen zuständig, die als Ausgleich für den Landverbrauch beim Bau des Pumpspeicherbeckens gebraucht werden. Die Tochter, Elena Malzacher, war mit ihrem Sprössling vorhin noch bei Linda, vielleicht ist sie also demnächst wieder zu Hause zu erreichen. Habt ihr euch inzwischen mit Paul Zumkeller unterhalten?«

»Noch nicht. Er kommt erst heute Nachmittag. Warum?«

»Na ja, vielleicht weiß er was. Jedenfalls hat er sich gestern komisch benommen, er war irgendwie angespannt, als ich ihn nach Herrischried hochgefahren habe. Wir haben uns auf der Anti-AKW-Demo getroffen.«

»Ja, das haben Sie mir gestern schon erzählt. Der Inhaber des Altenheims hat übrigens ausgesagt, dass das Schluchseewerk ihm sein Einspruchsrecht gegen das Bauvorhaben abkaufen will.«

»Das weiß ich schon von Viktor. Irgendwas stimmt da nicht. Zumkeller hat jedenfalls einen Mordshass auf alle, die irgendwie mit dem Schluchseewerk zusammenarbeiten.«

»Hm. Er wäre nicht der erste Feuerwehrmann, der zündelt.«

»Als der Brand ausgebrochen ist, war er bei mir. Er kann es also nicht selbst getan haben. Aber Sie sollten sich da oben auf jeden Fall umtun. Da gibt es jede Menge Leute, die mit den Schluwe-Plänen nicht einverstanden sind.«

»Machen wir«, versprach Felix. »Auch wenn ich momentan noch nicht weiß, wer das tun soll. Wir haben alle seit drei Tagen nicht oder nur wenig geschlafen. Und wenn ich mal schlafe, dann rufen Sie an. Es ist wie die Suche nach der Nadel im Heuhaufen. Wir sind momentan dabei, das Umfeld der Herren, deren Namen auf der Todesliste des *Wächters* stehen, zu durchleuchten. Das hat Priorität. Wir können persönliche Motive ja nicht ausschließen. Vielleicht ist der Umweltschutz nur vorgeschoben. Aber ich denke, der Posten Herrischried kann das übernehmen. Apropos. Ich brauche Ihre Hilfe.«

»Ach.«

»Ja. Sie haben doch mit Viktor über den halb zerfallenen Schuppen geredet, der in Brennet abgebrannt ist.«

»Ja, kurz, am Telefon. Er war allerdings – im Gegensatz zu mir – schon darüber informiert worden. Von Ihnen.«

Felix überging die Spitze. »Das war eine vom *Wächter* gelegte Bombe, das wissen wir inzwischen sicher. Dieselbe Machart. Der Sprengsatz wurde wieder ziemlich dilettantisch zusammengeschustert, und der Sprengstoff war alt. Selbiges gilt auch für die Zeitschaltuhr, die nicht richtig funktionierte. Wieder ein vorsintflutlicher Wecker. Der ging derart nach, dass die Explosion nicht am Samstag, sondern erst in der Nacht zum Sonntag erfolgt ist.«

»Ich gelange langsam zu der Überzeugung, dass der *Wächter* überhaupt nicht beabsichtigt hat, jemandem Schaden zuzufügen. Auf der einen Seite scheint er ein nach einem exakten Plan vorgehender, gut informierter Mensch zu sein, der das tut, was er angekündigt hat. Und dann dilettantisch gebaute Bomben? Das passt für mich nicht zusammen. Außerdem war in den an den Tatorten hinterlassenen Schreiben ja auch von Warnungen die Rede. Ich krieg von diesem Mann einfach kein klares Bild. War wieder ein Zettel dabei? Habt ihr was Neues zum Sprengstoff?«

»Nein, kein Zettel. Inzwischen wissen wir jedoch, dass der Sprengstoff aus derselben Charge stammen muss wie der für die Brandsätze beim Schluchseewerk und an der Unterführung. Wir wissen aber noch nicht, wo er genau herstammt, obwohl wir alle Baufirmen auf unserer Rheinseite abgeklappert haben. Und natürlich auch das Sprengstoffdepot des Schluchseewerkes für die Sprengungen beim Daniela-Stollen. Die Schweizer Kollegen haben die Betriebe in ihrer Region überprüft, die Zugang zu Sprengstoff haben, darunter das Lager von diesem Stümpfli. Aber sie haben nichts gefunden. Was wir eigentlich auch nicht zu hoffen gewagt haben, denn so alter Sprengstoff wird auch in der Schweiz heutzutage gar nicht mehr verwendet. Es hätte sich also nur um einen vergessenen Restposten handeln können.«

»Dass ihr nichts gefunden habt, hat mir Viktor schon erzählt.«

»Was Viktor Ihnen immer erzählt. Hat er auch erwähnt, dass Stümpfli der Sprecher einer Arbeitsgemeinschaft von Firmen ist, die plant, sowohl für das Projekt Atdorf als auch für den Weiterbau der A98 Angebote abzugeben? Die Schweizer Kollegen sagen, die Unterlagen sind schon vorbereitet. Es fehlen bloß noch die Summen für die einzelnen Gewerke. Wir vermuten nun, dass Stümpfli über Informanten an den richtigen Stellen verfügt, die ihm mitteilen, wie hoch die Angebote der Konkurrenten sind. Dann braucht die Arbeitsgemeinschaft nur noch drunterzubleiben, und der Zuschlag ist ihnen so gut wie sicher. Ich meine, wenn die Planfeststellungsverfahren für die Projekte durch sind.«

»Dieser Stümpfli ist, so scheint's, mit allen Wassern gewaschen. Ja, ich glaub auch, dass es da Insider gibt, die ihm die notwendigen Informationen stecken. Ich muss mich wirklich schnellstens mit Tanja Gerber treffen, vielleicht kann ich sie ausfragen. Ihr Mann koordiniert die beiden Planfeststellungsverfahren Atdorf und A98. Aber momentan ist sie unterwegs. Ihr Vater ist ja eben bei Linda im Laden zusammengeklappt. Elena Malzacher werde ich mir ebenfalls vorknöpfen. Vielleicht hat ihr Mann ihr mal unter dem Siegel der Verschwiegenheit von einer undichten Stelle bei der Schluwe berichtet. Könnte ja sein.«

»Jedenfalls müssen wir mehr über diesen Stümpfli herausfinden. Wie wäre es, wenn Sie sich mal unauffällig auf der A-98-Baustelle umschauen und mit den Bauarbeitern reden? In der Nähe des neuen Tunnels, kurz nach dem Kreisverkehr an der Landesstraße Richtung Binzgen, stehen doch Bauwagen der Arge und von Stümpfli. Könnten Sie mal nachschauen, ob Sie dort Sprengstoff finden und eine Probe davon mitnehmen?«

»Ich soll einbrechen?«

»Nein, natürlich nicht«, erwiderte er. Es klang aber so, als wollte der Glückliche sagen: »Ja, bitte.«

»Und was dann? Gemeinhin sind die Wagen verschlossen.«

Sie konnte geradezu sehen, wie er sich wand. »Vielleicht ist ja zufällig einer offen. Wir haben einfach nicht genug in der Hand für eine offizielle Hausdurchsuchung. Bitte. Wir stecken alle bis über beide Ohren in Arbeit. Wenn Sie Sprengstoff finden wie den, aus dem die Bomben gebastelt worden sind, dann hätten wir einen guten Grund, eine Razzia auf der Baustelle zu machen.«

»Also gut, ich hab Viktor ohnehin versprochen, mich mal unauffällig um diesen Stümpfli und seine Aktivitäten bei uns zu kümmern.«

»So, Viktor.« Hörte sie da etwa einen beleidigten Unterton?

9

Max Trautmann war glücklich, dass sie ihn dabeihaben wollte. Obwohl er versucht hatte, sie auszuspionieren. Sie machte jedoch keinerlei Bemerkung dazu. Er war sich unsicher. Sollte er die Angelegenheit ansprechen? Vielleicht lieber nicht. Er betrachtete sie von der Seite. Ihr Gesicht war ernst. Sie vermied den Augenkontakt mit ihm und wirkte angespannt. Nein, er traute sich nicht, die Sache noch einmal auf den Tisch zu bringen, sie um Entschuldigung zu bitten. Für den Moment war es einfach gut, sie neben sich zu wissen. Es würde schon werden. Sie hatten sich immer wieder gestritten, und es war jedes Mal wieder gut geworden.

Die Sonne hatte für einen Tag im Mai selbst um achtzehn Uhr noch afrikanische Qualitäten und knallte auf den baumlosen Bad Säckinger Münsterplatz, auf seine Hinterkopfglatze und seinen Nacken. Nach einer Minute hatte Max das Gefühl, dass in zwei Minuten sein Hirn anfangen würde zu sieden. Sein Gänseblümchen war da schlauer gewesen, sie hatte ihren knautschfähigen Sommerhut aufgesetzt, und die hintere Krempe beschützte ihren Nacken. Die vordere hatte sie hochgeschlagen und fotografierte aus etwa zehn Meter Entfernung mit ihrer Digitalkamera das Häuflein Aufrechter, das sich da auf dem Platz vor dem Bad Säckinger Münster versammelt hatte. Im Gedenken an die Katastrophe in Fukushima, die vielen Toten und die Menschen, die die Strahlung der Kernschmelze in den drei Atommeilern noch krank machen oder umbringen würde. Auch wenn die japanischen Behörden mauerten, Max war inzwischen davon überzeugt, dass es eine Kernschmelze gegeben haben musste. Die sogenannten Experten waren sich indessen noch uneins und produzierten deshalb ein Schaubild nach dem anderen, anhand dessen sie versuchten, sich und anderen ein Bild von der Lage zu machen.

Iris hatte die Kamera gesenkt und betrachtete jetzt versonnen die Demonstranten, die auf dem weiten Platz vor dem hohen Münsterportal irgendwie verloren wirkten. Überraschend zwinkerte sie ihm zu.

»Mit den rund zwanzigtausend Leuten auf der Anti-AKW-

Demo gestern lässt sich das nicht vergleichen. Sie hätten dabei sein sollen. Es war wirklich beeindruckend. Lassen Sie uns hingehen. Was meinen Sie?«

»Wozu?«

»Wie viele dieses aufrechten Dutzends sind wohl Leute vom Verfassungsschutz? Oder verdeckte Ermittler?« Sie kicherte.

Max liebte es, wenn sie so lachte. Sie wirkte dann wie das unbeschwerte kleine Mädchen, das die dicke Iris von einst wohl niemals hatte sein dürfen. Er hatte sie damals nicht weiter beachtet, hatte selbst genug mit den Hänseleien seiner Klassenkameraden zu tun gehabt. Und sich nur für eine interessiert. Klara, seine wunderschöne Stiefschwester. Er konnte aber sehr gut nachvollziehen, was sie durchgemacht haben musste. Der Vater ein Säufer, die Mutter Stadtgespräch wegen ihrer Männergeschichten. Wahrscheinlich hatte sie sich den Frust einfach von der Seele und auf die Knochen gegessen. Max vermutete ohnehin, dass die Massen von Fett ein Spiegelbild der Mauer waren, die Menschen wie sie und er um ihre Gefühle bauten, um nicht verletzt zu werden. Je mehr Fett außen dazukam, desto undurchlässiger wurde der Schutzwall um die Seele.

Die an der Mahnwache Beteiligten sahen ihnen misstrauisch entgegen. Iris tat so, als bemerkte sie es nicht und sprach einen kleinen Mann an, dessen Bild Max schon mehrfach in der Zeitung gesehen hatte: Peter Zweig, Sprecher der Bürgerinitiative Atdorf, die ganz ausdrücklich nicht *gegen* das Pumpspeicherwerk auftrat, sondern *für* den Erhalt der Heimat im Hotzenwald. Er vermutete, die Leute hatten es langsam satt, als jene Ökos hingestellt zu werden, die gegen einen Speicher angingen, der wegen der angekündigten Energiewende doch angeblich unbedingt notwendig war. Max wusste nicht, ob das stimmte. Er fand ohnehin, dass die Energiewende bereits jetzt auf die schiefe Bahn geriet. Er war ein Verfechter von dezentralen Lösungen und gegen den Bau von Überlandleitungen, um Strom aus Offshore-Windparks in der Nordsee ans andere Ende der Republik zu befördern.

Jedenfalls war das, was im Pumpspeicherwerk nach dem Hochpumpen des Wassers ins obere Becken und der Stromerzeugung durchs wieder Ablassen ins untere produziert wurde, keineswegs rein ökologischer Strom, und der kam auch nicht aus der Steckdose. Noch war die Technologie nicht so weit, um in den Netzen die Energie aus Wasserkraft vom Atomstrom zu trennen. Oder sie war so weit und wurde nicht genutzt, weil es jemandem nicht passte.

Die Bürgerinitiative traute den Behördenvertretern nicht, hielt deren Untersuchungen und Gutachten nicht für ergebnisoffen. Die Beschuldigungen gegen Regierungspräsident Würtenberger waren Wasser auf diese Mühlen gewesen. Die Befürworter hingegen argumentierten, es sei alternativlos, Speicherkapazitäten für Strom zu schaffen und allemal besser als der Bau neuer Kohlekraftwerke. Da war wohl was dran. Andererseits war die ganze Geschichte ein Geschäft. Mit der Energiewende hatte ein Rennen eingesetzt, in dem jeder versuchte, sich bestmöglich zu positionieren. Es gab viele Aktionäre, die um ihre fetten Renditen fürchteten. Dem mussten die Stromkonzerne Rechnung tragen. Und die Medien bauten derweil das »Öko gegen Öko«-Szenario auf. Das klang knackig, ließ sich gut vermarkten.

Peter Zweig und Iris waren schnell tief ins Gespräch versunken. Zweig war ein gelernter Apotheker und ehemaliger Pharmareferent, der auf den Hotzenwald gezogen war, um an seinem Lebensabend die Natur des Schwarzwaldes zu genießen. Er wirkte jedoch keineswegs wie ein behäbiger Rentner oder zumindest so, wie sich Max Rentner immer vorgestellt hatte, sondern drahtig, rege und voller Energie. Frührentner, vermutete Max. Ein weiterer wichtiger Mitstreiter der Bürgerinitiative war neben dem evangelischen Pfarrer von Bad Säckingen, der einen Leserbrief nach dem anderen verfasste, ein ehemaliger Berufspilot aus dem Ruhrpott, dessen Name ihm gerade nicht einfiel. Beide waren also Zugezogene, und Letzterer hatte nicht wirklich einen energieökologisch korrekten Beruf gehabt, was die Medienvertreter nicht ohne eine gewisse Häme registrierten. Doch sie kämpften wacker weiter und ließen sich davon nicht irritieren, was Max einen gewissen Respekt abnötigte.

Was hatte Iris mit diesem Zweig nur zu besprechen? Bahnte sich da etwa ein Techtelmechtel an? Quatsch. Er sah schon Gespenster. Vermutlich horchte sie ihn aus, versuchte herauszufinden, ob er etwas mit dem *Wächter* zu tun haben könnte. Und er sollte sich vielleicht auch besser etwas umtun. Deswegen hatte sie ihn schließlich mitgenommen. Ganz ausgeschlossen war eine Verbindung des einen oder anderen hier auf dem Platz zum *Wächter* natürlich nicht. *Wächter* und *Mahnwache*, das würde passen, zumindest vom Wortstamm her.

Nun gesellte sich ein alter Mann zu Iris und Peter Zweig. Er kam ihm bekannt vor. Max schloss zu dem Trio auf und hörte, wie sie sagte: »Herr Kohlbrenner, das ist aber eine Überraschung, Sie hier zu treffen. Zurzeit begegnen wir uns ja dauernd. Ich dachte, nach dem Brand gestern in Ihrem Altenheim richten Sie es sich erst einmal gemütlich bei Herrn Forstweiler ein.«

»An dieser alten Socke uscht nix gemütlich«, näselte der alte Mann. »Schnarcht wie ein Dampfross. Bin scho sitem Afang bi dene Mahnwache dabi. Da werd ich jetzt nicht schlappmachen. Zu Pfingschten isches eh umme. Interessiert ja koiner meh, was mit den Leuten in Japan ischt.« Er schob seine Prinz-Heinrich-Mütze ein wenig nach hinten, sodass der vordere Teil seines kahl geschorenen Kopfes sichtbar wurde, und kniff die Augen zusammen. »Und was wollet Sie do? Han Sie no nie do g'sehe.«

»Das ist aber schade. Ich meine, wenn Sie die Mahnwachen beenden«, mischte sich Max ein.

»Ah, Sie also au. Hät der Örtler Sie g'schickt?«

Iris sah interessiert von einem zum anderen. »Wieso fragen Sie das?«

»Ha, soweit ich weiß, verschtandet sich der Herr Detektiv und der Franz ganz prima.«

Iris schaute noch interessierter.

»Ich erkläre Ihnen das später«, knurrte Max. »Was sagt denn Ihr Schwiegersohn dazu, dass Sie hier demonstrieren?«

»Des isch koi Demo, des isch eine Mahnwache. Und Fred Malzacher isch ein Depp. Denkt, weil er einen Vize-Abteilungsleiter im Schtuttgarter Wirtschaftsministerium kennt, hat er die Weisheit mit Löffeln gefressen. Elena, meine superschlaue Tochter, denkt das sowieso. Denen wär's am liebschten, ich hielte die Klappe und tät im Altenheim schterben. Des hän se sich so denkcht. Denen versalz ich die Suppe schon noch.«

»Elena? Elena Malzacher ist Ihre Tochter?«, erkundigte sich Max erstaunt.

»Ja, und ein missratenes Balg dazu. Au wenn sie sich noch so aufpluschtert mit ihren Franzosen, die ja ach so toll sind.«

»Aber sie ist doch Französischlehrerin«, meinte Iris.

»Muss sie aber so tun, als wär sie Mutter Theresa, ich mein, als wär sie eine Wohltäterin und würd das für andere machen? Die will bloß mitme Artikel in d' Zittig kcho. Sie kapieren nix. Die tut nur so selbschtlos, wenn sie die Fahrten nach Le Croisic organisiert. Dabei isch sie nix als ein eingebildetes, egoistisches, hinterfotziges, geldgieriges Weibsbild. Saubande. Und ihren Sohn macht sie zu genau so eim Trottel, wie es ihr Mann isch.« Joseph Kohlbrenners Gesicht war inzwischen hochrot.

»Aber das ist doch ... Autsch!« Iris hatte Trautmann in die Wade getreten. Max sah sie an, dann richtete er den Blick wieder auf den spillerigen alten Mann, der höchstens um ein, zwei Zentimeter größer war als Iris und neben ihr wie ein halbes Hemd wirkte. Wieso wollte sie nicht, dass er weiterfragte? Hatte sie von Zweig etwas erfahren? Weil er genau wusste, dass er auf diese Fragen nicht sofort eine Antwort bekommen würde, falls überhaupt, rieb er sich erst einmal mit demonstrativ schmerzverzerrtem Gesicht die Wade.

Iris schaute sich um. Die ersten beiden Mahnwächter hatten genug und gingen. Zwei weitere rollten ihr Transparent ein, auf dem »Atomkraft? Nein danke!« stand. »Eine Bullenhitze ist das heute«, sagte sie. »Ich denke, ich gehe jetzt auch. Es gibt nicht mehr viel zu sehen. Herr Kohlbrenner, sollen wir Sie mit zurück nach Laufenburg nehmen?«

»Nai, merci«, knarzte dieser. »Ich han no öbbis vor. 's gibt Taxis. Und den Bus. Oder den Zug.« Damit kniff er die Lippen zusammen und trollte sich.

Max Trautmann begriff, dass sie über Kohlbrenners Pläne nicht mehr erfahren würden. Es erfüllte ihn sogar mit großer Erleichterung. Denn er wollte nicht weiter zuhören. Nach der letzten Viertelstunde in der prallen Sonne hatte er das Gefühl, dass sich der Inhalt seines Kopfes langsam in gekochte Suppe verwandelte. Der Schweiß lief ihm in Strömen den Rücken hinunter, seine Zunge klebte am Gaumen. »Was halten Sie davon, wenn wir noch zusammen ein Bier trinken?«, fragte er Iris hoffnungsvoll.

»Ein Bier. Mit *Ihnen*?«

Da waren sie wieder, die Stacheln, an denen er sich regelmäßig verletzte. Er kannte diesen Ton zur Genüge.

Sein schlechtes Gewissen meldete sich. Er musste unbedingt die Geschichte mit dem PC mit ihr ins Reine bringen. Aber er wusste, in sie zu dringen, war vergebliche Liebesmüh. Er konnte ja sogar verstehen, dass sie sauer war, weil er versucht hatte, sie auszuspionieren. Das wäre er auch gewesen. Aber immerhin redete sie noch mit ihm. Das war doch schon was. Momentan bekam er ohnehin keinen klaren Gedanken zusammen. Das war von einem durstigen Mann einfach zu viel verlangt. Sein Blick wanderte die Fassaden der Restaurants und Kneipen entlang, die den Bad Säckinger Münsterplatz säumten. Das »Flora«, der »Walfisch«, der »Adler« und dann die »Krone«, die direkt neben der Badischen Zeitung lag. Dort standen einladend einige Stühle draußen. Seine Leidensfähigkeit, was Iris Terheyde betraf, war für heute erschöpft. »Ich bleibe noch hier. Fahren Sie nur.«

»Ich habe ohnehin noch etwas vor«, erklärte sie plötzlich ganz friedlich. Dann machte sie sich auf den Weg zum Auplatz, wo ihr gelber Twingo stand. Er schaute ihr hinterher und stellte wieder einmal fest: Er mochte es, wie sich ihre barocken Pobacken unter der weißen Sommerhose bewegten, die sie heute trug. Zumindest wie sie sich zu bewegen schienen. Er konnte es eher ahnen als sehen. Denn natürlich hatte sie wieder eines ihrer Schlabber-Oberteile mit dreiviertellangem Arm an. Heute war es eine geblümte Bluse. Sein Gänseblümchen. Was hatte sie nur mit diesem Zweig gehabt? Was hatten die beiden besprochen? Und wieso hatte sie die Fotos gemacht? Natürlich, sie würde sie dem Glücklichen mailen, und der hatte dann die schöne Aufgabe herauszufinden, wer die Leute waren, die sich auf dem Münsterplatz zur Mahnwache versammelt hatten, um zu ermitteln, ob ein Verdächtiger dabei gewesen sein könnte. Trotz der Hitze lief ihm ein Schauer den Rücken hinunter. Nicht auszuschließen, dass sie heute den *Wächter* getroffen hatten. War sie deshalb so geheimnisvoll?

Westernheld John Benson saß um zwanzig Uhr noch immer in der Schmollecke. Im übertragenen Sinn. Seit einer Stunde und mit vom Bier gut gekühltem, aber auch leicht vernebeltem Geist versuchte Max alias der Westerngroschenromanschreiber Peter West nun vergeblich, Benson mit Hilfe seiner Phantasie und Bildern von weiten sandigen Ebenen, vertrockneten Büschen, die der Sturm darüber trieb, und einem feurigen Rappen daraus hervorzulocken. West blieb beleidigt. Da war nichts von dem strahlenden Helden, der er zu sein hatte. Max suchte sich das Bild einer besonders attraktiven Blondine namens Scarlett Johansson aus der Fernsehzeitung und schickte es zu Peter West in die Muffelecke. Der sah noch nicht einmal auf. Also gut, dann heute Abend kein schriftstellerisches Wirken.

Wie sollte ein Autor unter so verwirrenden Umständen auch kreativ sein? Er konnte einfach nicht denken, wenn sie wütend auf ihn war oder ihn auf diese gewisse Weise zappeln ließ wie vorhin auf dem Münsterplatz. Wut. Er öffnete die Datei mit den Haikus.

Das Echo der Wut
des Herbststurms zaust im Frühling
die neuen Triebe.

Wieder ein Haiku für sie, das er ihr niemals zu lesen geben konnte.

Der Trojaner! Er musste schnellstens den Hackern Bescheid geben, dass sie entdeckt waren, damit sie die Spuren der Online-Hilfe für ihn verwischen konnten. Falls es denn überhaupt welche gab. Er griff zum Telefon und wählte die Nummer seines Schweizer Bekannten.

Er hielt sich nicht lange mit Small Talk auf. »Sie haben mich erwischt.«

»Bisch mängisch au en dumme Siach«, war die unfreundliche Antwort des Spiderbugs.

»Sie wissen aber nichts von euch«, meinte er schnell. »Iris hat gesagt, dass sie den Trojaner entdeckt hat. Könntest du das bitte mal überprüfen?«

»Isch bereits g'macht. Ich han alles killt, was eus betrifft. Alles suuber.«

Max war ziemlich perplex, als er hörte, was ihm der Spiderbug mitteilte: Iris hatte sich über die Spiderbug-Homepage bei ihm gemeldet und darum gebeten, ihr eine Anleitung zu schicken, wie sie ihren Netzanschluss unsichtbar machen konnte. Außerdem hatte sie sich für das nächste Spiderbug-Treffen angekündigt. Was sollte das, was plante sie? Wollte sie jetzt etwa selbst das Hacken lernen? Wie war sie drauf gekommen, dass die Spiderbugs etwas mit seinem Eindringen in ihren PC zu tun haben könnten? Oder war sie gar nicht draufgekommen und das Ganze nur ein Zufall? Max Trautmann spürte leichte Panik in sich aufkommen. Was, wenn die Polizei draufgekommen war? Oder der Bundesnachrichtendienst? Saßen die jetzt etwa in seinem Computer? Hatten die Schweizer auch Bundestrojaner? Warum hatte Iris sich in der Angelegenheit nicht an die Kollegen von der Online-Fahndung gewandt? Die wussten doch, wie man den eigenen Anschluss versteckt.

Auf diese Fragen hatte der Bug keine Antwort, dafür aber eine weitere überraschende Neuigkeit. »Mir hän bi dr Überprüefig no öbber g'funde, der sich bi ihr inegh'äckht hät.«

Trautmann war ganz Ohr. »Wer? Konntet ihr das herausfinden?«

»Logisch. Dä Ma hät zwar offesichtlich ä Smartphone mit Prepaid-Charte, doch eimol isch er au vu sim eigene PC us ine. Vielicht war bim Phone grad dä Akku lähr. Aber bloß dasses kchlar isch: So öbbis mache mir nüm. Wenn du wodsch häcke, muesches schon selber mache.«

»Ja, ist ja gut«, gab Max geknickt zurück. »Passiert nicht wieder. Kann ich auch mal zu euch in die monatlichen Versammlungen kommen?«

»Kchlaro.«

»Und wer ist nun dieser zweite Hacker?«

»Dä Anschluss g'hört einem, dä heißt Forstweiler. Wohnt ganz in dr Nähe vu dinra Liebschte. Isch selles dä Ma, vu dem du glaubsch, dass sie dich mitenem betrüegt?«

Trautmann stand einen Moment der Mund offen. »Forstweiler, bist du dir da sicher?«, fragte er dann.

»Kchlar bin i mir sicher. Ischn Afänger im Häcke, war kchinderliicht.«

»Der alte Sack.«

»Hä?«

»Ach nix. Danke. Das werd ich dir nie vergessen.«

»Scho guet. Aber wie g'sait, des isch des letzschte Mol gsi, du Superdetektiv.«

Trautmann beendete das Gespräch und dachte nach. So, so, der alte Forstweiler war also der zweite Mann. Was sollte das nun wieder? Die Angelegenheit wurde immer rätselhafter. Was wollte der von Iris? Direkt ansprechen konnte er ihn wohl nicht. Wie hätte er auch erklären sollen, woher er von dem Hackversuch wusste?

Da fiel ihm Franz Örtler sein. Und er war sich plötzlich ganz sicher, dass er ihn noch an diesem Abend im Krankenhaus besuchen musste. Sie waren ja am Morgen nicht mehr dazu gekommen, miteinander zu reden. Örtler hatte ihm etwas sehr Wichtiges mitteilen wollen und angekündigt, dass er die Herren Kohlbrenner und Forstweiler dazubitten würde. Die wüssten über alles Bescheid. Die letzte Bemerkung hatte Max seltsam gefunden. Was bitte schön hieß das, »alles«? Hatten die im Krankenhaus noch offen? Es war schon bald einundzwanzig Uhr. Nun, er würde es wenigstens versuchen. Sicherheitshalber erkundigte er sich telefonisch, in welchem Zimmer der alte Mann lag. Innere, Zimmer 219.

Als Max ins Bad Säckinger Kreiskrankenhaus kam, war es schon still in den Gängen, die Hektik des Tages war einer trägen Ruhe gewichen. Keine Schwestern oder Pfleger, die hin- und herwuselten, keine Gruppe weißbekittelter Menschen, die mit Klemmbrettern und ernsten Mienen in Zimmer gingen, wieder herauskamen und dann draußen eine kurze Besprechung abhielten. Offensichtlich hatte bereits der Nachtdienst übernommen.

Zu seiner Erleichterung lag Franz Örtler allein im Zimmer. Die Überraschung über Trautmanns Besuch war ihm anzusehen. »Gibt's was Neues über meinen Schwiegersohn?«, fragte er leise, er war wohl noch recht schwach.

Max schüttelte den Kopf. »Nein, bisher nicht. Ich habe aber auch gerade erst mit meiner Arbeit begonnen.«

»Sie sind mir vielleicht ein Superdetektiv. Und warum sind Sie dann da?«

»Ist es so erstaunlich, einen Krankenbesuch bei einem Klienten zu machen?«

»Ich glaube Ihnen kein Wort. Kohlbrenner, der alte Sack, war auch schon da. Hat Sie auf dem Münsterplatz gesehen. Dafür zahle ich Ihnen aber keine Spesen.«

»Schön haben Sie's hier. Ganz allein, sind Sie Privatpatient?«

»Den anderen alten Knacker haben Sie vorhin samt Bett rausgerollt. Hat den Löffel abgegeben. Haben Sie wenigstens einen Obstler mitgebracht?«

Max produzierte eine drei viertel volle Flasche Kirsch und zwei Schnapsgläser aus seiner Aktentasche. Das erste Viertel hatten sie getrunken, nachdem der alte Örtler ihn beauftragt hatte, seinen Schwiegersohn Hanspeter Gerber zu überwachen.

»Tipptopp«, kam es aus dem Bett. »Das kann ich jetzt brauchen. Nach dem Schreck.«

»Was heißt das, nach dem Schreck?«

»Die denken hier, ich sei nicht ganz richtig im Kopf und würde sowieso nix verstehen.« Der alte Mann kicherte. »Ja, ja, sollen sie ruhig. Ist ganz bequem für mich. Jedenfalls haben sich die Weißkittel bei der Visite unterhalten. Sie glauben, ich leide an einer chronischen Arsenvergiftung.«

Max war wie vom Donner gerührt. »Ihr Schwiegersohn?«

Örtler nickte. »Ich habe Sie nicht umsonst engagiert. Oder glauben Sie, ich kann es mir leisten, mein Geld zum Fenster rauszuwerfen? Ich hab mir schon genau so was gedacht, Örtler und Forstweiler auch. Deswegen wollte ich sie bei dem Gespräch mit Ihnen dabeihaben. Wir hatten vor, zu einer Heilerin zu gehen, weil die Ärzte nichts gefunden hatten. Doch dann bin ich ja zusammengeklappt. Erst hat mein liebwerter Schwiegersohn geglaubt, er könnte mich so einfach ins Altenheim abschieben. Als das aber nicht geklappt hat, weil ich etwas von ihm weiß, was ihn ins Gefängnis bringen könnte, ist er auf die Idee gekommen, mich umzubringen. Er spechtet auf mein Geld. Ich glaube inzwischen, er will auch meine Tochter loswerden. Ich weiß, dass er in Freiburg eine Geliebte hat. Hab mir die Nummern aus seinem Handyspeicher notiert und alle nach und nach abtelefoniert.«

»Warum erzählen Sie mir das erst jetzt?«

»Na ja, ich wusste doch anfangs nicht so recht … ich meine, Sie sind ja ein Fremder. Außerdem sollten Sie erst mal nichts weiter als meinen Schwiegersohn überwachen. Das mit der Geliebten hätten Sie dann ohnehin gemerkt. Damit hätte ich ihn konfrontieren können. Fotos, Beweise und so.«

Das wurde ja immer abenteuerlicher. »Sie haben mir also nicht vertraut. Wenn Sie mir so wichtige Dinge vorenthalten, wie soll ich dann für Sie arbeiten? Wie es aussieht, brauchen Sie mich aber überhaupt nicht. Sind Sie sicher? Ich meine, dass Ihr Schwiegersohn versucht, Sie zu vergiften?«

»Klar bin ich mir sicher. Es erklärt auch einiges.«

Franz Örtler erzählte von seinen Schwindelanfällen und den Kopfschmerzen, die schon seit Wochen nicht mehr weggehen wollten. Bei zwei vorangegangenen Krankenhausaufenthalten hatte man ihn ohne Befund wieder entlassen. Doch auf die Idee, dass sein Schwiegersohn in seinem Bestreben, ihn loszuwerden, so weit gehen würde, ihn umzubringen, war er anfangs nicht gekommen. Nur vom Umzug ins Altenheim war ständig die Rede gewesen. »Ich habe Ihnen ja schon gesagt, dass der Druck ständig größer wurde. Mobbing nennt man das heutzutage, glaube ich. Deswegen bin ich überhaupt auf die Idee gekommen, Sie zu engagieren. Ich musste unbedingt noch mehr über ihn in die Hand bekommen. Er wollte mich so weit in die Verzweiflung treiben, dass ich allem zustimme, mich für unmündig erklären, im Zweifel einweisen lassen. Da brauchte ich jemanden an meiner Seite, den sie nicht als debilen Alten abqualifizieren konnten, einen Schutzengel sozusagen. Ich sollte meiner Tochter schon mal mein Vermögen überschreiben. Wegen der Erbschaftssteuer. Aber dass er so weit gehen würde!«

Örtler warf Trautmann ein schiefes Lächeln zu. »Na ja, ehrlicherweise muss ich gestehen, dass meine eigene Taktik in der Angelegenheit auch nicht gerade geschickt war. Ich hab die unerklärlichen Schwächeanfälle nämlich genutzt und den verwirrten

Alten gespielt, um meinen Schwiegersohn besser ausspionieren zu können. Haben *Sie* eigentlich schon was rausgefunden?«

Max wand sich. »Tut mir leid, nein, ich war noch mit einer anderen … Recherche beschäftigt. Ich verspreche, ich werde mich um Ihren Fall kümmern. Ihre eigenen Vorkehrungen haben ja bereits zu konkreten Ergebnissen geführt. Und wenn es darum geht, zu bezeugen, dass Sie keineswegs verrückt sind: Das kann ich gerne tun. Außerdem, so schnell geht das nicht, einen Menschen für unmündig erklären zu lassen. Weiß Ihre Tochter von der Arsenvergiftung?«

Örtler schüttelte den Kopf. »Nein. Die Ärzte wollen es noch einmal überprüfen und dann die Polizei informieren. Sie sagen, ich habe das Arsen schon eine ganze Weile bekommen.«

»Für die Polizei wäre natürlich nicht nur Ihr Schwiegersohn, sondern auch Ihre Tochter verdächtig.«

»Tanja war das bestimmt nicht. Ich glaube, sie ist ebenfalls in Gefahr. Was, wenn ihr Mann sie loswerden will, um zu seiner Geliebten zu ziehen? Hören Sie mir eigentlich zu?«

»Meine Herren, das ist ein Ding.«

»Das können Sie laut sagen, Herr Trautmann. Ich hab übrigens einen Brief geschrieben. Sie wissen schon, das festgehalten, was ich über meinen Schwiegersohn weiß. Das mit dem Arsen steht da natürlich noch nicht drin. Das weiß ich ja erst seit heute sicher.«

»Warum haben Sie mich nicht gleich angerufen?«

»In meinem Zustand? Und sehen Sie hier ein Telefon?«

»Es gibt da also etwas, was Ihren Schwiegersohn ins Gefängnis bringen könnte. Nun verraten Sie schon, worum es geht.«

»Ich hab ein Schließfach bei der Sparkasse in Bad Säckingen. Da liegt der Brief drin. Wenn mir was passiert …«

Max kam sich vor, als erlebte er den Abklatsch eines schlechten Krimis. »Und der Schlüssel?«

Örtler grinste. »Ich liege drauf. Mit meinem Arsch. Wenn der im Grab liegt, kann die Polizei das Schließfach öffnen. Ich habe übrigens meine Tochter enterbt, alles meinen beiden Enkelinnen vermacht und auf den Rat meines Freundes Forstweiler hin einen Anwalt als Vermögensverwalter eingesetzt. Gut, meine Tochter kann nichts dafür. Aber dieses Arschloch von Ehemann bekommt mein Geld nicht durch den Umweg über sie. Ich habe ihm noch nie getraut.«

Max verzichtete darauf, Franz Örtler mitzuteilen, dass Tanja Gerber auf jeden Fall ein Pflichtteil zustand. Es sei denn, man konnte ihr die Beteiligung an einem Mordversuch nachweisen. Forstweiler war also eine Vertrauensperson für Örtler. Ob der wusste, was in dem Brief stand? »Nun reden Sie schon, was haben Sie aufgeschrieben?«

»Das werde ich Ihnen gerade sagen.«

»Aber wenn Ihnen was passiert?«

»Dann ist es immer noch früh genug. Außerdem wird die Polizei diesen Erbschleicher jetzt ohnehin unter die Lupe nehmen, meinen Sie nicht? Ich glaube nicht, dass er es wagt weiterzumachen.«

»Na ja, die müssen ihm erst mal beweisen, dass er derjenige war, der …«

»War er. Da verwette ich meinen Hintern drauf. Und jetzt gehen Sie. Ein alter Mann braucht seinen Schlaf. Lassen Sie die Flasche hier. Die Gläser können Sie mitnehmen.«

Erst als er draußen war, fiel Trautmann auf, dass er völlig vergessen hatte, Franz Örtler zu fragen, was dessen Freund Johannes Forstweiler in Iris' Computer zu suchen gehabt hatte. Das hätte er ja schon gerne gewusst.

Zu Hause angekommen, spähte er hinüber auf die andere Straßenseite. In Iris' Wohnung über den Arkaden brannte kein Licht. Also ergab es wohl wenig Sinn, sie anzurufen. Er würde ihr morgen von seinen neuesten Erkenntnissen berichten. Dienstags arbeitete sie im Buchladen. Vielleicht war sie ihm gegenüber dann ein wenig gnädiger gestimmt. Und vielleicht konnte sie ihm ja sogar erklären, was Forstweiler von ihr wollte. Ein ehemaliger Pfarrer. Ein reformierter. Egal, auch denen war offenbar nicht über den Weg zu trauen.

Er griff zum Stift und schrieb in sein Haiku-Ideensammelbuch:

Selig die Stunde,
in der ich von ihr träume
und ihr Mund lächelt.

In dieser Nacht schlief Max Trautmann schlecht. Ein völlig durchgeknallter Franz Örtler verfolgte ihn mit einer Giftspritze, und Iris Terheyde hatte sich in eine wild gewordene Furie verwandelt, die mit einem Fleischermesser hinter ihm her war.

Iris schaute auf die Uhr. Sie ahnte die Stellung der Zeiger mehr, als dass sie sie erkennen konnte. Das sah aus wie bald Mitternacht. Auf dem nahen Waldfriedhof krächzte ein Vogel. Die feinen Härchen an ihren Armen stellten sich auf, während sie nach dem passenden Dietrich suchte. Denn natürlich waren die beiden Bauwagen abgeschlossen. Hätte sie bloß Trautmann mitgenommen. Aber ihr verfluchter Stolz hatte sie zurückgehalten, sie wollte ihn noch ein wenig in seinem schlechten Gewissen zappeln lassen.

Sie meinte Schritte zu hören, eine Bewegung zwischen den Baumaschinen. Hier war schon alles vorbereitet, damit demnächst der Asphalt auf die Fahrbahn des A-98-Abschnitts zwischen Hauenstein und Rothaus aufgebracht werden konnte. Nein, da war doch nichts. Auch im Toilettenhäuschen rührte sich nichts. Wahrscheinlich nur ein Fuchs. Vielleicht ein Wildschwein oder ein Marder.

Ah, endlich. Die Tür des ersten Bauwagens ging leise knarrend auf. Wieder hielt Iris inne, um sich zu vergewissern, dass sich nichts rührte. Die Fenster der umliegenden Einfamilienhäuser blieben zu. Es brannte nur noch hinter wenigen Vorhängen Licht. Und das würde vermutlich auch bald ausgehen. Die Alemannen waren ein arbeitsames Volk, standen früh auf und gingen deshalb zeitig ins Bett. Insbesondere die Bewohner dieser Häuser, denn sie hatten noch Hypotheken abzuzahlen.

Die Siedlung im Baugebiet Weihermatt war erst vor wenigen Jahren entstanden – und so nah an der Baustelle für die Autobahnzufahrt und den Rappensteintunnel, dass die Bewohner mit Sicherheit seit vielen Monaten frühmorgens vom Baulärm aus dem Bett geworfen wurden.

Wenigstens der Rappensteintunnel war inzwischen fertig. Aber die Sprengarbeiten hatten sicherlich einige der Häuser zum Erzittern gebracht. Und einige der Särge im nahen Waldfriedhof, einst ein romantischer Ort. Auch den ihrer Mutter. Von der Totenruhe war derzeit nicht mehr viel übrig. Vielleicht wurde es ja besser, wenn die Zufahrt fertig war. Das würde auch für Erleichterung bei den Pächtern der Kleingartenanlage sorgen, die sich jenseits der Straße hinter einem Schotterparkplatz und einer »Wertstoffstation« in einer Senke bis in den Wald zog. Genauer: bis zu dem, was vom Wald noch übrig geblieben war.

Der Mond kam hinter einer Wolke hervor. Schon den ganzen Tag war Gewitterstimmung gewesen, hatten sich Wolken zusammengeballt und wieder verzogen. So auch jetzt. Doch den dringend benötigten Regen hatte das nicht gebracht. Immerhin konnte Iris im Mondlicht nun etwas besser sehen. Rechts neben der Tür stand ein Schreibtisch mit Plänen. Das war wohl das Büro der Bauleitung. Da hatte sie ja gleich den richtigen Wagen erwischt. Bei ihrem Glück hätte sie ja auch zuerst an den »Sozialraum« der Bauarbeiter geraten können. Allerdings musste sie dort wohl auch noch hinein. Denn hier war, soweit sie das auf den ersten Blick erkennen konnte, kein Sprengstoff deponiert. Moment, an der Rückwand des Bauwagens stand ein schmaler Spind. Vielleicht war er da eingeschlossen. Aber zunächst würde sie den Schreibtisch durchsuchen.

Sie kruschtelte in den Plänen. Mist, sie konnte alles nur recht verschwommen erkennen. Sie kniff die Augen zusammen, um sich zu konzentrieren. So langsam konnte sie sich der Erkenntnis nicht mehr verschließen, dass sie wohl doch mal ihre Augen untersuchen lassen sollte. Trotz ihrer Sicherheitsbedenken beleuchtete sie die Pläne mit der Taschenlampe. Na also, ging doch. Aha, die Zufahrt sollte die Form eines Kleeblattes bekommen. Ansonsten war da nichts Interessantes. Sie knipste die Taschenlampe sicherheitshalber wieder aus. Dann ruckelte sie an den Schreibtischschubladen. Sie waren abgeschlossen. Wieder half einer der Dietriche an ihrem Schlüsselbund. In der obersten linken fand sich allerlei Krimskrams. Was sich eben ansammelt, wenn man lange irgendwo arbeitet. Eine Kappe, Sonnenschutzcreme, eine Sonnenbrille, eine Dose Energie-Drink. In der Schublade darunter lagen allerlei Schnellhefter. Iris blätterte sie durch. Nichts.

Ähnlich war es in der oberen Schublade auf der rechten Seite. Es sah aus, als hätte sie sich diesen Ausflug sparen können. Ungeduldig zerrte sie die letzte Schublade heraus. Mit dem Ergebnis, dass diese ganz aus ihrer Halterung rutschte und sich der Inhalt auf dem Boden verstreute.

Oh nein! Natürlich, so etwas konnte wieder nur ihr passieren. Sie machte sich leise schimpfend daran, die Papiere zusammenzuklauben und fluchte noch ein wenig lauter, als sie feststellte, dass sie aus drei verschiedenen Schnellheftern stammen mussten, die ebenfalls auf dem Boden gelandet waren. Konnten die Leute ihren Kram nicht ordentlich lochen und festmachen? Jetzt musste sie sich jedes einzelne Stück Papier genau anschauen, um herauszufinden, aus welchem Hefter es stammen könnte. Das konnte Stunden dauern. Und das bei dem Licht! Sie hätte die Taschenlampe lieber nicht erneut angeknipst. Aber es half nichts. Hoffentlich schaffte sie es, alles wieder so einzuordnen, dass niemand ihren nächtlichen Besuch bemerkte.

Blatt für Blatt wanderte wieder in einen der Hefter.

Was war das denn? Lohnlisten. Sie zog ihren kleinen Block aus der Jackentasche und schrieb die Namen ab. Es waren viele mit der Endung -ic darunter. Der Glückliche würde dafür sorgen, dass die Leute überprüft wurden. Wer war denn der Arbeitgeber? Da stand es ja. Die Firma Gurtweiler, offenbar auch ein Mitglied der Arbeitsgemeinschaft um Beat Stümpfli. Ah, und hier, das waren Lohnlisten des Schweizer Bauunternehmers. Auch er schien eine Vorliebe für Beschäftigte mit slawisch anmutenden Namensendungen zu haben. Einige der Namen hatte er handschriftlich notiert. Iris füllte Seite um Seite.

Als sie den Schnellhefter und die beiden Sammelmappen wieder in die Schublade legen wollte, fiel ihr ein Notizbuch auf, das noch darin lag. Sie blätterte darin herum. Und hätte es am liebsten gleich eingesteckt. Doch das durfte sie nicht. Sonst wäre es als Beweismittel wertlos. Sie musste umgehend den Glücklichen aus dem Bett klingeln. Die Polizei musste hier eine Razzia machen, sofort, ehe es verschwand.

Jemand, der Schrift nach zu urteilen Beat Stümpfli, hatte in dem Notizbuch Namen aufgeführt und dahinter Summen notiert. Regelmäßige Zahlungen, jeweils am dritten des Monats. Sie sah einige Namen, die sie kannte. Insbesondere drei fielen ihr auf: Hanspeter und Frank Gerber sowie Fred Malzacher. Obwohl sie gänzlich andere Berufe hatten, standen sie demnach auf der Lohnliste des Schweizer Bauunternehmers. Der hatte außerdem erst an diesem Morgen per Online-Banking fünfzigtausend Franken auf ein Nummernkonto der Aargauer Kantonalbank überwiesen. Auf jeden Fall stand »online« hinter der Summe. Fünfzigtausend Franken, das waren nach derzeitigem Kurs etwa vierzigtausend Euro. Je nach Datum der Abhebung vielleicht sogar mehr. Der Franken war wegen der Finanzkrise auf dem Höhenflug. Ein ganz schönes Sümmchen. Vielleicht für jemanden, der den Auftrag hatte, Bomben zu basteln?

Aber warum sollte Stümpfli so etwas tun? Er musste doch eher ein Interesse daran haben, dass die Bauarbeiten zügig vorangingen, um an Anschlussaufträge zu kommen. Wofür also? Wurde er am Ende gar von den Gerber-Brüdern und Fred Malzacher erpresst? Und musste diese Summen abdrücken, weil er eine Leiche im Keller hatte, von der die Männer wussten? Es kam aber auch Bestechung in Frage. Ja, natürlich, daher musste Stümpfli seine guten Informationen haben.

Andererseits, da war diese Überweisung. Erpressungs- oder Bestechungsgelder flossen meist nicht über Konten. Schwarzgeld vielleicht? Nein, das auch nicht. Überweisungen waren eine schlechte Zahlungsmethode, wenn jemand etwas verbergen wollte. Sie notierte sich die Nummer des Empfängerkontos.

Wie auch immer. Hier war etwas oberfaul im Staate Dänemark. Jetzt würde Felix mit Sicherheit seinen Durchsuchungsbefehl bekommen und sich auch gleich den anderen Bauwagen vornehmen, um selbst nach dem Sprengstoff zu suchen, den es hier mit Sicherheit irgendwo gab. Schließlich war das eine Autobahnbaustelle. Hoffentlich war der Glückliche mit seinen Leuten rechtzeitig hier, um die Spuren ihres Einbruches zu verwischen. Iris war sich nämlich keineswegs sicher, ob sie alle Blätter wieder richtig in die dazugehörigen Sammelmappen einsortiert hatte. Sie zückte ihr Handy.

10

Iris war bereits um sechs Uhr wach und strebte nach dem morgendlichen Klogang als Erstes zu ihrem Laptop, bootete und loggte sich bei »Gateway one« ein. Das war ein Webmail-Account, zu dem nur der Glückliche und sie das Passwort hatten. Wer dem anderen eine Nachricht zukommen lassen wollte, tat dies über den Ordner »Entwürfe«, so gingen gar keine Mails mehr hin und her.

Es dauerte eine Weile, bis sie hineinkam. Die Verbindung verschluckte sich dauernd. Nichts. Kein Entwurf, in dem er von einer Razzia berichtete. Vermutlich waren er und seine Leute gerade dabei, die Bauwagen von Stümpfli zu filzen. Falls er nach ihrem Anruf gleich einen Durchsuchungsbefehl bekommen hatte. Der leitende Staatsanwalt liebte keine nächtliche Ruhestörung. Sie hoffte inbrünstig, dass Bleich jetzt eins auf den Deckel bekäme. Halb sieben. So schwer es ihr auch fiel, sie musste sich noch etwas gedulden. Dafür schnappte sie sich ihre Notizen vom Abend zuvor und tippte sicherheitshalber noch einmal alle Kontonummern ab, die sie sich bei ihrer Bauwagenaktion notiert hatte. Damit hatte der Glückliche es schriftlich. Nur für den Fall, dass sie gestern bei ihrem Telefonat eine Zahl verdreht haben sollte. Sie klickte auf »Entwurf speichern«.

Noch einmal ins Bett? Einen Versuch war es wert. Iris wälzte sich eine Stunde hin und her, dann gab sie auf. Es war wieder ein strahlender Tag, wie Samt und Seide. Einer, der richtig einlud, schwimmen zu gehen. Um acht Uhr machte das Laufenburger Gartenstrandbad auf. Dort würde sie um diese Uhrzeit auch Linda treffen. Die zog dort eigentlich fast jeden Morgen ihre Bahnen, ehe sie um neun Uhr die Buchhandlung öffnete.

Während das Kaffeewasser kochte, schlüpfte Iris in ihren Badeanzug. Er war mindestens zwanzig Jahre alt. Schillerte in verschiedenen Blautönen. Quergestreift. Sie brauchte dringend einen neuen, er war an manchen Stellen schon etwas fadenscheinig. Besonders an den Dauer-Dehnstellen. Nun, für den Moment musste er noch herhalten. Sie schnappte sich eine Stofftasche mit der Aufschrift »Laufenburg« und stopfte Unterhose, BH und Handtuch sowie Duschgel hinein. Im Schwimmbad konnte man seit dem Umbau vor einigen Jahren auch warm duschen. Einen Fön brauchte sie nicht, ihre kurzen Haare wurden bei einem solchen Wetter in Windeseile von allein trocken.

Iris hörte das Kaffeewasser kochen und warf im Vorbeigehen aus Versehen einen Blick in den Ganzkörperspiegel an der Badezimmertür. Sie vermied das normalerweise um diese Uhrzeit. Morgens war sie noch nicht ausreichend gewappnet, um mit der Diskrepanz zwischen ihrem gefühlten und ihrem wirklichen Aussehen fertig zu werden. Gefühlt hatte sie eine relativ schlanke Taille. Und nirgendwo, nicht an den Oberschenkeln und auch nicht an den Oberarmen, das kleinste Fitzelchen Orangenhaut. Außerdem hatte sie gefühlt einen Badeanzug, der ihr einen flachen Bauch verpasste und sämtliche Speckröllchen einfach wegdrückte.

Das Bild ihres wirklichen Aussehens versuchte sie so schnell wie möglich wieder zu verdrängen. Sie machte kehrt und fuhr in Jeans und Schlabbershirt, ehe sie den Wasserkocher abstellte. Einen zweiten Blick auf ihre Formen im Badeanzug hätte sie jetzt nicht verkraftet.

Als sie die Haustür unter den Arkaden öffnete, sah sie sich unversehens einem alten Mann und einem Teenager gegenüber. Sie erkannte Johannes Forstweiler. War das neben ihm nicht Nicole, eine von Tanja Gerbers Töchtern? Du meine Güte, gestern war das Mädchen doch noch ein Kind gewesen. Und jetzt? Sie stand einer jungen Frau gegenüber. Getuschte Wimpern, große braune Augen, eine Haut wie ein Pfirsich. Die schlanke Gestalt mit der schmalen Taille steckte in einem engen gelben T-Shirt. Darüber trug sie ein grünes Top. Dieser Zwiebellook war ja heutzutage modern. Eine weiße Capri-Hose gab unten zierliche Knöchel frei, die Füße steckten in weißen Turnschuhen. Das Mädchen würde den Männern ganz schön den Kopf verdrehen. Iris dachte lieber nicht darüber nach, wie dick und komplexbeladen sie in Nicoles Alter gewesen war. Wie alt war Nicole überhaupt? Dreizehn? Vierzehn? Herrje, wie die Zeit verging. Sie fühlte sich noch älter als vorhin vor dem Spiegel.

»Was machen Sie denn hier?«, fragte sie.

»Wir warten auf Sie«, antwortete Nicole.

»Und warum haben Sie nicht geklingelt?«

»Jo, mich dünkcht 's isch it guet, wenn am Morn öbber kchunt und Sie sin no it richtig wach.«

In Iris regte sich bei der Erinnerung an Forstweilers ersten Besuch in ihrer Wohnung das schlechte Gewissen.

»Und, was wollen Sie von mir?« Sie versuchte, den ungewollt morgenmuffligen Ton zu kaschieren, indem sie sich ein halbherziges Lächeln entrang.

»Also, 's 'isch, ich mein, mün mir sel …«

»Wir wollen Sie engagieren. Onkel Forstweiler sagt, Sie seien eine gute Polizistin. Und jetzt, wo Sie zusammen mit Herrn Trautmann ein Detektivbüro aufmachen wollen …«

»Warum gehen Sie dann nicht gleich zu Herrn Trautmann?« Dieser Name am frühen Morgen dämmte ihren Versuch zur Höflichkeit sofort ein.

»Weil Sie vu dr Polizei sin. Oder gsi sind. Aber s'isch bloß halb offiziell. Also, min Kumpel, der Franz Örtler, dä wo im Kchrankehuus isch …«

»Jemand versucht, meinen Opa zu vergiften! Ich hab heute Morgen mit ihm telefoniert, über das Handy der Station. Eine Krankenschwester war so nett … egal. Ich wollte ihn fragen, ob ich nach der Schule vorbeikommen kann. Da hat er es mir erzählt.«

»Jo, und denn hät selles Maidli sofort mit mir telefoniert. Kchönntet Sie bitte amol diskret froge, ob die bi der Polizei scho öbber in Verdacht hän? Mir zahlet auch die Spese. Luege Sie, die Nicole isch ganz usser sich. Ich mein, solang niemand weiß, wer des gsi si kchönnt …«

»… weiß sie nicht, ob es vielleicht jemand aus der Familie war«, vollendete Iris den Satz.

Nicole stiegen die Tränen in die Augen.

Die arme Kleine. Die war ja völlig durcheinander. Kein Wunder. Sie musste sich furchtbar fühlen bei dem Gedanken, dass jemand ihren Großvater hatte vergiften wollen. Und dass dieser Jemand möglicher Weise in der eigenen Familie zu suchen war. Aber wieso hatte Franz Örtler seine Enkelin überhaupt in diese Lage gebracht? Andererseits, es war ja bekannt, dass der alte Mann unter Demenz litt. Vielleicht war das ja alles nur seine Einbildung. Ja, wahrscheinlich. Sie hatte schon von Fällen gehört, in denen alte Menschen bösartig wurden, glaubten, sie würden bestohlen oder bedroht, Stimmen hörten oder irgendwelche anderen Wahnvorstellungen hatten. Möglicherweise war das auch hier der Fall. Da war es wirklich besser, die Sache wurde nicht offiziell.

»Ich kümmere mich darum. Machen Sie sich keine Sorgen«, versprach Iris. »Ich melde mich bestimmt.«

»Und was kostet das?«, fragte Nicole.

»Nichts. Das tue ich doch gerne.«

»Merci vielmol. Und Gott vergelt's«, meinte Forstweiler.

Sie sah den beiden hinterher, wie sie mit hängenden Schultern bergab in Richtung Rhein trotteten.

Da kam Trautmann aus der Haustür. »Sie gehen wieder nicht ans Telefon«, erklärte er vorwurfsvoll.

»Na, das ist ja eine freundliche Begrüßung. Wenn ich gewusst hätte, dass es in der Laufenburger Hauptstraße um diese Uhrzeit zugeht wie auf dem Zürcher Flughafen, wäre ich noch im Bett geblieben. Ich wollte gerade schwimmen gehen.«

»Schwimmen? Das geht nicht.«

»Wieso geht das nicht?«

»Weil ich Ihnen etwas zu erzählen habe.«

Er erklärte, dass Johannes Forstweiler derjenige gewesen war, der sich in ihren Computer gehackt hatte.

»Die Alten sind auch nicht mehr das, was sie mal waren«, meinte Iris nach einer geschockten Pause. »Ich hätte Ihnen über Forstweiler aber auch noch etwas zu erzählen.« Sie berichtete ihm vom Verdacht des ehemaligen Pfarrers und der Enkelin von Franz Örtler.

»Ich weiß.«

»Wie, Sie wissen?«

»Ich war gestern im Krankenhaus. Franz Örtler hat mir selbst davon erzählt. Die Ärzte haben inzwischen wahrscheinlich die Polizei benachrichtigt. Ja, ja, schauen Sie nicht so. Er hat klare Momente.«

»Und weiß die Polizei auch schon von Forstweilers Hackversuch?«

Trautmann schüttelte den Kopf. »Ich wollte es zuerst Ihnen sagen.«

Iris griff in die Tasche mit den Badesachen und zog die Hand wieder zurück. Nein, das Handy lag noch oben in der Wohnung. Sie hatte es absichtlich nicht mit ins Schwimmbad genommen. Nicht dass die morgendlichen Gäste, eine Riege älterer Damen und Herren, zum Diebstahl neigten, aber sicher war sicher. Und nass werden konnte so ein Handy in einem Schwimmbad auch schnell.

»Suchen Sie Ihr Mobiles? Nicht dabei, das dachte ich mir schon. Hier, nehmen Sie meins.«

»Immer diese spitzen Bemerkungen. Das geht nicht.«

»Wieso geht das nicht?«

»Weil ich Felix anrufen muss. Und dessen Anschluss ist per Kurzwahl in meinem Handy gespeichert. Ich weiß die Nummer nicht auswendig.«

Trautmann schaute sie an mit Sehnsucht im Blick. Als wünschte er sich, dass seine Telefonnummer auch irgendwann per Kurzwahl in ihrem Handy gespeichert sein würde.

»Ich warte hier.«

»Sie warten nirgends.«

»Ich bin schließlich Ihr Partner«, protestierte er.

»Sie sind gar nichts. Seien Sie froh, dass ich nicht Anzeige gegen Sie erstatte wegen … Hausfriedensbruch im PC oder so.«

Als sie seinen verletzten Blick sah, tat ihr ihre harsche Bemerkung schon wieder leid. Aber was sollte sie machen? Wenn sie sich nicht hinter ihrer Mauer verschanzte, bekam sie das dringende Bedürfnis, einfach ihren Kopf an seine Schulter zu legen und sich von ihm beschützen zu lassen, nie in den Griff. Das war albern. Nein, es war geradezu abartig, den Wunsch zu hegen, sich von einem Mann beschützen zu lassen, den sie des Mordes verdächtigte.

Um acht Uhr fünfundvierzig stand Iris noch immer am Fenster ihrer Wohnung, schaute auf den Rhein und kaute nachdenklich an den Nägeln der rechten Hand, meistens am Mittelfinger. Der

Glückliche hatte es tatsächlich geschafft. Die Bauwagen-Razzia hatte noch vor dem Eintreffen der ersten Bauarbeiter begonnen. Felix hatte sich endlich gemeldet, war aber nicht von allein auf den nächtlichen Anruf beim Leitenden der Staatsanwaltschaft Waldshut bezüglich des Ausstellens eines Durchsuchungsbefehls zu sprechen gekommen. Sie hatte sich die Nachfrage natürlich nicht verkneifen können. Und zu ihrer leisen Enttäuschung erfahren, dass er einen der jungen Staatsanwälte erwischt und überzeugt hatte, das Dokument auf den Weg zu bringen. Bereitschaftsdienst war eben Bereitschaftsdienst. Und Leitende delegierten so etwas gern.

Derzeit überprüften die Kollegen alle Konten, für die Stümpfli Zahlungen notiert hatte. Die eidgenössischen Kollegen versuchten herauszufinden, ob besagte Herren Konten in der Schweiz ihr Eigen nannten und wem das Nummernkonto gehörte, auf das Stümpfli fünfzigtausend Franken überwiesen hatte. An diesem Punkt hatte Martin Felix aufgestöhnt. Der *Wächter* – und nun das. Sie gingen inzwischen alle auf dem Zahnfleisch.

Die Ermittler in Wirtschaftsstrafsachen hatten Kisten voller Dokumente aus den Bauwägen geholt. Auch die Unterlagen über die Gelder, die Stümpfli offenbar zahlte.

Die Angelegenheit mit der Vergiftung des alten Örtler band zusätzliche Kräfte. Das Untersuchungsergebnis hatte sich bei der zweiten Analyse bestätigt und war vom Krankenhaus gemeldet worden. Tanja Gerber und ihr Mann saßen bereits auf dem Polizeirevier Laufenburg und warteten auf ihre Vernehmung. Denn auch der Glückliche war der Meinung, dass nach Lage der Dinge mit hoher Wahrscheinlichkeit ein Familienmitglied als Täter in Frage kam. Allerdings hatte er noch einen anderen Verdacht: Es könnte ebenso gut der *Wächter* dahinterstecken.

Iris war perplex gewesen, als er das sagte.

»Der alte Mann steht zwar nicht auf der Liste, aber er hat doch die Örtler-Variante für die Trasse der Autobahn bei Laufenburg und Murg entwickelt. Erinnern Sie sich, werte Kollegin? Es könnte sein, dass ihm das jemand übel nimmt. Eine Autobahn halb auf Pfählen im Rhein und dazu ein ausgebaggertes Flussbett, auf dem Lastkähne gen Basel fahren. Das wäre eine grauenvolle Umweltzerstörung gewesen, von unserem stillen Hochrhein wäre nichts mehr übrig geblieben.«

»Aber Franz Örtler ist ein alter, verwirrter Mann! Wer sollte ihn umbringen wollen? Das ist außerdem schon ewig her. Die Örtler-Variante ist wie alle anderen während des Planfeststellungsverfahrens für den Abschnitt zwischen Rothaus und Hauenstein durchgekaut worden und war als Erste aus dem Spiel. Ich tippe auf diesen Gerber. Der mag seinen Schwiegervater nicht. Sie hätten ihn erleben sollen! Wie der Leibhaftige persönlich ist er auf der Suche nach ihm in Lindas Buchladen gestürmt und hat seine Frau zusammengeschissen. Ich glaube, der alte Mann hat richtig Angst vor ihm.«

»Trotzdem. Die Örtler-Variante hätte viel Umweltzerstörung bedeutet. So zu denken, würde durchaus zum *Wächter* passen. Und überlegen Sie doch mal weiter: Mit der Vergiftung des Alten hätte der *Wächter* gleich zwei Fliegen mit einer Klappe geschlagen. Wenn wir den Schwiegersohn verhaften, hat er doch auch sein Ziel erreicht. Das würde beide Bauvorhaben lahmlegen. Zumindest für einige Zeit. Hanspeter Gerber ist, wie Sie wissen, beim Regierungspräsidium Freiburg der Mann, der die beiden Planfeststellungsverfahren für den Weiterbau der A 98 bei Bad Säckingen und das Pumpspeicherkraftwerk koordiniert. Mit beiden soll es noch dieses Jahr losgehen. Wenn er ausfällt, ist da die Kacke am Dampfen. Sie brauchen ihn zudem unbedingt für den geplanten Runden Tisch.«

Die Kacke am Dampfen? Wenn nicht Gerber, wer hatte dem alten Mann dann das Arsen gegeben? Geben können? Sie glaubte nicht, dass es die Tochter gewesen war. Zog aber die *Wächter*-Hypothese des Glücklichen auch nicht wirklich in Betracht. Nein, nicht Tanja. Und die beiden Enkeltöchter schon gar nicht.

»Andererseits können wir Gerber nicht außen vor lassen«, hatte der Glückliche hinzugefügt. »Es muss außerdem nicht das Ziel gewesen sein, dass der alte Örtler sterben sollte. Vielleicht wollte Gerber ihn auf diese Weise überzeugen, endlich ins Altersheim zu gehen. Wenn Gerber seinen Schwiegervater wirklich hätte umbringen wollen, dann hätte er ihm eine stärkere Dosis verpasst. Die Untersuchungen haben aber ergeben, dass der alte Mann zwar schon seit Längerem methodisch vergiftet wurde, dass die Dosen aber sehr schwach waren.«

Iris starrte aufs gegenüberliegende Schweizer Ufer, ohne es wirklich zu sehen. Die Schönheit der verschiedenen Grüntöne der sprießenden Blätter an den Laubbäumen zwischen den Nadelgehölzen, dazu der Felder und der blühenden Wiesen war an sie völlig verschwendet. Sie ging dazu über, mit ihren Zähnen den Nagel des kleinen Fingers zu attackieren und arbeitete sich dann weiter vor Richtung Daumen.

Sie waren dem *Wächter* noch kein Stück näher gekommen. Dieser Unbekannte agierte schlau, hielt sie auf Trab und sich selbst bedeckt. Es gab keine Fingerabdrücke, die sie zuordnen konnten, niemand von den bekannten Umweltfundamentalisten kam in Frage. Die üblichen Kandidaten jedenfalls nicht. Und auch in der autonomen Szene hatten sie bisher niemanden finden können, dem sie die Drohbriefe und die Attentate zuordnen konnten. Ebenso wenig bei den Linken wie bei den Rechten. Sie mussten weiter alle Möglichkeiten abklopfen. Denn immerhin konnte es ja auch sein, dass jemand unter der Flagge eines Umweltaktivisten segelte, um Unruhe zu schüren.

Vielleicht litt sie langsam an Paranoia, aber sie hatte das unbestimmte Gefühl, dass all die Geschehnisse der letzten Zeit zusammenhingen, die Sprengsätze, der Brand im Altenheim und die Arsenvergiftung von Franz Örtler. Sie wusste nur nicht wie. Was hatten sie übersehen? Es lief ihnen die Zeit davon. Morgen war der 25. Mai. Der Tag, seit dem dieser Regenwaldschützer aus Basel als verschwunden galt. Wie hieß er noch einmal? Ach ja, Bruno Manser. War also heute der Tag, an dem der *Wächter* damit beginnen würde, den zweiten Teil seiner Drohungen wahr zu machen? Ihr wurde schlecht. Aber wer? Wer war er? WO BIST DU, DU MISTKERL?

Paul Zumkeller hatten die Kollegen gestern schon bald nach der Befragung wieder laufen lassen. Ihm war eine Beteiligung am Brand im Altenheim in Herrischried nicht nachzuweisen. Und auch nichts anderes. Iris glaubte im Gegensatz zu Felix auch nicht, dass er der *Wächter* sein könnte. Gut, er hätte ein Motiv. Aber trotzdem. Dort hatte ein Laie gezündelt, kein Feuerwehrmann.

Das brachte sie zurück zu Örtler. Wer könnte Örtler vergiften wollen, wer sah ihn oft genug, um ihm regelmäßig Gift zu verabreichen?

Als sie beim Nagel des Ringfingers angekommen war, überlegte Iris, dass Örtler doch gut mit Johannes Forstweiler befreundet war. Und dann überschlugen sich ihre Gedanken. *Forstweiler* kam regelmäßig und nahe genug an Örtler heran, um ihn zu vergiften. Wenn außer Hanspeter Gerber, Tanja und den Enkelinnen einer ständig Zugang zu Franz Örtler hatte, dann war das der ehemalige reformierte Pfarrer. Und wo hatte Forstweiler gesteckt, als im Altenheim der Brand ausgebrochen war? War seine ganze Sorge um den Kumpel nur ein Ablenkungsmanöver gewesen?

Sie rief Viktor an. »Sag mal, hast du dafür gesorgt, dass Johannes Forstweiler am Sonntag heimgekommen ist?«

»Du häsch mengisch Frage! Mir sin im Schtress, aber sel müsstesch du jo wisse. Du häsch eus die G'schicht ibrockt. Gute Arbet, mini Schöni, tipptopp.«

»Habt ihr schon etwas gefunden?«

Sie hörte ein Stöhnen am anderen Ende der Leitung. »Du waisch scho, dass sie die ganze Unterlage erscht amol uswerte mün. Die Durchsuchig isch jo erscht vor vier Stunde gsi. Au dini Kchollege chönne it zaubre. Der Felix, wie nennscht du ihn immer, ah ja, der Glückliche hät eus nur grob informiert, was du entdeckt häsch.«

»Und was ist nun mit Herrn Forstweiler?«

»Du, des isch kchomisch gsi. Mir henen ussgruefe und dä ganze Platz absgsuecht, aber mir hänen it gefunde. Wieso? Isch öbbis passiert mitenem?«

»Nein, nein, das war nur so eine Frage, danke Viktor, ich will euch nicht weiter von der Arbeit abhalten.«

Konnte das sein? Konnte das wirklich sein? Ein achtzigjähriger Mann, dazu noch ein ehemaliger Pfarrer, vergiftete seinen Freund? Aber warum? Könnte Forstweiler am Ende der *Wächter* sein? Das würde zumindest den alttestamentarischen Duktus in dem Brief erklären. Trotzdem. Sie konnte es sich einfach nicht vorstellen. Seine Sorge um den Freund hatte ehrlich gewirkt.

Aber es passte alles zusammen. Er war bei der Demo spurlos

verschwunden, hätte also Zeit genug gehabt, nach Herrischried zu fahren und den Brand im Speisezimmer des Altenheims zu legen. Er hatte sich in ihren PC eingeloggt. Doch warum hatte er das getan und dazu noch versucht, in den Polizeicomputer zu kommen? Da gab es nur eine Erklärung: Er hatte wissen wollen, welche Spuren die Polizei verfolgte.

Aber ein Pfarrer als *Wächter*? Als Mörder?

Warum eigentlich nicht? Gottesmänner waren auch nur Menschen, manche sogar mit sehr abartigen Verhaltensweisen. Das hatte die katholische Kirche bei all den Fällen von Kindesmissbrauch, die in den letzten Monaten auch hier in der Gegend, im Kolleg St. Blasien ans Licht gekommen waren, gewaltig zu spüren bekommen. Und predigte die Bibel nicht den Schutz und den Erhalt von Gottes Schöpfung? Der Schutz der Umwelt, der Zorn auf jene, die sie zerstörten, war also für ihn schon ein schlüssiges Motiv.

Was war eigentlich mit der Familie des ehemaligen Sulzer Pfarrers? Hatte er eine? Wenn ja, wo war die? Wieso hatte er sich hier in Laufenburg im ehemaligen Altenheim »Auf der Halde« einquartiert? Wirklich nur, weil es kostengünstiger war als ein Schweizer Altenheim, wie sie bisher vermutet hatte?

Was sollte sie tun? Die Kollegen alarmieren?

Au! Jetzt hatte sie das Nagelfleisch des Ringfingers erreicht. Sie ließ die Hand sinken. Sollte sie den Glücklichen noch einmal anrufen? Nein, der steckte bis über beide Ohren in Arbeit. Es gab nur eine Lösung. Sie musste sich unauffällig bei Forstweiler umtun. Iris sah auf die Uhr. Neun Uhr fünfzehn. Um diese Zeit war er regelmäßig in Lindas Buchladen zu finden, trank einen Kaffee, aß einen der Donuts, die Linda immer für ihn vorrätig hielt, und las Zeitung.

Moment. *Neun Uhr fünfzehn?* Ups, sie hatte heute ja Dienst als Aushilfe. Sie musste bei Linda anrufen und ihr erklären, warum sie nicht kam. Aber wie? Schreckliche Kreislaufstörungen. Schwindelanfälle. Die konnten schnell weggehen, oder? Nur falls jemand die angeblich malade Iris auf der Straße treffen sollte und Linda davon erzählte. Sie lebten nun mal in einer Kleinstadt. Gesagt, getan. Iris versprach, sie werde in den Laden kommen und ihren Aushilfsjob antreten, sobald sie sich etwas besser fühle.

Linda war nicht glücklich, aber verständnisvoll. Besonders die detailreich beschriebenen Schwindelanfälle schienen sie zu beeindrucken. Iris solle besser im Bett bleiben, gesund werden. Sie komme schon zurecht. Sie werde Tanja Gerber bitten, die Vertretung zu übernehmen. Die habe ohnehin angeboten, öfter auszuhelfen.

Iris ihrerseits bot an, das entsprechende Telefonat zu übernehmen, telefonieren könne sie ja. Linda nahm das dankend an. Da fiel Iris ein: Saß Tanja nicht noch bei der Polizei? Sie rief Buchmann an. Sie hätten die Ehefrau laufen lassen, erklärte dieser, die Kollegen der Soko Wächter hätten sie auf der Liste ihrer wichtigsten Verdächtigen inzwischen weiter hinten eingestuft. Ob er wisse, wo Tanja Gerber jetzt sei, erkundigte sich Iris. Ja, antwortete Buchmann, sie habe gesagt, dass sie in Lindas Buchladen gehen wolle.

Iris wählte die Nummer. Linda meldete sich. »Ist Tanja schon da?«

»Ja, eben eingetrudelt. Stell dir vor, sie kommt gerade von einer Vernehmung bei der Polizei. Sie ist völlig aufgelöst, wollte aber nichts Näheres dazu sagen. Weißt du da was?«

»Keine Ahnung«, schwindelte Iris. »Kann sie mich vertreten?«

»Moment, ich frag sie mal.«

Iris konnte hören, wie Linda den Hörer weglegte. Nach einigen Sekunden hörte sie ihre Stimme wieder. »Sie sagt, sie kann.«

»Oh gut, dann lege ich mich jetzt hin.« Iris hatte ein schlechtes Gewissen, Linda so anzuschwindeln, aber was sollte sie machen? Leute zu belügen gehörte nun mal zum Job einer Undercoveragentin. Apropos: War sie als verdeckte Ermittlerin berechtigt, ein Zimmer zu durchsuchen? Eher nicht. Iris beschloss, sich dennoch darüber keine Gedanken zu machen.

Die Haustür des ehemaligen Seniorenstiftes »Auf der Halde« war nicht abgeschlossen, sie ließ sich leicht aufdrücken. Und so marschierte Iris hindurch und die Treppe hinauf, wo sie einer freundlichen älteren Dame begegnete, die mit ihrem Rollator im Gang ihre Bahnen zog.

»Frühsport. Ich muss üben«, wurde sie aufgeklärt, ganz ohne zu fragen. Iris gab sich als die Nichte von Johannes Forstweiler aus, und die ältere Dame wies ihr, ohne zu zögern, den Weg zu dessen Unterkunft. Iris sah nicht mehr, wie sie in ihr eigenes Zimmer ging und telefonierte.

Die Einrichtung war gediegen. Ein solider, offenbar viel benutzter Eichenschreibtisch. Ein Esstisch und zwei Stühle mit hohen gedrechselten Lehnen und mit grünem Samt gepolsterten Sitzflächen, eine zweisitzige braune Ledercouch im Biedermeierstil. Sessel gab es nicht. Doch Iris vermutete, dass einst welche dazugehört hatten. Solche Herrenzimmer waren zu früheren Zeiten üblich gewesen. Am Fenster neben dem Schreibtisch entdeckte sie eine von diesen sündhaft teuren modernen Relax-Liegen inklusive Massagefunktion. Am Boden Perserteppiche, an den Wänden Lithografien, unter anderem von Chagall. Drucke von Picasso. Die Tänzerinnen von Degas. Es roch dezent nach Pfeifentabak. Am Fußende eines massiven Bettes, das mit einem ebenso massiven, mit Schnitzereien verzierten Kleiderschrank die andere Hälfte des Raumes fast komplett einnahm, war eine Klappliege aufgebaut worden.

Iris wurde siedend heiß. Natürlich, da schlief sicher Joseph Kohlbrenner. Verdammt, an ihn hatte sie überhaupt nicht mehr gedacht. Dann beruhigte sie sich. Vermutlich saß er mit seinem Freund Johannes Forstweiler vergnügt bei Linda und las den anderen Teil der Zeitung.

Sie blickte sich um. Wo könnte Johannes Forstweiler etwas verbergen? Falls er etwas zu verbergen hatte. Sie drehte jedes Bild einzeln um. Nichts dahintergeklebt. Da fiel ihr auf, dass sie bisher keine Familienbilder gesehen hatte. Sie ging zum Schreibtisch. Ah ja, aus einem silbernen, fein ziselierten Rahmen strahlte ihr in vergilbtem Schwarz-Weiß eine junge Frau mit einem Säugling im Arm entgegen. Iris war zwar keine Modeexpertin, aber so viel erkannte sie: Der Kleidung nach musste die Aufnahme kurz nach dem Zweiten Weltkrieg entstanden sein. Der Säugling hatte wahrscheinlich schon erwachsene Kinder. Und Johannes Forstweiler vermutlich eine Familie. Allerdings war von der in Laufenburg, soweit sie wusste, bisher niemand aufgetaucht. Aber es war ja auch nicht ausgeschlossen, dass die Frau gestorben war, und der inzwischen erwachsene Sprössling – Iris konnte nicht erkennen, ob es ein Junge oder ein Mädchen war – wohnte vielleicht weit weg. Zudem war Johannes Forstweiler rüstig. Er konnte genauso zum Wohnort seiner Familie fahren, wo immer auch das sein mochte. Der Glückliche sollte sich darum kümmern.

Einen Computer konnte Iris nicht entdecken. Aber er musste einen haben. Sie zog – eingedenk der Panne im Bauwagen – sanft am Griff der rechten unteren Schreibtischschublade. Sie ging ohne Widerstand auf. Treffer, gleich beim ersten Versuch. Da war der PC. Und was für einer, ein Sony VPCEA3S1E/G Notebook, stylish, in Neongrün, ziemlich neu. Und da sage noch einer, die heutigen Senioren seien von gestern.

Iris stellte das Notebook auf den Schreibtisch und bootete. Der Akku protestierte, er war bald leer. Sie schaute noch einmal in die Schublade – kein Kabel, kein Netzgerät. Dann musste sie sich eben beeilen. Der Desktop war gut aufgeräumt. Nichts. Sie beschloss, eine Ebene tiefer zu suchen. Ihr Blick glitt suchend über den Bildschirm. »Eigene Dateien«, entzifferte sie mühsam.

Mist. Ob es ihr nun gefiel oder nicht, sie brauchte tatsächlich eine Brille. Da half nur die Tastenkombination für die Windows-Bildschirmlupe. Meine Güte, wie viele Unterordner waren denn das? Forstweiler speicherte offenbar alles dort hinein. Sie überflog sie, so schnell sie konnte. »Verwaltung«, »Familie«, »Rechnungen«. Die Batterie gab ein piependes Geräusch von sich. Oh nein! Sie hatte sich nachher noch die Mails anschauen wollen. Forstweiler verwendete eines dieser kostenlosen Tools, Thunderbird, das Icon hatte sie auf dem Desktop gesehen.

Moment, was war denn das? Iris hielt den Atem an. Eine Datei mit dem Namen »Waechter«. Konnte das sein? War dieser alte Mann tatsächlich der *Wächter*? Sie ging mit dem Cursor darauf und öffnete sie mit einem Doppelklick.

Der Laptop meldete, dass er jetzt in den Ruhestand ging. Der Akku war leer. Die Datei verschwand.

»Hä so öbbis – was machet Sie do?«, schnarrte in diesem Moment Joseph Kohlbrenner. »Dürfen Sie das überhaupt?«

»Oh, hallo, Herr Kohlbrenner. Ich suche Herrn Forstweiler«,

antwortete Iris etwas betreten, nachdem sie sich von ihrem Schreck erholt hatte. »Wissen Sie, er hat mich engagiert. Es gibt da etwas …«

»Hät er? So, so. Ja schtimmt, er hät's mir verzellt. Und? Isch jetzt kchlar, wer min Kumpel Örtler vergiftet hät? Nein? Was meinet Sie, hät sich der Täter in sellem Notebook verschteckt?«

Iris versuchte sich in einem fröhlichen Lachen. Es klang gekünstelt, das merkte sie selbst. »Eine alte Polizistenangewohnheit. Der PC stand da, und ich konnte nicht widerstehen.«

Joseph Kohlbrenner musterte sie mit zusammengekniffenen Augen. »Komisch, als dr Johannes und ich vorhin zum Kaffeetrinken sin, ischer no it dog'schtande.«

»Ach. Dann muss Herr Forstweiler zwischendurch hier gewesen sein.«

»'S muss er denn wohl«, antwortete er. »Obwohl, ich wüsst it wenn. Bin direkt näbe ihm g'sesse. Dr Johannes isch no immer bi Linda, un liest Zittig. I bin früher uffbroche, weil … egal. Denn hemmir do jetzt wohl Geischter.«

»Es gibt mehr zwischen Himmel und Erde …«, gab Iris mit möglichst unschuldigem Blick zurück. »Aber danke, jetzt weiß ich ja, wo ich Herrn Forstweiler finde.«

»Was isch mit Johannes?«

»Ich weiß nicht, ob ich Ihnen das sagen darf. Herr Forstweiler ist ein Klient und … Schweigepflicht. Sie wissen schon. Privatsphäre und so.«

»Sie hän a ziemlich großzügige Uslegig für Privatsphäre. Aber ich weiß jo, dass er Sie engagiert het.«

»Er und seine Enkelin hatten recht mit dem Verdacht. So viel kann ich sagen.«

»Also isch d'r Örtler Franz vergiftet worden.«

»Ja, das hat sich bestätigt. Und jetzt sucht die Polizei fieberhaft nach der Herkunft des Arsens.«

»Han i mir's doch denkt. Vielleicht solltet Sie mal en Blick in den Garten von sinem Schwiegersohn werfe. Do liegt'n Berg mit seltsame Schtei.«

Iris war perplex. »Seltsame Steine? Was meinen Sie damit?«

»Angeblich hät er die Mocke do iglagert, wil er an Schtaigarte baue will. Aber do tut sich nix, die sin jetzt scho sit Monate do. Doch nix passiert.«

»Ja, schon. Aber was haben die Steine oder der geplante Steingarten mit der Vergiftung zu tun?«

»Hä, Sie sind doch die Detektivin, oder?«

Ja, das stimmte. Als sie draußen war, rief sie den Glücklichen an. Der maulte etwas, versprach aber zu tun, was sie von ihm verlangte.

11

Die Pressesprecherin der Schluchseewerk AG war Kummer gewohnt, sie hatte zurzeit jede Menge Führungen durch das Kavernenkraftwerk zu absolvieren. Sie hieß Franziska Bach und lächelte ihnen schon von Weitem entgegen, als Max Trautmann und Iris Terheyde vor dem Eingangsbereich der Schluwe eintrafen. »Hallo, schön, dass Sie sich für unsere Anlagen interessieren. Dienstag ist immer ein guter Tag. Und pünktlich um vierzehn Uhr, wie die Brunnenputzer.« Sie lachte. »Gleich kommen noch drei oder vier Journalisten. Die überregionalen Medien haben unser Projekt ja inzwischen auch für sich entdeckt. Aber das wissen Sie sicher. Ich glaube, heute sind ›Focus‹, ›die Zeit‹ und ein Team von der ARD dabei. Moment, ich muss mal in meinem Terminkalender nachschauen. Ja, stimmt. Sie schreiben doch auch, Herr Trautmann? Zumindest hat Herr Felix von der Polizeidirektion Lörrach das gesagt. Für welches Medium arbeiten Sie denn? Das hat Herr Felix nicht erwähnt, als er sie avisierte.«

»Herr Felix«, schon allein an der Art, wie sie den Namen aussprach, erkannte Max, dass der Glückliche bei der Vereinbarung des Termins eine geballte Ladung seines Charmes versprüht haben musste. Er strahlte sie an, sagte aber nichts. Die junge Frau lächelte zurück. Nicht enthusiastisch, aber auch nicht uninteressiert, wie ihm schien.

Franziska Bach war schlank, um die dreißig Jahre jung, hatte das noch rundliche Gesicht eines Teenagers und dunkle, schulterlange Haare mit Mittelscheitel.

Iris warf ihm einen giftigen Blick zu. War sie eifersüchtig? Das wäre ja zu schön.

Er meinte, auch eine gewisse Gereiztheit zu hören, als sie das Antworten übernahm.

»Ich bin freie Journalistin und für verschiedene Medien tätig. Mein Kollege hier fotografiert. Dürfen wir unser Aufnahmegerät und eine Kamera benutzen?«

Ah. Jetzt machte sie ihn aus Rache zum Hiwi. Sie war also wirklich eifersüchtig. In seinem Bauch breitete sich ein warmes Gefühl aus. Vielleicht … er dachte das lieber nicht zu Ende. Nicht schon wieder vergeblich hoffen. Immerhin hatte sie ihn hierher mitgenommen. Ob sie sich in dunklen Tunnelröhren fürchtete? Nein, er war und blieb ein sentimentaler und auch noch romantischer Idiot, was sie betraf. Aber es hätte ihm gefallen, ihr Ritter zu sein.

»Kein Problem«, antwortete Franziska Bach freundlich. »Wir sind immer gerne behilflich. Am besten fahren wir mit einem Schluchseewerkswagen. Im Kofferraum sind schon Helme und Gummistiefel. Welche Größen haben Sie?«

Iris wand sich etwas. Sie fand, sie hatte zu große Füße für ihre Höhe, wusste Trautmann. »Neununddreißig«, nuschelte sie.

»Wie bitte?«

»Neununddreißig«, sagte sie gezwungenermaßen deutlicher.

»Ich habe Größe dreiundvierzig«, erklärte Trautmann.

»Neununddreißig und dreiundvierzig? Prima, das passt ja. Stiefel in dieser Größe habe ich eingepackt. Es kann aber sein, dass wir sie gar nicht brauchen. Aufgrund der langen Trockenheit ist es nicht mehr sehr feucht im Tunnel. Die ARD kommt mit dem eigenen Übertragungswagen hinterher. Ihre Kollegen müssten jetzt wirklich jede Minute hier auftauchen.« Was sie genau in diesem Augenblick taten.

Nach einigem Hin und Her, bei dem sich besonders die Fernsehleute sehr wichtig gaben, ging es endlich los. Max Trautmann nutzte die Gelegenheit, den Techniker anzusprechen, der ihm einen Blick in den Ü-Wagen gestattete, während Kameramann und Redakteur Franziska Bach erklärten, was sie sich unter einem guten Drehort vorstellten. Diese hörte freundlich lächelnd zu und bat schließlich zum Aufbruch.

Auf der B 34 ging es Richtung Wehr und von dort weiter zum Schluchseewerk, immer der Beschilderung nach. Max ärgerte sich, denn Iris flirtete mit dem Pressefuzzi von der »Zeit«, der zwischen ihnen auf der Rückbank saß. Schamlos, wie er fand. Der »Focus«-Mann hatte vorne neben Franziska Bach Platz genommen. Er war zu dick für die Rückbank. Max hätte Iris erwürgen können. Doch da das insgesamt gesehen keine gute Idee war, schaltete er so gut es ging auf Durchzug und schaute angelegentlich zum Fenster hinaus.

Die Todtmooser Straße mäanderte bergauf, vorbei an moosbewachsenen Felsformationen und Tannen. Linker Hand, auf seiner Seite, hatte die Wehra einen tiefen Einschnitt in die Berge gefräst. Er konnte den Fluss selbst durchs geschlossene Autofenster rauschen hören. Das Wehratal war ein Eldorado für Wanderer, wildromantisch, mit Felsgesichtern, die an Trolle erinnerten, und verwunschenen Waldlichtungen, auf denen Feen tanzten.

Max war gern hier, er hatte im Bannwald an der Wehratalschlucht, in der Gegend um die Burg Bärenfels und oben beim Ibacher Kreuz schon manche Tour gemacht, um sich seine Einsamkeit von der Seele zu laufen. Es gab hier den Wehratal-Erlebnispfad, der den Fluss von der Quelle bis zur Mündung begleitete. Die Bezeichnung für den Fluss ging nach Meinung von Historikern auf eine vorgermanische Bezeichnung zurück, in der das indogermanische Wort »rhei« für »fließen« enthalten sein sollte. Das hatte er einmal in dem Faltblatt gelesen, das es zum Erlebnispfad gab. Für den Rhein traf das zu. Max wusste jedoch bis heute nicht, wo er das »rhei« im Namen Wehra suchen sollte. Aber bitte, wenn die Historiker das sagten.

Der Kollege von der »Zeit« kramte umständlich in seiner Jackentasche und stieß Max dabei seinen Ellbogen in die Seite, worauf dieser vernehmlich schnaufte. Doch den Reporter schien das nicht zu interessieren, er strahlte Iris an und zückte genau das Faltblatt, an das Max gerade gedacht hatte.

»Im Berglewald – oberhalb der Wallfahrtsgemeinde Todtmoos – liegt in einer Höhe von elfhundert Metern die Quelle der Wehra am Südwest-Hang des Schwarzen Stocks«, las er vor. »Auf ihrem 27 Kilometer langen Weg bis zur Mündung in den Hochrhein durchquert sie eine reich gegliederte Landschaft. Ihr Lauf führt von den Höhen des Schwarzwalds in das eiszeitlich geformte Tal von Todtmoos, dann unterhalb von Todtmoos-Au in die 9,5 Kilometer lange wilde Wehraschlucht mit bis zu 300 Meter hohen Felswänden. Ab Wehr fließt die Wehra entlang der tektonischen Bruchzone zwischen der Karstlandschaft des Dinkelbergs und dem Höhenzug des Hotzenwaldes, um sich bei Brennet in 283 Meter Höhe in den Hochrhein zu ergießen. Die Wehra entwässert ein Gebiet von 115 Quadratkilometern.«

»Ach, lesen können Sie auch?« Max konnte sich die Bemerkung einfach nicht verkneifen. Iris nickte und lächelte, als habe ihr dieser »Zeit«-Fuzzi gerade die wichtigste Nachricht ihres Lebens überbracht. Sie tat so, als sei er, Max, überhaupt nicht vorhanden. »Die Entstehung von Todtmoos geht angeblich auf eine Marienerscheinung zurück«, erklärte er deshalb.

Der Pressetyp deutete auf das Faltblatt. »Das steht da auch. Sie können offenbar ebenfalls lesen.«

»Eins zu null gegen Trautmann«, kommentierte Iris.

Max kniff die Lippen zusammen und beschloss, ab sofort zu schweigen. Komme, was da wolle.

Sie waren inzwischen an der Abzweigung zum Kavernenkraftwerk angekommen und näherten sich einigen Gebäuden und dem Eingang zu einem Tunnel. Der war durch ein Gittertor versperrt. Davor standen drei Wachleute mit Knüppeln am Gürtel. Das Schluchseewerk wollte nach dem Bombenfund wohl auf Nummer sicher gehen. Sie nickten, als sie die Pressesprecherin erkannten, und rückten zur Seite. Franziska Bach schaute über ihre Schulter nach hinten, lächelte Max Trautmann zu, was diesem ausnehmend gut gefiel, griff unter das Armaturenbrett und steckte eine Plastikkarte in den dafür vorgesehenen Schlitz eines gelben Gerätes am Straßenrand direkt vor dem Tunneleingang. »Wir müssen uns hier anmelden.«

Das Gitter schwang auf, und die kleine Wagenkolonne, das Auto des Schluchseewerks und der Ü-Wagen der ARD, tauchten ein in die von Lampen nur unzulänglich erhellte Dunkelheit eines etwa zweieinhalb Meter breiten Tunnels. Es ging rund einen Kilometer in den Berg hinein, dann stellte Franziska Bach den Wagen ab. Ein Bauwagen, ein Biertisch, eine Raupe und vier Männer versperrten die Weiterfahrt. Alles war beleuchtet vom grellen Schein mehrerer Lampen. Hinter dem Biertisch machte Trautmann eine Nische in der Felsenwand aus, in der ein mächtiger gelber Kasten stand, aus dem Kabel quollen. Offenbar holten sie sich hier den Strom.

Die Pressesprecherin des Schluchseewerkes stellte die Arbeiter als Mineure vor, was ganz praktisch war, denn keiner war in diesem Moment mit Arbeiten rund um den Bergbau beschäftigt. Einer schraubte an der Schaufel des Baggers herum. Zwei saßen am Tisch und hatten Plastikschachteln, Thermoskanne sowie zwei Becher vor sich und kauten. Es war gerade z'Nüni. Wobei dieser Begriff nicht nur die Pausen um neun Uhr morgens beschrieb. Ein z'Nüni konnte zu jeder Tages- und Nachtzeit stattfinden, auch sehr spontan und wie jetzt am Nachmittag. Es war auch nicht auf den Bergbau beschränkt, aber immer auf die offizielle Arbeitszeit.

Die ARD-Leute begannen, ihre Utensilien auszupacken. Die Mineure sahen mit mildem Interesse zu. Auch sie waren den Presseauftrieb schon gewohnt. Franziska Bach öffnete den Deckel ihres Kofferraumes und wies auf Helme und Gummistiefel. »Bitte, hier, Sie müssen Helme tragen. Die Gummistiefel brauchen wir wohl nicht. Aber falls jemand Bedenken hat, dass es nasse Füße gibt …«

Die Typen vom Fernsehen benahmen sich genauso arrogant, wie Max sich das immer vorgestellt hatte. Sie drängten sich sofort nach vorne. Er sah sich um, während er wartete, bis er an der Reihe war, um sich seinen Helm abzuholen.

»Aus welchem Jahr stammen eigentlich die Pläne?«, fragte der »Zeit«-Mann.

»Die sind schon etwas älter«, antwortete Franziska Bach.

»Kann es sein, dass das in etwa mit dem Anbrechen des Atomzeitalters in den sechziger und siebziger Jahren zusammenfiel?«

Max hörte interessiert zu und war gespannt auf die Antwort. Der Typ hatte also tatsächlich seine Hausaufgaben gemacht.«

»Ja, so in etwa«, war die Antwort.

»Und dann sind sie in der Schublade gelandet? Weshalb?«

»Sie waren damals nicht rentabel«, meinte Franziska Bach. »Doch heute brauchen wir Speicherbecken mehr denn je, um auch zu Spitzenlastzeiten zuverlässig Strom liefern zu können. In gewissem Sinne liegt der Grund im wachsenden Anteil an erneuerbaren Energien. Sie wissen sicher, dass Ökostrom im Netz Vorfahrt hat. Dumm ist nur, dass der Wind nicht immer dann bläst, wenn Strom gebraucht wird, und auch die Sonne nicht immer dann scheint, wenn sie benötigt wird. Also müssen wir in Zeiten der Stromüberschüsse Energie speichern. Grundlastkraftwerke lassen sich nun mal nicht einfach so an- und ausstellen.«

»Hat es aber damals nicht auch Widerstand gegen die Pläne gegeben? Wenn ich mich richtig erinnere, gab es zu der Zeit Proteste gegen das AKW Wyhl, das dann auch nicht gebaut wurde.«

Franziska Bach schaute den Journalisten unverändert freundlich an. »Möglich. Aber ausschlaggebend war damals meines Wissens die Frage der Rentabilität.«

»Und jetzt ist es rentabel? Was machen Sie denn, wenn die Technologie Fortschritte bezüglich anderer Speichermedien macht?«

»Ja, wir denken, es ist rentabel. Und bis andere Speichermedien zur Verfügung stehen, kann es noch dauern.«

»Hier ist es ja wirklich gar nicht mehr nass«, hörte Max Iris sagen, die offensichtlich langsam ungeduldig wurde. »Ich hatte außerdem gedacht, dass es im Inneren der Erde kälter ist.«

»Oh, der Tunnel ist klimatisiert. Kalt ist es hier nie«, bekam sie zur Antwort. »Und nass ist es tatsächlich nicht mehr, es hat ja lange nicht mehr geregnet. Aber wir mussten hier auch schon kräftig pumpen.«

»Hatten Sie in der Vergangenheit nicht auch schon mal unerwartete Wassereinbrüche?« Ah, die kritischen Journalisten von der ARD.

Franziska Bach lächelte verbindlich. »Es kam an einigen Stellen mehr Wasser aus dem Fels, ja. Aber das waren keine Wassereinbrüche, das Wasser kam einfach aus bestimmten Gesteinsschichten. Flöze sagen wir dazu. Wir haben es abgepumpt.«

Inzwischen waren alle mit Helmen versehen. Der Reporter der ARD hielt dem Mineur am Bagger ein Mikrofon vor die Nase. Der Mann schüttelte nur den Kopf und deutete auf die Pressesprecherin.

»Was wollen Sie denn wissen?«, fragte Franziska Bach.

Max wartete nicht auf die Antwort, sondern beschloss, sich auf eigene Faust umzuschauen. Er schlenderte zu dem gelben Kasten in der Nische. Doch nicht der war es, was ihn interessierte, sondern eine kleine vergitterte Aussparung in der Seitenwand der Nische. Hinter dem Gitter entdeckte er die Statue einer etwas mehr als dreißig Zentimeter hohen Skulptur, wohl eine Heiligenfigur.

»Die heilige Barbara, die Schutzheilige der Bergleute«, brummte ein vierter Mann mit Helm, der in diesem Moment aus dem Bauwagen kam. Max nickte, von dieser Heiligen hatte er schon gehört. Es war irgendwie … rührend, dass die Mineure dieser Barbara hier einen richtigen Schrein errichtet hatten. Wenn er sich richtig erinnerte, war die heilige Barbara vom eigenen Vater enthauptet worden, weil sie sich geweigert hatte, ihre Hingabe an Gott und damit ihre Jungfräulichkeit aufzugeben. Er wusste zwar nicht, was das mit dem Bergbau zu tun hatte, aber Heiligenverehrung war ohnehin etwas, das sich ihm nicht so recht erschließen wollte. Max machte dennoch einige Fotos. Dieses antiquiert wirkende Stillleben bekam in den Zeiten des Internets und angesichts der umtriebigen Welt draußen eine zusätzliche Romantik. Außerdem war es nicht schlecht, eine Erinnerungsstütze zu haben. Vielleicht wurde das ja irgendwann wichtig für die Aufklärung des *Wächter*-Falls. Iris nickte ihm anerkennend zu. Und Max ärgerte sich, dass ihn das freute.

Barbara – hieß das nicht »die Fremde«?

Deine Augen sind
unergründlich fremd im
Dunkel der Mainacht.

Er musste endlich aufhören, Haikus für eine Frau zu dichten, die seine Gefühle für sie mit Füßen trat, und sich Naheliegenderem zuwenden. Die Karawane zog weiter, die Pressesprecherin voraus, dicht gefolgt von den ARD-Leuten samt Kamera und Beleuchtungsträger, der Rest der Truppe bummelte hinterher. Etwa hundertfünfzig Meter weiter vorn teilte sich der Tunnel in spitzem Winkel in zwei Röhren. In der rechten sah er in etwa zwanzig Metern Entfernung eine Spundwand. Franziska Bach deutete auf eine Stelle direkt neben der Abzweigung. »Hier war bis vor Kurzem der Sprengstoff untergebracht.«

Max hörte, wie Iris scharf die Luft einsog. Sie würde dem Glücklichen später sicher mitteilen, wo die Leute von der Soko Wächter noch nach der Quelle für den Sprengstoff suchen konnten. Vielleicht lagen da ja noch einige Krümel herum, die die Polizei bei der Durchsuchung der Baustellen übersehen hatte? Heutzutage hatten sie bei der Spurensicherung ja Möglichkeiten, selbst minimale Spuren zu analysieren. Vielleicht hatten sie noch nicht einmal gewusst, dass hier ein Sprengstoffdepot gewesen war. Alles möglich, oder? Besonders bei dem Zeitdruck, unter dem die Soko stand. Da übersah man schon mal was. Er machte ein weiteres Foto, wandte sich um und warf ihr einen bedeutungsvollen Blick zu. Sie ging direkt hinter ihm. Natürlich neben diesem besserwisserischen »Zeit«-Typen. »Sie sind also fertig mit den Sprengungen für den Sondierungsstollen?«, fragte er dann.

Wirklich gut, dass er alles sammelte. Irgendwo in seinen Unterlagen musste sich noch ein Bericht des »Südkuriers« vom letzten Dezember befinden, in dem von einem Mini-Erdbeben um etwa drei Uhr nachts in Herrischried die Rede gewesen war, irgendwann kurz vor Weihnachten 2010. Stärke 1,1 auf der Richterskala. Es war aber abgestritten worden, dass es etwas mit den Sprengungen zu tun gehabt hatte. Die Erschütterung habe sich in einer Tiefe von einundzwanzig Kilometern ereignet, hieß es. Er wusste nicht so recht, ob er das glauben sollte. Der Sondierungsstollen für das geplante Pumpspeicherwerk Atdorf war laut einem Bericht der »Badischen Zeitung« vom 23. Dezember, also dem Tag vor Weihnachten, damals bereits bis zur geplanten Kaverne vorgedrungen, bis unter den Standort für das Hornbergbecken II. Wie hatte eine Frau sich ausgedrückt, die in der Gegend um den Herrischrieder Abhau wohnte: »Es klang wie ein Gewitter im Boden oder als ob ein Steinhaufen umfällt.« Das musste er Iris sagen. Unbedingt, vielleicht war es ja eine Idee, diese Frau genauer unter die Lupe zu nehmen. Wie hieß sie noch mal? Nein, sie hatten den Namen nicht genannt. Aber der Glückliche hatte sicherlich Möglichkeiten, das herauszufinden.

Es lohnte sich eben, gründlich Zeitung zu lesen. Wer hier vor Ort lebte und die regionalen Nachrichten verfolgte, war weitaus besser informiert als diese von sich selbst eingenommenen Presseleute, die mit Wehratal-Erlebnispfad-Flyern wedelten und glaubten, sie könnten damit Eindruck schinden. Da sollte sein Gänseblümchen erst mal sehen, was er alles wusste. Irgendwann musste sie seine Werte doch erkennen. Max seufzte unhörbar. Ihm wurde ganz blümerant, als er an das erste Haiku dachte, das er ihr gezeigt hatte. Es war das einzige geblieben, das sie je gesehen hatte, außer jenen natürlich, die nichts mit ihr zu tun hatten. Was es hin und wieder auch gab.

Gänseblümchen im Garten …

Nein, nicht jetzt, nicht hier. Aber was sollte er machen? Sie war und blieb eben sein Gänseblümchen.

»Ja, wir sind mit den Sprengungen fertig«, bestätigte Franziska Bach und deutete mit einer vagen Geste in die linke Tunnelröhre. »Das ist der Daniela-Stollen. Hier geht es noch etwa zwei Kilometer weiter in den Berg. Vom Stollen aus bohren wir den Fels an, um ihn zu untersuchen.«

»Gab es hier unten nicht jede Menge Arsen im Gestein, viel mehr als gedacht? Wie viele Tonnen Fels haben Sie überhaupt hier herausgesprengt?«, erkundigte sich Iris.

Natürlich gab es Arsen im Gestein, das wusste doch jeder, der die Lokalblätter gelesen hatte. Er hätte ihr die entsprechenden Berichte zeigen können. »Ich habe gelesen, dass Sie das Gestein anfangs zur Mülldeponie Lachengraben gekarrt haben, zumindest das, das nicht offen in Loren herumgestanden hat«, schob er nach.

Franziska Bach gab mit keiner Geste zu erkennen, ob sie ihn gehört hatte. Sie sah ihn noch nicht einmal an. Wieso schaute Iris plötzlich so angespannt? Natürlich, der alte Örtler! Er war ja mit Arsen vergiftet worden. Witterte sie da einen Zusammenhang?

Doch wie hätte Hanspeter Gerber an so viele Steine kommen sollen, wie er benötigte, damit genügend von dem Gift zusammenkam? Seines Wissens arbeitete der ja beim Regierungspräsidium in Freiburg und nicht hier im Stollen. Wie bekam man das Arsen überhaupt aus den Steinen? Wusste Iris etwas, was sie ihm noch nicht gesagt hatte? Er beäugte sie misstrauisch. Sie hatte schon wieder ihr Pokerface aufgesetzt.

Das galt auch für Franziska Bach, die nun doch freundlich lächelnd zurückgab: »Wir haben insgesamt siebzigtausend Tonnen Abraum zutage gefördert. Es ist bekannt, dass das Schwarzwaldgestein Arsen enthält, das war also nichts Neues. Wir haben nur nicht mit einer solch hohen Konzentration gerechnet.«

Wieder hörte Max einen Schnaufer von Iris. Das ARD-Team

baute seine Gerätschaften auf und leuchtete den Sondierungsstollen aus.

»Was passiert eigentlich jetzt?«, erkundigte sich der Typ von der »Zeit«. »Bauen Sie schon weiter? Das Planfeststellungsverfahren kommt doch noch, oder? Und was machen Sie mit dem Wasser?«

Franziska Bach schüttelte den Kopf. »Nein, wir warten natürlich, bis wir die Baugenehmigung haben. Wir hoffen, dass wir 2013 beginnen können. Der Stollen wird bis dahin mit Beton verschlossen, verplombt, wenn Sie so wollen. Damit das Wasser nicht austreten kann, wenn wir es nicht mehr abpumpen. Bevor Sie fragen: Für die zusätzlichen Wassermengen wurde eine Genehmigung beantragt und bewilligt.« Der Mann von der »Zeit« nickte und machte sich Notizen.

Max beobachtete, wie Iris zurück in Richtung Barbaraschrein schlenderte und folgte ihr. Sie hatte etwas vor, das sah er schon an der Art, wie sie die Nackenmuskeln anspannte und die Schultern nach hinten zog. Ohne Umschweife begann sie ein Gespräch mit einem der beiden recht jungen Mineure, die gerade Pause machten und noch immer kauend vor ihren Plastikdosen saßen. Er hatte kräftige Oberarme, ein männlich kantiges Kinn und sah schon von Weitem aus, als röche er nach Männerschweiß und Muckibude.

Max schloss gerade rechtzeitig zu ihr auf, um zu sehen, wie sie auf den Barbaraschrein deutete. »Das ist sehr beeindruckend«, meinte sie. Der Mann hörte auf zu kauen.

Ein älterer Mineur, jener, der vorhin aus dem Bauwagen gekommen war und wohl hier das Sagen hatte, gesellte sich zu ihnen und grinste. »Ja, wir feiern sogar jedes Jahr ein Fest für die Heilige. Am 4. Dezember. Dazu werden dann auch Gäste aus der Region eingeladen. Der Bürgermeister, die Pfarrer und andere wichtige Leute.«

»Großkopfete eben«, mischte sich Max ein.

Iris reagierte nicht. Das machte sie absichtlich. Ignorierte ihn und flirtete mit anderen, um ihn zu strafen. Andererseits … eigentlich war sie nicht nachtragend. Also: Was hatte sie, worauf wollte sie hinaus?

Egal, er hatte genug von diesen Spielchen. Sollte sie doch sehen, wo sie blieb. Max war nun endgültig beleidigt und beschloss, ab sofort noch heftiger mit der netten jungen Pressesprecherin zu turteln. Er wandte sich ab.

»Gibt es irgendwo eine Gästeliste?«, hörte er Iris noch fragen. Und dann etwas mit »Sprengstoff« und »Lagerung« und »verschieden Orte«.

Hatten sie bei der Schluwe denn mehrere Aufbewahrungsorte für den Sprengstoff? Und was für eine Gästeliste, zum Teufel?

Als er sich im Fortgehen noch einmal umwandte, sah er, dass sie ganz in das Gespräch mit den beiden Männern vertieft war. Sie beachtete ihn überhaupt nicht. Der Jüngere schien plötzlich verlegen zu werden, wand sich regelrecht. Als sei er bei einem krummen Ding ertappt worden. Der Ältere zog ein ärgerliches Gesicht und schimpfte auf den Muckibudenmann ein, der ziemlich bedröppelt zu Boden blickte und mit der Spitze seines rechten Schuhs im Staub herumkratzte. Was nicht viel half, denn die Kappe der Wanderstiefeln ähnlichen Schuhbekleidung war rund. Und Iris sah plötzlich sehr zufrieden aus.

12

»Kommen Sie!«

»Wohin soll ich kommen? Es ist achtzehn Uhr, Dienstagabend, Zeit fürs Abendessen. Ich habe Hunger.«

»Sie werden schon nicht vom Fleisch fallen. Nun fragen Sie doch nicht so viel, Trautmann. Wir müssen uns etwas anschauen. Und dazu brauche ich Ihre Hilfe.«

Max hatte eigentlich vorgehabt, sich nach dem Besuch des Daniela-Stollens zu duschen und sich dann gemütlich auf seinem neuen roten Sofa auszustrecken und ein belegtes Brot zu essen. Aber wenn das Gänseblümchen so schaute, dann war es besser, ihr nicht zu widersprechen. Er hatte ohnehin das Gefühl, dass sie ihm gegenüber wegen seines schlechten Gewissens bezüglich der Internetspionageaktion im Moment gehörig Oberwasser hatte und das auch nach Strich und Faden ausnutzte. Na warte, Mädchen, dachte er, das ändert sich auch wieder. Außerdem war er ja gerne dabei, wenn sie ermittelte. Selbst um den Preis, den eigenen Stolz hintanzustellen. Oder zu hungern.

»Ist es weit?«

»Wir müssen zum Rappenstein. Können Sie gut klettern?«

»Was soll das denn nun wieder?«

»Warten Sie ab.«

Max schwieg verstimmt, während sie sich auf den Weg machten. Wieso musste sie ihn dauernd so abfertigen und im Unklaren lassen? Mit dem Abend begann es langsam, kühler zu werden. Ihm wurde trotzdem heiß, und er schnaufte, als sie in Richtung Schlössle den Berg hinaufstapften. Das Schlössle war das Renommiergebäude Laufenburgs. Es hatte einst einer Dame namens Mary Codman gehört, einer Amerikanerin mit einem Faible für Japan und einem dirigierenden Ehemann. Sie war wegen all ihrer guten Taten zur Laufenburger Ehrenbürgerin ernannt worden.

Doch das war lange her, und ihr »Schlössle« gehörte längst der Stadt. Diese hatte das gute Stück, eigentlich eine Gründerzeitvilla mit einigen Nebengebäuden, mit viel Steuergeld aufwendig sanieren lassen. Dort gab es jetzt ein Terrassencafé mit einem phantastischen Rheinblick, ein Restaurant mit Kaminzimmer und oben einen großen Veranstaltungssaal mit Panoramafenster, von dem aus die Aussicht ebenfalls phänomenal war. Veranstaltungen fanden im Schlössle inzwischen allerdings nur noch ab und an statt. Ansonsten war das Haus wieder in den Dornröschenschlaf versunken. Von den Plänen der Stadtoberen, hier eine Art Zentrum und Anziehungspunkt für Laufenburg zu schaffen, war kaum etwas übrig geblieben. Denn es fand sich einfach kein Pächter für den Gastronomiebetrieb, nachdem der Vorgänger, ein junger Schnösel, wie Max fand, kläglich gescheitert war. Ein Problem war wohl der schlecht geplante Küchentrakt. Das hatte er jedenfalls gehört. Aber es gab mit Sicherheit noch weitere.

Iris strebte der Brücke zu, die seit einigen Jahren über die Bundesstraße in Richtung des Altbaus der Hans-Thoma-Schule führte. Auch dieses Projekt hatte für viel Diskussion gesorgt. Nicht alle hatten ein solches Bauwerk für notwendig gehalten. Geschweige denn passend. Max hatte dazugehört. Doch inzwischen hatte er sich an den bequemen Übergang direkt unterhalb des Schlössle gewöhnt und fand die Überführung, die wie eine Hängebrücke konzipiert worden war, eigentlich gar nicht mehr so schlecht.

Max hielt es nicht mehr aus. »Nun sagen Sie schon, wo wollen Sie hin?«

»In die Mozartstraße.«

»Das ist doch in der Nähe des römischen Gutshofs. So weit?«

»Nun haben Sie sich nicht so. Etwas Bewegung tut Ihnen gut.«

»Ach. Sie schnaufen aber auch nicht schlecht.«

Sie warf ihm einen giftigen Blick zu. Mist. Das hätte er lieber nicht sagen sollen. Max kniff die Lippen zusammen, was das Atmen erschwerte. Es ging noch immer ziemlich steil bergauf, inzwischen war er ziemlich außer Puste und bekam durch die Nase allein nicht mehr genügend Luft.

»Und Sie schnappen nach Luft wie ein Fisch auf dem Trockenen.«

Den Rest des Weges sprachen sie nicht mehr miteinander.

Nicht weit vom römischen Gutshof entfernt, einem Gelände, auf dem die Umrisse einer römischen Villa nachgemauert worden waren, die dort einst hoch über der Stadt gestanden hatte, waren einige neue Häuser entstanden. Alle proper, alle außen herum noch ziemlich kahl, dafür aber teilweise mit Jägerzaun. Sie rochen förmlich nach Leuten, die Geld hatten. Eines war gelb gestrichen und hatte weiße Sprossenfenster, es sah ein wenig so aus wie eine italienische Villa. Auch der Garten dieses Hauses war frisch angelegt. Die wenigen gerade gepflanzten Büsche waren noch klein, der Rasen begann erst zu sprießen. Die Terrasse war noch nicht fertig. Vermutlich ist dem Besitzer das Geld ausgegangen, und jetzt muss er selbst mit Hand anlegen, dachte Max boshaft. Dann sah er das Klingelschild an der Tür des Jägergartenzauns. »Gerber? Was soll das? Was wollen wir hier?«

Iris wies auf einen großen Haufen Steine, der dort lag, wo einmal die Terrasse hinsollte. Vermutlich waren sie zum Auffüllen gedacht oder für einen Steingarten oder beides. »Wir brauchen Steine, zwei oder drei. Schaffen Sie es, über den Zaun zu klettern? Das sollte ja eigentlich kein Problem sein für einen so sportlichen Mann.«

»Steine? Wollen Sie jetzt auf Ihrer Fensterbank einen Garten anlegen? Außerdem können Sie sich die Häme ruhig verkneifen. Ich weiß, dass ich einen Bauch habe. Überhaupt, warum klettern Sie nicht selbst?«

»Weil Sie sich einmal in Ihrem Leben wie ein Kavalier benehmen sollten. Weil Sie nämlich etwas gutzumachen haben.«

Das stimmte allerdings. Dennoch machte Max einen letzten Versuch. »Und wenn mich jemand sieht, dann denken die doch, ich wäre ein Einbrecher, und rufen die Polizei.«

»Ich bringe Ihnen einen Kuchen in den Knast.« Sie grinste. »Kommen Sie, nun haben Sie sich nicht so. Tanja Gerber hat meinen Dienst bei Linda übernommen, allerdings ist sie nicht mehr lange dort, die Buchhandlung macht bald zu. Sie vertritt mich heute. Sie sollten sich also besser beeilen.«

»Und Hanspeter Gerber?«

»Der sitzt gerade selbst bei der Polizei und wird vernommen.«

»Wie vernommen? Weshalb vernommen? Und was wollen Sie überhaupt mit den Steinen?«

»Sie müssen nicht alles wissen. Und jetzt beeilen Sie sich. Tanja kommt bestimmt gleich.«

Er kletterte unter viel Brummen und ziemlich umständlich über den Jägerzaun, der ihm kaum bis zur Hüfte reichte. Trotzdem hatte er einige Mühe. Dann kam er mit hochrotem Gesicht und zwei faustgroßen Steinbrocken zurück. »Und wohin damit?«

»Die kluge Frau baut vor.« Iris zog einen klein zusammengefalteten Stoffsack unter ihrem Schlabbershirt hervor. »Da hinein.«

Er folgte brummend. »Darf ich jetzt nach all den Mühen endlich erfahren, worum es hier geht? Ein Mann macht sich ja so seine Gedanken.«

Sie blieb unerbittlich. »Später. Irgendwann. Jetzt habe ich keine Zeit mehr. Sie finden doch allein nach Hause? Ich behalte die Steine.«

Verdammtes Weibervolk.

»Wussten Sie eigentlich, dass Gerber in Freiburg eine Geliebte hat?«

»Ach. Na so was.«

Ha, jetzt hatte er sie doch überrascht.

Iris sah Max Trautmann gekränkt davonstapfen. Ein wenig tat er ihr sogar leid. Sie hatte ihn ziemlich ruppig davongeschickt. Aber sie konnte jetzt keine Rücksicht auf seine Gefühle nehmen. Gleich würde sie den Glücklichen an der Turnhalle Rhina treffen und ihm bei dieser Gelegenheit die Steine übergeben. Sie hielt es für besser, wenn Trautmann nicht dabei war, vielleicht gab es Ermittlungs-Interna zu besprechen. »Ich rufe Sie heute Abend an«, rief sie ihm hinterher. Er sah sich noch nicht einmal um. Sie seufzte. Schön, sollte er doch herummuffeln. Er hatte ein Recht dazu. Sie sah auf die Uhr. Oje, schon so spät, sie musste sich beeilen.

Der Glückliche wartete bereits, als sie sich der Turnhalle näherte. »Hallo, werte Kollegin. Was haben Sie denn da?«

»Steine.« Iris versuchte, nach dem Eilmarsch wieder ein wenig zu Atem zu kommen.

»Wollen Sie mich erschlagen?«

»Manchmal schon«, flachste sie. »Aber gerade jetzt fände ich es gut, wenn Sie die Steine ins Labor brächten. Wenn ich richtig liege, ist das arsenhaltiger Fels aus dem Daniela-Stollen.«

»Wie bitte?«

»Werter Kollege, nun seien Sie doch nicht so begriffsstutzig. Ich habe mir, wie Sie wissen, heute Nachmittag zusammen mit unserem Jungdetektiv Max Trautmann den Sondierungsstollen des Schluchseewerks angeschaut.«

»Liebwerte Kriminalhauptkommissarin, Sie sprechen in Rätseln.«

»Ist doch klar wie Kloßbrühe. Beim Stollenbau haben sie Gestein herausgesprengt, das ziemlich viel Arsen enthält. Und nun raten Sie mal, wer sich gegen ein gehöriges Trinkgeld von einem der Mineure einen ganzen Haufen solcher Steine in seinen Garten hat karren lassen? Heimlich? Das hat mir der betreffende Bergmann selbst erzählt, als ich ein wenig nachgebohrt habe. Bei den Tausenden von Tonnen Aushub ist das natürlich niemandem aufgefallen.«

»Heiliger Bimbam, jetzt machen Sie es doch nicht so spannend. Wer hat sich heimlich Aushub in den Garten karren lassen?«

»Ich habe Ihnen doch eine Liste mit Namen zukommen lassen. Haben Sie das Fax vom Schluchseewerk nicht bekommen? Die Pressesprecherin der Schluwe hat mir hoch und heilig versprochen, sich sofort darum zu kümmern. Eigentlich müssten es sogar zwei Listen sein.«

»Stimmt, eine aus dem Jahr 2009 und eine von 2010. Was ist damit? Sie hätten ja wenigstens einen Kommentar dazu abgeben können.«

»Die Leute auf den Listen waren in den vergangenen beiden Jahren am 4. Dezember Gäste beim Barbarafest im Stollen. Alle haben vermutlich vom hohen Arsengehalt im Gestein gewusst. Und wenn mich nicht alles täuscht, werden Sie auf einer dieser Listen einen Namen entdecken, dem wir in der letzten Zeit häufiger begegnet sind. Vermutlich sogar auf beiden.«

»Liebe Kollegin, Sie können eine ziemliche Nervensäge sein. Die Listen sind lang. Also wer, wen meinen Sie? Sagen Sie schon.«

»Na, unseren Freund, Hanspeter Gerber, den Bestechlichen. Vielleicht hat er aus den Steinen Steinstaub gemacht, was weiß ich. In ganzen Brocken hat er seinem Schwiegervater das Arsen jedenfalls bestimmt nicht verabreicht. Der alte Herr Kohlbrenner hat mich drauf gebracht. Ich habe ihn, äh, überraschend getroffen. Hat Gerber eigentlich etwas zu dem Geld gesagt, das er von Stümpfli bekommen hat?«

»Nein, er schweigt beharrlich. Er sagt, er habe nie Geld bekommen. Nicht von Stümpfli und auch von niemandem sonst. Er weiß nichts von dem Notizbuch. Seine Frau haben wir laufen lassen. Sie schien wirklich ahnungslos zu sein, was die Arsenvergiftung ihres Vaters angeht. Ich nehme ihr auch ab, dass sie von den Bestechungsgeldern nichts gewusst hat. Ihn haben wir wegen dieser Angelegenheit dabehalten. Und nun glauben Sie, das Arsen, mit dem der alte Örtler vergiftet worden ist, könnte aus diesen Steinen stammen? Das wäre immerhin ein ausreichender Anfangsverdacht, um ihn weiter festzusetzen. Aber dazu müsste ich mehr wissen. Wie sind Sie überhaupt darauf gekommen, dass die Steine in Gerbers Garten aus dem Daniela-Stollen stammen? Ich meine, aus irgendeinem Grund müssen Sie da doch nachgebohrt haben. Dass Ihnen ein alter Mann von Steinen in Gerbers Garten erzählt, reicht mir nicht als Erklärung. Außerdem, statistisch gesehen sind es doch eher Frauen, die zu Gift greifen, um jemanden um die Ecke zu bringen.«

»Oh Begriffsstutzigkeit, dein Name ist Mann. Als ich im Stollen war, wurde vom hohen Arsengehalt im Gestein gesprochen. Aber so richtig aufmerksam geworden bin ich, als mir einer der Mineure erzählte, dass sie jedes Jahr zu Ehren der Heiligen der Bergleute das Barbarafest feiern. Dazu kommen immer auch geladene Gäste. Da fiel mir der Hinweis von Joseph Kohlbrenner wieder ein. Und ich dachte mir, es könnte doch durchaus sein, dass Gerber zu den Gästen gehört hat und ihm angesichts des arsenhaltigen Gesteins die Idee gekommen ist, seinen Stiefvater damit zu vergiften. Das müsste 2009 gewesen sein. Franz Örtler hat ja offensichtlich schon länger Gift ins Essen gemischt bekommen. Aber die Geschichte mit den Arsenfunden war 2009 noch nicht öffentlich bekannt, die Zeitungen haben erst viel später darüber geschrieben. Gerber konnte zu diesem Zeitpunkt also durchaus davon ausgehen, dass er damit durchkommt. Ich habe zwar keine Ahnung, wie man das Arsen aus dem Stein bekommt und ob die Menge überhaupt reicht, um einen Menschen zu vergiften, aber vielleicht kennt Gerber sich ja mit der Arsengewinnung aus. Falls er in seinem Garten Steine geklopft hat, dürfte das jedenfalls niemandem aufgefallen sein.«

»Wieso das?«

»Nun, wie es aussieht, baut er sich gerade eine Terrasse an sein nigelnagelneues und bestimmt recht teures Haus in der Nähe des römischen Gutshofes. Da muss man viele Steine klopfen.«

»Und nun vermuten Sie, dass die Terrasse nur ein Vorwand ist, um unauffällig zu arsenhaltigem Steinstaub zu kommen.«

»Könnte doch sein, oder?«

Der Glückliche zuckte die Schultern. »Keine Ahnung. Ich denke, man braucht eine ganze Menge von diesem Steinstaub, um jemanden zu vergiften. Ehrlich gesagt weiß ich auch nicht, wie man das Arsen da herausbekommt. Aber ich werde die Steine mal untersuchen lassen. Und nun zum *Wächter*. Wir sind noch immer kein Stück weiter. Es ist zum Verrücktwerden.«

»Nun gehen Sie doch mal von der Leitung runter! Hanspeter Gerber arbeitet beim Regierungspräsidium Freiburg, er koordiniert die Planfeststellungsverfahren. Da hätten Sie doch eine mögliche Verbindung zum *Wächter*. Gerber hat wahrscheinlich eine Wohnung oder ein Zimmer in Freiburg. Ich habe jedenfalls gehört, dass er manchmal dort übernachtet. Ziemlich sicher sogar. Trautmann hat mir vorhin erzählt, dass Gerber in Freiburg eine Geliebte hat. Jedenfalls hat Franz Örtler das angeblich behauptet. Irgendwo muss sein Arsenvorrat ja sein, falls er der Täter ist. Ich glaube jedenfalls nicht, dass Gerber jeden Tag eine neue Dosis herstellt. Nicht über diesen langen Zeitraum. Und wenn er zeitweise weg ist, lagert er es vielleicht in Freiburg. Vielleicht findet ihr etwas von dem Arsen aus den Steinen in seiner Freiburger Wohnung. Vielleicht aber auch hier im Haus. Dann könntet ihr ihn festnageln. Ich denke, ihr solltet auf jeden Fall mal gründlich nachschauen.«

Der Glückliche runzelte die Stirn. »Falls da irgendwo Arsen zu finden ist, kann das Labor anhand der Steine sicherlich herausfinden, ob es aus dem Daniela-Stollen stammt.«

»Bingo. Und das mit dem Durchsuchungsbefehl dürfte ja auch kein Problem sein, jetzt, wo wir wissen, dass er auf der Lohnliste dieses Schweizer Bauunternehmers steht. So wie ich Sie kenne, haben Sie den bereits.«

Der Glückliche nickte. »Ja. Um genau zu sein: Gleich, wenn wir beide hier fertig sind, werden wir uns Gerbers Haus näher anschauen. Zeitgleich durchsuchen die Kollegen auch das Haus von Fred Malzacher. Der dürfte hinter der Abkürzung F. Malzacher in Stümpflis Notizbuch stecken. Zumindest liegt der Verdacht sehr nahe, alles andere wäre ein sehr unwahrscheinliches Zusammentreffen. Auch er tut natürlich, als könnte er kein Wässerchen trüben. Doch ehe wir einen Durchsuchungsbefehl für sein Büro beim Schluchseewerk bekommen, müssen wir schon mehr in der Hand haben. Übrigens spielt zurzeit auch Frank Gerber, der Bruder von Hanspeter Gerber die beleidigte Unschuld. Den hat Stümpfli sicher bezahlt, damit er ihm Tipps bezüglich irgendwelcher Aufträge gibt, schließlich ist er Vize-Abteilungsleiter im Stuttgarter Wirtschaftsministerium. Stümpfli hat sich rundum abgesichert und wie ein Krake seine Tentakel ausgestreckt. Die Schweizer Kollegen nehmen ihn schon seit Stunden in die Mangel. Er kennt das Notizbuch angeblich nicht, das Sie gefunden haben. Behauptet, es gehört ihm nicht. Jetzt muss halt ein Schriftsachverständiger ran. Ich vermute, er wird leugnen, bis wir eindeutige Beweise haben, um ihn zu überführen. Denn das Geld, das er unserem feinen Trio und den anderen auf der Liste zukommen lässt, stammt mit Sicherheit aus schwarzen Kassen. Von seinen offiziellen Konten jedenfalls nicht. Das heißt, auch wenn wir ihn nicht wegen Bestechung kriegen, wegen Steuerhinterziehung ist er auf jeden Fall dran. Die Konten, auf denen er sein Schwarzgeld bunkert, finden wir auch noch.«

Iris nickte. »Ein Motiv, warum Gerber Geld nimmt, hätten wir ja schon: das neue Haus. Das war sicher nicht billig. Ich vermute, er hat deswegen ziemliche Schulden. Und dann noch eine Freundin, die auch Ansprüche stellt, sowie die Miete für das Freiburger Appartement, das bestimmt auch nicht billig ist.«

»Ja, das könnte sein. Das mit der Wohnung in Freiburg ist jedenfalls eine gute Idee. Ich werde die Kollegen gleich drauf ansetzen. Apropos Schulden. Wir haben uns diesen Malzacher ja auch mal näher angeschaut. Scheint ein ziemlich ehrgeiziger Mann zu sein.

Das lassen jedenfalls die Kollegen beim Schluchseewerk durchblicken. Er hat sich richtig reingehängt, als es darum ging, Ausgleichsflächen für das Pumpspeicherprojekt an Land zu ziehen. Jetzt haben sie mehr, als sie brauchen. Sie können ja nur die schlechteren Flächen verwenden. Die lassen sich am besten aufwerten und als Ausgleichsflächen verkaufen, wie man so schön sagt.«

»Das hab ich auch schon gehört, dass sie sich bei der Schluwe inzwischen das Vorkaufsrecht auf gehörig viele Flächen gesichert haben.«

»So, so. Es gibt außerdem Gerüchte, dass Malzacher spielsüchtig ist und Geldeintreiber hinter ihm her sind. Mit solchen Leuten ist nicht zu spaßen. Das könnte ihn anfällig für Bestechungsversuche gemacht haben. Aber das hat ein Kollege nur zwischen den Zeilen durchblicken lassen. Das müssen wir noch verifizieren. Für Stümpfli muss es von großem Interesse gewesen sein zu erfahren, wem die Grundstücke gehören, auf die das Schluchseewerk eine Option hat, die aber nicht mehr gebraucht werden. Die könnte er den enttäuschten Anbietern dann abkaufen und teuer dem Bund als Ausgleichsflächen für den Weiterbau der A98 verscherbeln. Was meinen Sie, kann es sein, dass Malzacher Stümpflis Informant beim Schluchseewerk ist?«

»Der Gedanke drängt sich geradezu auf. Ich hatte schon eine ganze Weile den Eindruck, nach dem, was Viktor am Sonntag auf der Anti-AKW-Demo erzählt hat, dass nämlich unser Eidgenosse zweifellos über Insiderwissen verfügt. Ja, das passt. Ob Elena von der Spielsucht weiß? Falls nicht – vielleicht könnten Sie sie bei der Vernehmung ja mal sanft darauf aufmerksam machen. Ich kann mir gut vorstellen, dass sie dann ziemlich wütend auf ihren Mann wird und plaudert. Ach, und könnten Sie herausfinden, ob – und wenn ja, wann – Joseph Kohlbrenner den beiden den Hof überschrieben hat? Vielleicht hat er an die Überschreibung ja Bedingungen geknüpft. Zum Beispiel, dass Tochter und Schwiegersohn für den Rest seines Lebens für ihn sorgen müssen? So ein Altenheim ist nicht billig. Und eine große Rente hat ein ehemaliger Landwirt nicht. Was ist, wenn sich die Gerbers mit den Malzachers zusammengetan haben und er als nächster unbequemer Alter dran glauben soll? Ich denke, da ist was im Busch. Joseph Kohlbrenner ist jedenfalls ganz schön wütend auf die beiden. Ich habe ihn gestern bei der Mahnwache für die Fukushima-Opfer getroffen und kurz mit ihm geredet. Ach, haben Sie meine Fotos bekommen?«

Martin Felix nickte. »Ja, ich habe die Mail an die Kollegen von der Soko Wächter weitergeleitet. Wir sind dabei, die Leute abzuklopfen. Bisher nichts. Null Komma nichts. Es ist zum Auswachsen. Und nun kommen Sie dauernd mit neuen Fällen und weiterer Arbeit an.«

»Haben die Herren Malzacher und Gerber eigentlich überhaupt etwas gesagt, was uns weiterbringt?««

»Hanspeter Gerber schweigt sich aus, das sagte ich doch bereits. Kann sich angeblich überhaupt nicht an einen Mann namens Stümpfli erinnern. Was nicht sein kann, denn Stümpfli hat ja bereits Aufträge für den Autobahnbau bekommen, er muss also irgendwann mit ihm Kontakt gehabt haben.«

»Aber Gerber selbst vergibt doch keine Aufträge.«

»Er hat aber sicherlich Einblick in die Angebote der Konkurrenz oder kann ihn sich verschaffen und deshalb Stümpfli entsprechend instruieren. Der rechnet dann seine Angebote herunter. Dass bei so großen öffentlichen Bauprojekten hinterher doch alles teurer wird, daran sind wir Bürger schon gewöhnt. Darüber würde sich niemand aufregen. Mir scheint ohnehin, dass manche Projekte künstlich billig gerechnet werden, um sie politisch durchsetzen zu können. Denken Sie nur an Stuttgart 21.«

»Herr Hauptkommissar, Sie spekulieren.«

»Na, ich weiß nicht. Ähnlich schweigsam wie sein Bruder scheint auch Frank Gerber zu sein. Das berichten die Stuttgarter Kollegen. Nur, dass der noch den Empörten mimt und mit seinen Beziehungen droht, weil er doch völlig unschuldig ist und niemals Bestechungsgelder annehmen würde. Aus seinem Umfeld wissen wir aber, dass er über seine Verhältnisse lebt. Großes Penthouse, ein Maserati *gran turismo*, eine Harley und dazu noch ein Boot im Mittelmeer. Gut, er ist nicht verheiratet, muss keine Familie ernähren …«

»Mein Haus, mein Pferd, mein Auto … Das klingt nicht, als könnte er sich das alles von seinem Gehalt leisten. Aber warum sollte Stümpfli Frank Gerber bestechen wollen?«

»Vermutlich, weil der in seiner Position als stellvertretender Abteilungsleiter im Wirtschaftsministerium an weitere interne Informationen über Konkurrenzfirmen kommt. Ob sie womöglich gerade in Schwierigkeiten stecken und so, ab wann wieder Geld für den A-98-Weiterbau im Topf der Bundesregierung ist oder zur politischen Stimmungslage. Das sind alles wichtige Hinweise, die er für seine Planungen nutzen kann. Insidergeschäfte sozusagen. Die laufen nicht nur über die Börse. Auf den Konten der Gerber-Brüder haben wir natürlich keine verdächtigen Geldeingänge gefunden. Nur einen ziemlich hohen Geldausgang von dreißigtausend Euro von Frank Gerbers Konto bei der Aargauer Kantonalbank. Ja, er hat auch eins im Nachbarland. Die Summe ist heute Morgen abgegangen. Nun raten sie mal, wohin.«

»Wie haben Sie das denn rausgefunden?«

»Na ja, wir haben uns in Frank Gerbers PC, äh, eingeloggt. Er hat das Geld online überwiesen. Der Mann muss ziemlich unter Druck stehen, dass er sich auf eine nachprüfbare Überweisung eingelassen hat. Das deutet darauf hin, dass da jemand ist, der ihn erpresst.«

»Und? Wohin hat er überwiesen?«

»Auf das Schweizer Nummernkonto bei derselben Schweizer Bank. Wir wissen noch immer nicht, wem es gehört. Die Kantonalbank stellt sich stur. Da müssen wir den offiziellen Weg einschlagen, und das bedeutet einen ärgerlichen Zeitverlust. Deshalb werden wir die Gerber-Brüder wohl zunächst gehen lassen müssen, zumindest Frank Gerber, wenn wir sonst nichts finden. Und Hanspeter – na, da warten wir mal. Hoffentlich arbeitet das Labor schnell. Wir können ihn zwar auch nicht ewig festhalten, die Überwachung ist aber schon angeordnet, ganz offiziell.«

»Ach, und wie haben Sie die Leute dafür bekommen?«

Er grinste. »Mit der Begründung, dass das Leben der Gerber-Brüder in Gefahr sein könnte. Auch wenn sie nicht auf der Todesliste stehen, sie zählen eindeutig zu dem vom *Wächter* bedrohten Personenkreis. Stümpfli hat natürlich auch ›Personenschutz‹ bekommen. Ich kann Ihnen sagen, die sind nicht gerade begeistert über die neue ständige Begleitung. Jetzt müssen sie ihre schmierigen Geschäfte erst mal einstellen. Doch wir kriegen die sauberen Herren schon noch.«

Iris schmunzelte. »Gute Begründung. Und so ganz von der Hand zu weisen ist sie ja auch nicht.«

»Hm. Wenn ich der *Wächter* wäre, würde ich weiter oben anfangen. Das glauben auch die Kollegen vom Landeskriminalamt und vom Verfassungsschutz – die übrigens genauso wenig begeistert über die zusätzliche Arbeit sind wie ich. Doch wenn es der Wahrheitsfindung dient …«

Iris musste lachen. »Nun schauen Sie nicht so genervt. Und Fred Malzacher?«

»Warten wir, was die Ermittlungen ergeben. Vielleicht können wir ihm ja bald zweifelsfrei nachweisen, dass er F. Malzacher ist.«

Iris bedachte den Glücklichen mit einem nachdenklichen Blick. »Fragen Sie mich bitte nicht, warum, aber etwas sagt mir, dass das alles tatsächlich mit dem *Wächter* zu tun hat. Ich glaube, wir sind da einem Klüngel auf die Spur gekommen, der es in sich hat.«

»Ach, etwas sagt Ihnen das? Und was oder wer ist dieses Etwas?«

»Mein Bauch.«

Er zwinkerte ihr zu. »Na dann. Und wann geruhen Sie, mir mehr darüber zu erzählen?«

»Ich muss vorher noch mit jemandem reden. Vielleicht ergibt sich was«, erklärte sie kryptisch. »Haben Sie denn noch nicht genug zu tun?«

Martin Felix lachte. »Wenn es Sie nicht gäbe, müsste man Sie erfinden.«

»Das denke ich auch. Und nun lassen Sie uns unsere Arbeit tun. Was meinen Sie, wann kommen die Ergebnisse der Freiburger Kollegen?«

Er zuckte die Schultern.

»Machen Sie ihnen Feuer unterm Hintern.«

»Und was machen Sie?«

»Ich werde mir einen genaueren Überblick über die Motivlage in dieser ganzen vermaledeiten Angelegenheit verschaffen. Sage mir, wer ein Motiv hat, und ich sage dir, wer der Täter sein könnte. Wenn wir schon sonst nicht weiterkommen.«

»Na dann, viel Vergnügen.«

»Natürlich macht mich das manchmal wütend.« Peter Zweig sah eigentlich nicht wütend aus, fand Iris, eher resigniert. Sie saß dem Sprecher der Bürgerinitiative Atdorf im Café Heimelig in Hänner gegenüber. »Fragen Sie mich nicht, wer schon alles hier war. Die Fotografen von der dpa, fürs Radio die Deutsche Welle und SWR2. Dann die Fernsehleute, TV-Südbaden, Arte, ARD, ZDF, Spiegel TV, RTL und so weiter, teils sogar mehrmals. Oft läuft das dann so: Anruf um sechzehn Uhr vom SWR, sie würden dringend ein Statement für die Tagesthemen benötigen und ein Team aus Freiburg losschicken. Das ist dann um siebzehn Uhr dreißig da und dreht zwanzig Minuten. Im Winter bei minus zehn Grad am Hornbergbecken oder im Nebel ohne Sicht, inzwischen in praller Hitze.«

»Na, da haben Sie ja mächtig zu tun.«

Zweig lachte freudlos. »Zum Glück bin ich Rentner. Stellen Sie sich das vor: Das Team vom MDR drehte fürs ARD-Magazin ›Brisant‹ bei der Bürgerversammlung in Wehr. Der Redakteur fand die Aussagen, die den Bürgern dort geboten wurden, teilweise so interessant, dass er mich danach anrief und sagte, er würde das Material nicht löschen, sondern archivieren, damit er in der Angelegenheit später noch einmal nachhaken und die Leute mit ihren eigenen Aussagen konfrontieren könne. So berichtete zum Beispiel ein vereidigter Gutachter der Schluwe, man hätte im Stollen Arsenwerte in Höhe von maximal dreihundert Milligramm gefunden. Das ist nachweislich nicht richtig, es war mehr. Auch zur Erdbebengefahr wurden widersprüchliche Aussagen gemacht. Oft waren ganze Schulklassen, meist Abi-Klassen, vor Ort, meist am Hornbergbecken, um sich zu informieren. Auch einzelne Schüler hatten Bürgerinitiativen und/oder die Energiewende als Thema für ein Referat und wurden von mir mit Material versorgt. Sie werden es nicht glauben, aber teilweise hatten wir einen echten Stau an Anfragen und mussten uns aufteilen. Vier TV-Teams an drei Tagen! Es ist verrückt.«

Iris dachte darüber nach, ob sie Zweig zum Thema Arsenwerte weiterbefragen sollte? Nein, vorläufig besser nicht. Sie durfte ihren Einsatz als verdeckte Ermittlerin nicht gefährden. Es war ja nicht auszuschließen, dass er etwas mit dem *Wächter* zu tun hatte. Vorläufig war eigentlich überhaupt nichts auszuschließen.

Eine Frage konnte sie sich aber dann doch nicht verkneifen. »Sie sagten, dass Sie das alles schon wütend macht. Glauben Sie, dass es zu Gewalt kommen könnte?«

Er kniff die Augen zusammen. »Was soll das denn? Ich hatte Sie für eine vernünftige Frau gehalten. Wir sind gesetzestreue Bürger und keine Chaoten. Wir kämpfen mit Argumenten, nicht mit Steinen oder Waffen.«

»Das weiß ich doch«, versuchte Iris, ihn zu beschwichtigen. »Aber in Stuttgart gehen auch gesetzestreue Bürger auf die Straße. Und trotzdem gab es Verletzte.«

»Ach, und wessen Schuld war das?«

»Was wollen Sie damit sagen?«

»Ich glaube jedenfalls nicht, dass die Gewalt von den Demonstranten ausgegangen ist.«

»Glauben Sie, von der Polizei?«

Zweig zuckte die Schultern. »Was weiß ich. Jedenfalls hört man immer wieder von Undercover-Polizisten oder Verfassungsschützern, die Aggression schüren, um die Projektgegner zu diskreditieren.«

»Und Sie meinen, das könnte auch hier so sein?«

»Das hab ich nicht gesagt. Hier hätten sie's schwerer, irgendwelche Krawallmacher einzuschleusen. Hier kennt noch jeder jeden.«

Zweig hatte sich mehr und mehr in Rage geredet. Iris fand, es war an der Zeit, die Atmosphäre etwas zu entspannen.

»Ich beneide Sie nicht. Ist es für einen Laien nicht schwierig, sich in all diese speziellen Themen einzuarbeiten?«

Es wirkte. »Allerdings. Wie ich schon sagte, glücklicherweise bin ich Rentner. Und nicht alle Journalisten sind so fair wie die lokalen Medienvertreter. Wissen Sie, manchmal glaube ich, die Presseleute hören gar nicht richtig zu. Die haben da so ein Bild von Ökospinnern im Kopf, die wegen ein bisschen Berg die Energiewende blockieren. Dabei geht es uns doch gar nicht darum. Wir sind nicht gegen etwas, sondern für etwas. Für unsere Heimat. Wir wollen sie nicht den Geschäftemachern opfern. Die graben ein Loch in unseren Berg, um unter dem Deckmantel ökologisch produzierter Energie weiter Profit mit Atomstrom zu machen. Wissen Sie, man kann ein AKW zu Schwachlastzeiten ja nicht einfach herunterfahren. Die Stromkonzerne haben auch gar kein Interesse daran, weniger Atomstrom ins Netz abzugeben. Es darf aber bisher nur so viel produziert werden, wie auch verbraucht wird, und nun kommt der Strom aus den Erneuerbaren hinzu. Anders sieht die Sache aus, wenn man den Strom speichern kann. Da kommen die Stauseen ins Spiel. Mal abgesehen davon, dass durch das Hochpumpen viel Energie verloren geht, etwa dreißig Prozent, gibt es unserer Meinung nach in nicht allzu ferner Zukunft Alternativen auch zur längerfristigen Stromspeicherung. Zum Beispiel die Erzeugung von Methan mit dem überschüssigen Strom. Das könnte im Erdgasnetz gespeichert werden, da ist noch genug Kapazität. Wenn Sie wollen, kann ich Ihnen die entsprechenden Zahlen heraussuchen. Aber die Leute, die zu uns kommen, haben halt ihr Bild im Kopf. Es ist schwer, etwas dagegen auszurichten. Immerhin werden wir immer mehr. Wie man an Ihnen sieht. Ich freue mich, dass Sie unserer Initiative beitreten wollen.«

»Danke, dass Sie sich bereiterklärt haben, mich über die Hintergründe und die Arbeit der Bürgerinitiative zu informieren. Wenn es um die Heimat geht …«, begann Iris salbungsvoll. »Das Schluchseewerk gehört doch etwa zu gleichen Teilen EnBW und RWE, sehe ich das richtig?«

»Ja, und bei EnBW hat sich das Land Baden-Württemberg als letzte Amtshandlung von Stefan Mappus kurz vor seiner Abwahl für viel Geld eingekauft, nachdem einer seiner Vorgänger den Konzern billig verschleudert hatte, um Geld in die Landeskassen zu bekommen. 2000 war das, die rund einundzwanzig Prozent des Landes gingen damals für etwa 2,4 Milliarden an Électricité de France, also EDF.«

»Und nun, nach dem beschlossenen Atomausstieg, zahlen halt mal wieder die Steuerzahler die Zeche. Wollten Sie das sagen?«

Zweig lachte bitter. »Ich hoffe, da ist noch nicht das letzte Wort gesprochen. Nun, da wir eine rot-grüne Regierung haben.«

»Bahnt sich durch den Aktien-Rückkauf nicht ein Verlustgeschäft für das Land an? Nach dem Atommoratorium vom März sind ja auch die beiden AKWs Philippsburg I und Neckarwestheim I betroffen, die meines Wissens nicht mehr ans Netz gehen sollen. Spricht das nicht für den Bau weiterer Speicherkapazitäten?«

Zweig nickte. »Ja, natürlich. Wenn denn sichergestellt werden könnte, dass der Strom zum Hochpumpen nicht aus einem AKW stammt. In Frankreich laufen die AKWs auf jeden Fall weiter. Das ist das eine.«

»Und das zweite?«

»Muss es denn hier sein, in dieser Region, in der sowieso schon so viele Speicherkapazitäten existieren? Ich meine, es ist doch nicht gerecht, wenn nur ein einziger Flecken Erde darunter leiden soll. Oder glauben Sie an die großspurigen Versprechungen, dass das Hornbergbecken II bei Atdorf und das überflutete Haselbachtal sich zu Touristenmagneten entwickeln werden, wenn man da noch nicht mal baden kann, weil es wegen der stark schwankenden Wasserstände viel zu gefährlich ist? Außerdem haben die Bad Säckinger meiner Ansicht nach allen Grund, um ihre Heilquellen zu bangen, auch wenn das immer abgestritten wird. Wir sehen doch beim Abhau, was schon Sondierungsbohrungen anrichten können. Da drohen erste Quellschüttungen zu versiegen. Was werden erst die Bagger- und Bauarbeiten für einen künstlichen See oberhalb des Ortes anrichten! Und auch der Bergsee in Richtung Günnebach, der von Kurgästen und Einheimischen ja nun wirklich als Erholungsgebiet genutzt wird, ist meiner Ansicht nach gefährdet, wenn darüber der Haselbachstausee entsteht. Wenn das schiefgeht, sind viele Arbeitsplätze im Bäderbetrieb futsch. Da ist der Schwarzwaldverein übrigens ganz unserer Meinung. Die Leute hier vor Ort jedenfalls. Beim Gesamtverein, und ich fürchte, auch bei den Landesgrünen, sieht das anders aus. Da haben wir nicht so viel Unterstützung. Hier, die hiesigen Ortsgruppen des Schwarzwaldvereins haben eine Liste mit Forderungen vorbereitet, als Ausgangsposition für den Runden Tisch. Wollen Sie mal lesen?«

»Zuerst hab ich noch Fragen. Verstehe ich das richtig, gibt es im Schwarzwaldverein intern verschiedene Meinungen?«

»Ja, und sie prallen teilweise heftig aufeinander. Leider.«

»Der örtliche Schwarzwaldverein hat sich im Raumordnungsverfahren aber doch bereits gegen den Bau des Pumpspeicherwerks ausgesprochen.«

»Stimmt, unsere Bedenken und Einwände bestehen nach wie vor. Wir sind der Ansicht, dass das öffentliche Interesse an einer sicheren Energieversorgung im Vergleich zu dem am Erhalt einer intakten Natur und Landschaft in dieser Region nicht eindeutig überwiegt. Da können die noch so oft sagen, dass es nirgendwo sonst eine solche Fallhöhe gibt. Durch die Eingriffe gehen hundertvierzig Hektar naturnahe Schwarzwaldlandschaft mit wichtigen Schutz-, Nutz- und Erholungsfunktionen unwiederbringlich verloren. Und der Rückbau der Anlagen ist unmöglich, wenn sich das Projekt infolge der Entwicklung alternativer Speichertechniken als überholt erweisen sollte. Wir fürchten ums Grundwasser und haben Zweifel an der Erdbebensicherheit, besonders bezüglich des Staudamms im Haselbachtal. Die Baupläne für den Staudamm beziehungsweise die Staumauer des Haselbeckens wurden in der Vergangenheit immer wieder geändert, und das wohl aus gutem Grund. Ich glaube, das ist Ausdruck derselben Unsicherheit bei den Planern. Das steht darum auch alles in diesem Papier.«

Iris sah auf. »Tatsächlich? Können Sie mir das kopieren?«

Zweig schaute sie prüfend an, nickte aber schließlich. »Das ist allerdings intern. Wir müssen im Ortsverein erst noch über die Stellungnahme abstimmen. Also bitte nicht weitergeben. Versprochen?«

»Versprochen. Hoch und heilig. Noch etwas. Meines Wissens gibt es in den betroffenen Hotzenwaldgemeinden nicht nur Gegner, sondern auch jede Menge Befürworter des Pumpspeicherwerks. Haben nicht die Gemeinderäte von Rickenbach und Herrischried zugestimmt, als es um das Konzept für ein neues Wassermanagement ging? Und bei den Umfragen in der Bevölkerung hat sich doch auch keine kategorische Ablehnung ergeben.«

»Mal abgesehen davon, dass einige der sogenannten Volksvertreter als Mitarbeiter der Schluwe eigentlich befangen gewesen wären, wie sich später herausgestellt hat …«

»Und die Einwohner?«

Zweig lachte bitter. »Es gibt bereits eine ganze Reihe von Wohnungen in der Umgebung der Baustelle, die explizit den Monteuren und Ingenieuren zur Untermiete angeboten werden sollen, die zum Bau in die Gegend kommen. In dem Herrischrieder Ortsteil Atdorf selbst gibt es ja nicht viele Häuser.«

»Ich habe gehört, dass viele Waldbesitzer dem Schluchseewerk ihre Flächen angeboten haben. Ist das nicht auch ein Zeichen von Akzeptanz?«

»Das behaupten die vom Schluchseewerk gerne. Dabei wollen die Leute auf diese Weise bloß ihre unrentablen Waldgebiete loswerden. Andere sind ganz heiß darauf, ihr Erbe zu versilbern, bevor sie es überhaupt haben. In einem Fall kam es deswegen sogar zu einem ziemlich heftigen Familienstreit. Da ist ein alter Mann mit einer Schrotflinte auf seinen Schwiegersohn losgegangen. Das ist damals unter den Tisch gekehrt worden, der Schwiegersohn arbeitet nämlich bei der Schluwe.«

»Sprechen Sie am Ende von Joseph Kohlbrenner und dem Kohlbrennerhof?«

»Woher wissen Sie das?«

»Nun ja, man hört so allerlei. Auch, dass Paul Zumkeller von Joseph Kohlbrenner einige Flächen für seinen Reiterhof gepachtet hatte und nun im Falle eines Verkaufs vor dem Aus steht.«

»Paul ist ganz verzweifelt. Er sagt, bei seinen Schulden kann er es sich nicht leisten, das komplette Futter zu kaufen, und das Land erwerben kann er schon gar nicht. Hinzu kommt der Baulärm, wenn der Abhau abgetragen wird. Das ist sicherlich nicht gut für die Reittherapie. Aber er wird schon einen Weg finden. Paul Zumkeller ist keiner, der schnell aufgibt.«

»Der alte Joseph Kohlbrenner ist auch keiner, der schnell aufgibt, wie mir scheint. Ich bin ihm mal begegnet.«

»Allerdings, das können Sie laut sagen. Er hat Paul als jungen Mann zur Herrischrieder Feuerwehr geholt, wussten Sie das? Als Joseph Kohlbrenner mitbekommen hat, dass sein Schwiegersohn den Hof ans Schluchseewerk verscherbeln will, ist er explodiert, hat seine alte Schrotflinte geschnappt und ist ihm hinterher. Zum Glück war das ein vorsintflutliches Teil, jedenfalls ist die Flinte nicht losgegangen. Soweit ich weiß, haben Tochter und Schwiegersohn den alten Mann vor die Wahl gestellt: Entweder sie erstatten Anzeige und er geht wegen Mordversuchs ins Gefängnis, oder er verhält sich ruhig und geht ins Altenheim. Letzteres hat er dann offensichtlich vorgezogen.«

»Und woher wissen Sie das alles?«

»Von Paul Zumkeller. Er hat es damals geschafft, dem tobenden alten Mann die Flinte zu entwinden. Er besucht ihn auch hin und wieder im Altenheim.«

»In der Mühle Atdorf hat es ja gebrannt. Herr Kohlbrenner musste deswegen zu seinem Freund ins Tal ziehen.«

Zweig lachte lauthals. »Musste? Ganz sicher nicht. Soweit ich weiß, ist nur der Speisesaal betroffen, die Zimmer sind unbeschädigt. Ich vermute, das Feuer kam ihm als Ausrede ganz gelegen. So konnte er zu seinem Kumpel Forstweiler ziehen.«

»Sie kennen sich aber gut aus.«

Zweig grinste. »Man hört so dies und das.«

»Was wissen Sie über Johannes Forstweiler?«

»Ich weiß nur, dass er und Kohlbrenner schon lange befreundet sind. Ich glaube, sie treffen sich seit Jahrzehnten im Laufenburger Schwimmbad zum Schach und gehören auch dem Schachklub an. Da gibt es noch einen Dritten im Bunde, Franz Örtler. Durch die Freundschaft der Väter haben sich auch die Töchter angefreundet.«

»Was soll das heißen?«

»Tanja und Elena wurden früher immer zum Schachspielen mitgeschleppt, bis sie sich schließlich weigerten. Johannes Forstweiler ist der Patenonkel von Elena Malzacher. Wussten Sie das nicht? Die Mädchen hingen immer zusammen und teilten alles miteinander. Über die beiden Frauen haben sich dann auch die Ehemänner angefreundet. Elena war in erster Ehe mit Frank Gerber verheiratet, dem Bruder von Hanspeter Gerber. Der wiederum ist …«

»… der Ehemann von Tanja Gerber, geborene Örtler.«

»Na, Sie kennen sich aber auch gut aus.«

Iris schmunzelte. »So ganz aus der Welt bin ich in Laufenburg ja auch nicht.«

»Sieht so aus. Jedenfalls hat sich Elena irgendwann in Fred Malzacher, den Freund der Gerber-Brüder verliebt. Und so kam es wie es kommen musste, erst die Scheidung, dann die zweite Ehe.«

»Das scheint ja ein ganz schöner Familienklüngel zu sein«, meinte Iris versonnen. »Und? Haben sich der alte und der neue Ehemann nicht in die Wolle gekriegt? Das muss doch einen Skandal gegeben haben.«

»Skandal? Soweit ich weiß nicht. Ich glaube noch nicht einmal, dass die Freundschaft gelitten hat. Zwischen Elena und ihrem Mann war die Liebe schon ziemlich abgekühlt. Wie es in manchen Ehen halt so geht. Aber wissen Sie, ich freue mich darüber, dass die drei alten Herren durch den Brand jetzt wieder beisammen sind. Wenigstens etwas. Es ist nicht einfach für sie zu verdauen, wie das Leben ihnen im Alter mitspielt – in ihren aktiven Zeiten waren sie Respektspersonen, Johannes Forstweiler als Pfarrer, Joseph Kohlbrenner als reicher Bauer am Ort, Feuerwehrkommandant und Herrischrieder Gemeinderat, Franz Örtler als Bauingenieur beim Landratsamt. Sie haben doch sicher schon von der Örtler-Variante gehört?«

»Sie meinen die Autobahn auf Stelzen, halb in den Rhein gebaut, die beim Planfeststellungsverfahren für den Trassenabschnitt der A98 bei Laufenburg und Murg zur Debatte stand, aber abgelehnt wurde?«

»Ja, die meine ich. Jedenfalls ist es hart, wenn man alt ist und auf diese Weise abgeschoben wird.«

»Joseph Kohlbrenner war also Feuerwehrkommandant?«

»Ja, doch das ist schon eine Weile her. Das muss lange vor meiner Zeit hier gewesen sein. Aber nun haben wir genug Klatsch ausgetauscht. Ich habe Ihnen hier das Beitrittsformular für den Schwarzwaldverein mitgebracht. Sollen wir es gleich ausfüllen?«

Iris nickte. Sie war mit ihren Gedanken längst woanders. So, so, Joseph Kohlbrenner war also Feuerwehrkommandant gewesen.

In diesem Moment hörten sie die Sirene. Zweig runzelte die Stirn. »Die fahren Richtung Hotzenwald. Schon wieder ein Brand? So langsam vermute ich, dass bei uns ein Brandstifter sein Unwesen treibt.«

Iris verabschiedete sich eilig mit der Ausrede, sie habe ganz das Treffen mit ihrer besten Freundin vergessen. Zweig glaubte ihr nicht, das sah sie an seinem enttäuschten Blick. Er vermutete wohl, sie wolle sich darum drücken, die Beitrittserklärung zu unterschreiben. Als sie das darum noch schnell tat, hellte sich seine Miene wieder auf.

Draußen zückte Iris ihr Handy und wählte die Nummer des Glücklichen. »Ich habe mich gerade mit Peter Zweig getroffen und erfahren, das Joseph Kohlbrenner mit der Schrotflinte …«

»Bitte, ich hab jetzt gar keine Zeit. Sie holen mich mitten aus einer Vernehmung. Ich weiß bereits, dass Sie sich mit Zweig getroffen haben. Uns heult gerade Hanspeter Gerber die Hucke voll, er ist zusammengeklappt. Stellen Sie sich vor, wir haben unter einem Haufen von altem Schrott in seiner Garage den Drucker gefunden, mit dem der *Wächter* die Drohbriefe ausgedruckt hat. Das haben die Kollegen von der Kriminaltechnik eindeutig bestätigt. Er schwört Stein und Bein, er habe den Drucker schon ewig nicht mehr benutzt, sondern ausrangiert und auf den Schrottplatz bringen wollen. Er behauptet, jemand wolle ihm etwas anhängen, um die anstehenden Planfeststellungsverfahren zu verzögern. Und die Steine in seinem Garten stammen tatsächlich aus dem Stollen. Das Labor hat noch keine Ergebnisse geliefert, aber wir haben uns einfach gleich die Mineure geschnappt und vernommen. Gerber hat einem von ihnen fünfzig Euro zugesteckt, damit er ein paar Schubkarrenladungen von dem Zeug in seinem Garten ablädt, vor zwei Jahren war das. Das verschafft uns zwar noch keine Sicherheit darüber, wofür er die Steine haben wollte, aber wir konnten unmöglich abwarten, bis die Gesteinsuntersuchung abgeschlossen ist. Das dauert mindestens noch einen Tag.«

»Wie, Sie wissen, dass ich mich mit Zweig verabredet hatte?«, hakte Iris nach, als der Glückliche endlich Luft holte.

»Ja, was dachten Sie denn! Er hat jemandem am Telefon von dem Treffen erzählt.«

»Zweig wird abgehört?«

»Selbstredend, oder warum, glauben Sie, hat sich der Verfassungsschutz eingeklinkt? Es werden viele abgehört, die mit der Ökoszene zu tun haben. Ach übrigens, ich habe eine gute Nachricht: Dem verletzten Sprengstoffexperten, der den Sprengsatz an der Unterführung im Rhinaer Birkenfeld entschärfen wollte, geht es besser. Er ist aus dem Koma erwacht und wird wohl durchkommen. Und, nein, bevor Sie fragen, wir wissen immer noch nicht, woher der Sprengstoff für die Bomben stammt. Aber jetzt muss ich los – schreiben Sie mir doch in Gateway one …«

»Herr Felix, ich …« Da hörte sie auch schon das Klacken in der Leitung. Der Glückliche hatte aufgelegt.

Kaum eine Sekunde später klingelte Iris' Handy.

»Ich habe hier einen völlig aufgelösten Johannes Forstweiler bei mir sitzen«, erklärte Max Trautmann. Er erzählt mir dauernd, sein Freund Kohlbrenner sei dabei, einen großen Blödsinn zu machen, auf dem Kohlbrennerhof. Forstweiler hat versucht, Sie zu Hause zu erreichen, aber Sie waren nicht da. Deshalb ist er zu mir gekommen. Wo sind Sie?«

»Vor dem Café Heimelig in Hänner, warum?«

»Wir kommen zu Ihnen. Wir müssen auf dem Weg zum Hof eh da vorbei.«

»Herr Trautmann, so geht das nicht …«

Klack. Aufgelegt.

»Das wird ja zur Epidemie«, schimpfte Iris. Sie wählte seine Festnetznummer. Doch es ging nur der Anrufbeantworter dran. Und bei der Handynummer erklärte ihr eine freundliche weibliche Stimme, dass der Besitzer zurzeit leider nicht zu erreichen sei.

13

Joseph Kohlbrenner hockte im dämmriger werdenden Licht des scheidenden Tages mit ziemlich bedröppelter Miene auf einem Stapel Holz, der dem Aussehen nach schon vor Jahren hier aufgeschichtet worden sein musste. Doch niemand hatte sich die Mühe gemacht, es zu Scheiten zu verarbeiten. Niemand heizte die Chunst in diesem mächtigen alten Bauernhof im Herrischrieder Ortsteil Atdorf, der offensichtlich schon eine ganze Weile leer stand, mehr ein. Häuser sind wie Menschen, dachte Iris, man sieht ihnen die Einsamkeit an. Es senkt sich so eine Art Trauerschleier über sie. Vielleicht lag es aber auch daran, dass die Fenster des Hofes nicht von Geranien geschmückt waren wie viele der Häuser auf dem Hotzenwald. Auch die in der Nähe des Abhau.

Iris sah sich um und konnte sich nicht vorstellen, wie die Gegend um diesen Weiler mit seinen paar Häusern aussehen würde, wenn die Kuppe erst geköpft und der Berg ausgehöhlt worden war wie ein Ei. Und die Sonne statt auf dichten Wald und Feuchtwiesen in den Senken in nicht allzu ferner Zukunft auf ein riesiges Staubecken, eine glitzernde Wasserfläche inmitten einer großen Wunde scheinen würde. Das Gespräch mit Zweig hatte sie nicht viel weiter gebracht. Die einzige verwertbare Erkenntnis war die, dass es auch innerhalb des Schwarzwaldvereins geteilte Meinungen zum Projekt Atdorf gab. Die Hiesigen waren dagegen, die anderen Ortsgruppen nicht unbedingt auch.

Kaum waren Iris und Trautmann mit dem sehr nervösen Johannes Forstweiler auf dem Rücksitz auf dem Hof angekommen, da hatte Letzterer auch schon die Tür aufgerissen und war – für seine Körperlänge und sein Alter ausgesprochen behände – zu seinem Freund gespurtet. »Joseph, Joseph, du machsch mängisch Sache, hä!«, hatte er aufgeregt gerufen.

Was für Sachen das waren, das hofften Iris und Max jetzt endlich zu erfahren. Denn auf dem ganzen Weg nach oben hatte sich der ehemalige Pfarrer beharrlich über den Grund seiner Besorgnis ausgeschwiegen und nur etwas von einem Telefonat und dem Beichtgeheimnis gemurmelt. Der Hinweis von Iris, dass es in der reformierten Kirche kein Beichtgeheimnis gebe und er außerdem ein pensionierter Pfarrer sei, konnte ihn nicht überzeugen zu sprechen.

Doch eine Ahnung, worum es hier gehen konnte, bekamen sie schnell. Denn vor dem verlassenen Kohlbrennerhof standen mehrere Feuerwehrautos, die Feuerwehrmänner waren gerade dabei, ihre Schläuche einzurollen.

Einer sah hoch und winkte ihnen zu. Er gab Paul Zumkeller ein Zeichen, der sogleich zu ihnen kam. Heute trug er die Uniform der Herrischrieder Feuerwehr. In seiner Aufregung vergaß er sogar, ins Hochdeutsche zu wechseln. Das taten sonst viele, wenn sie mit Iris sprachen, was ihr Gefühl, irgendwie nicht dazuzugehören, noch verstärkte. Zwar war sie am Hochrhein aufgewachsen und mit dem Alemannischen durchaus vertraut. Immerhin war sie erst wenige Jahre alt gewesen, als sie mit ihrer Mutter hierhergezogen war. Doch zugezogen blieb bei diesen Menschen eben immer zugezogen.

»Jetzt bin i aber froh. Dä Sepp ischt völlig durch den Wind. Kein Wunder, jetzt hät er scho dä zweite Brand innert kurzer Zit entdeckt. Wenn er it do gsi wär, um noamol noch sim alte Hof zum luege, also ich weiß it, der wär glatt abbrannt. Aber so isch it viel passiert. Ich denk, es isch jetzt aber besser, er fahrt haim und ruht sich aus. Die Brandsachverschtändige kchummet gli. Denn längt's immer no, wenn er sini Ussag macht.«

Joseph Kohlbrenner sah dankbar zu ihm auf und nickte. Der ohnehin schon spillerige Mann wirkte jetzt, als verließen ihn die Lebensgeister vollends. Selbst sein Vollbart zottelte traurig vor sich hin. Er schien sehr erleichtert, hier fortzukommen. Auf Iris machte es fast den Eindruck, als habe er ein schlechtes Gewissen.

Da fuhr ein blauer Geländewagen auf den Hof und hielt mit quietschenden Bremsen so abrupt, dass der Schotter flog. Die Türen öffneten sich fast gleichzeitig, und Fred Malzacher und seine Frau Elena stürmten wütend auf den alten Mann zu. Iris wunderte sich etwas, sie hatte eigentlich gedacht, Fred Malzacher würde noch bei der Vernehmung wegen der Stümpfli'schen Zuwendungen sitzen. Felix hatte ihn wohl ebenfalls wieder auf freien Fuß gesetzt. Sich bestechen zu lassen war kein Kapitalverbrechen. Dafür verhängten Gerichte bei Ersttätern oft nur Bewährungsstrafen. Vermutlich gab es bei der Soko Wächter zudem Dringenderes zu tun, zumal sie befürchten mussten, dass der *Wächter* bald erneut zuschlagen würde. Oder konnte der Brand auf dem Kohlbrennerhof womöglich damit zu tun haben?

Iris kannte Fred Malzacher zwar vom Sehen, mehr aber nicht. Er war eigentlich kein schlecht aussehender Zeitgenosse. Er ähnelte ein wenig dem Berliner Bürgermeister Wowereit, fand sie. Malzacher hatte graue, struppige Haare, eng stehende Augen, eine Knubbelnase von der Größe einer kleinen Kartoffel, einen für einen Mann eher kleinen Mund und ein rundes Kinn, das die Tendenz zeigte, sich zu verdoppeln. Seine Figur stand jedoch im Gegensatz zum etwas pausbäckigen Gesicht. Er war schlank, wirkte wie ein Mann mit Kondition. Iris wusste, dass er zu den guten Spielern der Altherren-Tennismannschaft der Murger gehörte. Doch im Moment waren seine sonst eher weichen Züge verzerrt. »Jetzt lasse ich dich endgültig einweisen«, schrie er schon von Weitem.

Der Mann hat ein schlechtes Gewissen und versucht, das hinter seinem Aktionismus zu verbergen, dachte Iris. Etwas stank hier zum Himmel, und es war nicht der harzige Geruch des Feuers, der noch in der Luft hing.

»Mal immer langsam«, mahnte Paul Zumkeller nicht sonderlich freundlich. Kein Wunder, wenn man bedachte, dass Fred Malzacher und seine Frau den Kohlbrennerhof gegen den Willen von Joseph Kohlbrenner ans Schluchseewerk verkaufen wollten und damit auch seine Existenz gefährdet war. Iris beobachtete die Begegnung gespannt. Sie witterte Morgenluft für ihre Ermittlungen.

»Du bisch en haarige Sieach«, brüllte der Kohlbrenner den beiden von seinem Holzstapel aus entgegen. »Un' du bisch a üble Hex! S'isch doch euri Schuld, dasses so kcho isch!«

»Na, na, es ist doch nix passiert«, mahnte Max Trautmann und wies auf den Hof, der in der Abendsonne lag, als habe es nie ein Feuer gegeben. »Und das ist, wenn ich das richtig verstehe, das Verdienst von Herrn Kohlbrenner.«

»Sel isch wahr«, mischte sich jetzt auch Johannes Forstweiler ein. »Sie g'sehn doch, min Kumpel isch völlig fertig. Lön Sie'n in Ruh. Sonscht kriegt der no 'n Herzkaschper.«

»Ich wünschte, der alte Sack hätte einen«, knurrte Fred Malzacher.

»Fred!«, rief Elena entrüstet.

Der vom Infarkt bedrohte Joseph Kohlbrenner sah plötzlich zu Iris. »Wön Sie it wisse, wo min Schwiegersohn gsi isch, als do un auch in der Mühle 's Füür ussbrochen isch?«, fragte er leise.

Iris war perplex. »Wollen Sie damit sagen, dass Ihr Schwiegersohn das Haus angezündet hat?«

»Heißer Abriss?«, hakte Max Trautmann nach. »Warum? Das Schluchseewerk wird den Hof doch vermutlich sowieso abreißen.«

»Der Hof ist denkmalgeschützt, der darf nicht so ohne Weiteres abgerissen werden«, wandte Paul Zumkeller jetzt wieder auf Hochdeutsch ein. »Und es ist außer ein paar angekokelten Balken wirklich kaum Schaden entstanden, weil wir dank Herrn Kohlbrenner rechtzeitig hier waren.« Lag da etwa eine gewisse Genugtuung in Zumkellers Stimme?

»Jetzt ist Schluss. Wir hatten den Hof bisher nicht verkauft. Das Schluchseewerk war nur an Flächen interessiert. Aber jetzt verkaufen wir. Es gibt einen Interessenten.« Die Häme in Fred Malzachers Stimme war unüberhörbar.

Joseph Kohlbrenner stutzte. »Ha, was de it saisch. Und wer sollt das si? Ab'gsähe dodavo, dass ich das it erlaub. Das dürfet ihr it.«

»Oh doch, das dürfen wir«, mischte sich Elena ein. »Wir haben dich mehr als einmal gefragt, ob du ein Wohnrecht auf Lebenszeit ins Grundbuch eingetragen haben willst, Vater. Aber du hast ja darauf verzichtet. Wir brauchen das Geld, wir müssen dein Pflegeheim bezahlen.«

»Han denkcht, i kchan minere Elena vertraue.«

Nicht mehr lange, und der alte Mann klappt wirklich zusammen, dachte Iris. Sie mussten ihn schnellstens hier wegbringen. Sein Gesicht war inzwischen hochrot, er bebte am ganzen Körper.

Fred Malzacher goss noch Öl ins Feuer und genoss das augenscheinlich sogar. »Beat Stümpfli wird sich freuen, dass er den Hof nun doch bekommt«, sagte er triumphierend.

Der Tropfen brachte das Fass zum Überlaufen. Joseph Kohlbrenner langte hinter sich und zog eine vorsintflutliche Schrotflinte aus dem Holzstapel hervor, auf dem er saß. Er richtete den Lauf auf seinen Schwiegersohn »Di bring I um! Und dieses Mal funkchtioniert das Ding. Ich han sie ussenandergno und guet g'säubert.«

Iris sog die Luft ein. Warum hatte denn niemand dem alten Mann seine Flinte weggenommen! Er hatte seinen Schwiegersohn doch schon einmal damit bedroht. »Herr Kohlbrenner, bitte! Das führt doch zu nichts. Geben Sie mir die Waffe.«

Der wütende Alte reagierte überhaupt nicht.

Paul Zumkeller legte ihm von hinten die Hand auf die Schulter. »Die Frau hät recht, Joseph, 's bringt nix.«

Joseph Kohlbrenner wandte seinen Blick von Fred Malzacher ab und beschied Paul Zumkeller: »Halt di usse. Sel isch mi Sach.«

Diesen Moment nutzte Iris. Sie machte einen Satz auf Kohlbrenner zu und riss ihm die Schrotflinte aus den Händen. Ein Schuss peitschte durch die Gegend. Doch das Schrot streute ins Leere.

Erst viel später wurde Iris bewusst, dass das auch ziemlich schief hätte gehen können.

Für einige Augenblicke legte sich eine atemlose Stille über den Hof und die Menschen.

Nachdem Fred Malzacher den Schock verdaut hatte, war er kurz davor, seinen Schwiegervater zu würgen. »Das vergesse ich dir nicht. Ich sorge dafür, dass du das noch bereust«, quetschte er zwischen zusammengebissenen Zähnen hervor.

Johannes Forstweiler zog Kohlbrenner hoch. »Kchumm jetzt Joseph. 's isch alles guet. Mir gönn. Ich han übrigens no e gueti Nochricht. Frau Terheyde do hät's im Auto verzellt. Dä Ma, du waisch, dä wo die Bombe hät entschärfe wolle und dä dabi in d'Luft gangen isch, hät's überlebt. Er isch uffgwacht. So, Joseph, itzt kchum.« Schon waren die alten Männer auf dem Weg zu Trautmanns grauem Buckelvolvo, der fast so alt und ebenso bauchig war wie sein Besitzer, und kletterten umständlich auf den Rücksitz.

Iris warf Trautmann einen Blick zu, in dem die Bitte lag, sich zu beeilen. »Ich denke auch, es ist besser wir fahren jetzt«, meinte sie.

Max setzte sie wieder beim Café Heimelig ab, wo der Twingo geparkt war. Die beiden Männer auf dem Rücksitz hatten die ganze etwa fünfzehn Minuten dauernde Fahrt bis Hänner über kein Wort gewechselt.

»Wir treffen uns unten im Seniorenheim«, erklärte Iris noch und schlug die Beifahrertür zu. Sie sah dem Volvo kurz nach, stieg dann in ihren gelben Twingo und öffnete das Faltdach, um die Hitze herauszulassen, die sich noch immer im Wagen staute, obwohl es längst Abend geworden war.

Als sie so allein vor sich hin in Richtung Rheintal zuckelte, hatte sie genügend Zeit zu überlegen und dabei die Nägel ihrer linken Hand zu attackieren. Fred Malzacher war also in Geldnöten. Oder er war einfach nur gierig und wollte zwei Fliegen mit einer Klappe schlagen. Karriere machen, indem er der Schluwe mehr Flächen beschaffte als benötigt, und Geld dafür kassieren, dass er dem Schweizer Bauhai Informationen darüber zuschanzte, welche die Schluwe ablehnen würde, damit dieser sie dann teuer an die Bundesregierung als Ausgleichsfläche für die Autobahn verscherbeln konnte. Das berappte ja nur der deutsche Steuerzahler. Und bei dem bedienten sich derzeit viele. Da kam es auf einen Herrn Stümpfli und seine Kumpane auch nicht mehr an.

Aber Fred Malzacher ein Brandstifter? Gut, ganz auszuschließen war es natürlich nicht. Er hatte ein Motiv. Sogar für den Brand im Altenheim, wenn sie es recht überlegte. Wollte am Ende tatsächlich nicht nur Hanspeter Gerber seinen Schwiegervater loswerden, sondern auch Fred Malzacher, jetzt, wo es bei dem nichts mehr zu holen gab?

Gerber und Malzacher kannten sich gut und steckten vermutlich unter einer Decke, zusammen mit Frank Gerber und Beat Stümpfli. Wusste vielleicht auch Joseph Kohlbrenner etwas, das seinen Schwiegersohn gefährden konnte?

Vielleicht steckte aber etwas anderes dahinter. Warum hatte Johannes Forstweiler seinem Freund Kohlbrenner von dem Gesundheitszustand des verletzten Brandsachverständigen erzählt? Es hätte doch anderes zu sagen gegeben in dieser Situation. Und warum hatte sich das zerknitterte Gesicht von Joseph Kohlbrenner bei dieser Nachricht beinahe zu einem Lächeln verzogen? Auf der

Herfahrt hatte auch Forstweiler ihre Mitteilung, die eigentlich für Max Trautmann gedacht gewesen war, mit bemerkenswertem Enthusiasmus aufgenommen. Sie hatte es darauf geschoben, dass ein Pfarrer halt ein geborener Menschenfreund war.

Doch nun die ähnliche Reaktion bei seinem Freund. Auch wenn Joseph Kohlbrenner versucht hatte, es zu verbergen, er war sehr erleichtert darüber gewesen, dass der Mann über den Berg war, hatte geradezu gewirkt, als fiele ihm eine schwere Last von der Seele. Also: Warum das?

Iris war wild entschlossen, das herauszufinden und nicht eher zu ruhen, bis die beiden Senioren geredet hatten. Aber wie sollte sie sie zum Sprechen bringen? Sie hatte keine Beweise für ihre Theorien.

Sie entschied sich für den Überraschungsangriff.

Doch an diesem Abend wurde nichts mehr daraus. Als sie den Wagen abgestellt hatte und dem ehemaligen Seniorenheim »Auf der Halde« zustrebte, wurde sie von Max Trautmann abgefangen.

»Sie können da nicht hin.«

»Und ob ich kann!«

»Nein, Joseph Kohlbrenner ist vorhin im Auto zusammengeklappt. ›Den bring ich in den Knast‹, hat er gebrüllt. Vermutlich meinte er seinen Schwiegersohn. Ich dachte, er kratzt mir ab. Der Notarzt ist bei ihm. Schauen Sie, da kommt er schon.«

Iris kannte den Mann nicht, es war keiner von den Laufenburger Medizinern. »Wie geht es Herrn Kohlbrenner?«

Der Arzt musterte sie ablehnend. »Dazu kann ich nichts sagen.«

Iris schluckte. Sie warf Max Trautmann einen bittenden Blick zu. Der verstand sofort.

»Aber mir dürfen Sie etwas sagen, oder? Ich habe Herrn Kohlbrenner schließlich in sein Zimmer gebracht und Sie gerufen. Muss er denn nicht ins Krankenhaus?«

Der Arzt schüttelte den Kopf. »Nein, der Krankenwagen ist schon wieder weg. Nur der Kreislauf. Er schläft jetzt. Ich habe ihm eine Spritze gegeben.«

»Kann ich zu ihm?«, verlangte Iris zu wissen.

»Davon rate ich dringend ab.«

Max griff nach ihrem Arm. »Kommen Sie, morgen ist auch noch ein Tag.«

Iris gab sich widerwillig geschlagen und trabte nach einem kurzen Wortwechsel heimwärts. Nein, ein Bier trinken wollte sie nicht. Auch nicht über Organisatorisches bezüglich Galerie, Internet und Detektivbüro sprechen. Sie wolle einfach nur heim, beschied sie Trautmann.

Sie musste nachdenken. Gut, bei Kohlbrenner kam sie heute nicht weiter. Aber es gab noch anderes zu klären. Wenn nun Franz Örtler sich selbst vergiftet hatte, damit Hanspeter Gerber in den Verdacht kam, ihn umbringen zu wollen? Örtler war zu seinen aktiven Zeiten Hoch- und Tiefbauingenieur gewesen. Solche Leute wussten doch sicher, wie man Arsen aus Gestein herauslöste, oder?

Ziemlich weit hergeholt, würde der Glückliche sagen. Vielleicht.

Vielleicht sollte sie den Kollegen die Arbeit abnehmen und versuchen, Näheres über das Arsen aus dem Daniela-Stollen herauszufinden. Die sprangen zurzeit wahrscheinlich im Karree. Und das Labor brauchte einfach zu lang, um die Steine aus dem Gerber'schen Garten zu untersuchen. So lange konnte sie nicht warten. Gab es im Gestein überhaupt genügend Gift, um den alten Örtler um die Ecke zu bringen? Und wie bekam man das heraus? Hatte Hanspeter Gerber dazu wirklich die Möglichkeit gehabt? Steine klopfen und Staub produzieren war ja das eine. Und dann? Wer konnte ihr da weiterhelfen?

Hugo! Natürlich. Hugo arbeitete auf der Mülldeponie Lachengraben. Dorthin war doch der Aushub aus dem Stollen zunächst gebracht worden. Oder nicht? Trautmann hatte das beim Besuch des Stollens gesagt. Im Lachengraben musste es ja so etwas wie ein Anlieferprotokoll geben. Ob darin auch stand, wie viel Arsen der angelieferte Aushub enthalten hatte?

Ihr ehemaliger Schulkollege war nicht sonderlich begeistert über ihren Anruf eine gute Stunde vor Mitternacht, erklärte sich aber nach einigem Zureden, verbunden mit dem Versprechen, ihn zum Essen einzuladen, bereit, noch einmal zur Deponie zu fahren und sich die Protokolle anzusehen.

Eine Stunde später rief er zurück. Iris lag auf dem Sofa und döste vor sich hin. Doch nach dem Telefongespräch war sie wieder hellwach: Hugo hatte ihr die Werte aus einem Anlieferprotokoll vom Oktober 2010 genannt. Da waren es 429 Milligramm, 394 Milligramm und 403 Milligramm Arsen pro Kilogramm Trockensubstanz gewesen.

Dann hatte Hugo etwas Interessantes gesagt: »Das entspricht einer Deponieklasse größer als Z2. Das heißt, wir hätten das eigentlich gar nicht annehmen dürfen. Inzwischen gehen die derart hoch belasteten Chargen auch auf eine Sondermülldeponie. Im Oktober war das aber noch kein Thema, das Schluchseewerk hat die hohen Arsenwerte ja auch lange geheim gehalten. Wahrscheinlich wollten sie die Pferde nicht scheu machen. Selbst in den Antragsunterlagen zum Raumordnungsverfahren, du weißt, das war im letzten November, stand nichts.«

»Woher weißt du das alles?«

»Nur weil ich auf einer Mülldeponie arbeite, heißt das ja nicht, dass ich mich für nichts anderes interessiere als für Abfall. Die Schluwe hat da ein ziemliches Problem. Wenn das Material wegen des Arsens nicht verbaut werden kann, müssen 1,2 Millionen Kubikmeter Gestein abtransportiert oder auf eine neu zu errichtende Deponie gebracht werden. Das schreibt jedenfalls diese Grüne, Ruth Cremer-Ricken, auf ihrer Homepage. Ich habe die Seite hier vor mir: *Diese 1,2 Millionen Kubikmeter Gestein enthalten bei entsprechender Belastung 24 Tonnen Arsen, welches nicht bereits im Berg, sondern erst durch die Bearbeitung mobilisiert wird,* steht da.«

»Was heißt das denn?«

»Arsen kann bei Bohrungen infolge der höheren Temperaturen zu Arsenik reagieren. Und das ist hoch toxisch. Während der Bohrphase wäre darum eine besondere Wasserkühlung notwendig. Allerdings wird dadurch natürlich das Arsen ausgewaschen. Eine Wasseraufbereitungsanlage für das Wasser bräuchten die also auch. Weißt du, ob es die gab?«

Iris musste zugeben, dass sie keine Ahnung hatte. »Ich weiß nur, dass an einigen Stellen, Flöze ist da der Fachausdruck, glaube ich, ziemlich viel Wasser aus dem Fels gekommen ist.«

»Es gibt eine Studie von einem gewissen René Schiemann, nach der bei den Arbeiten teilweise das Vierfache des Trinkwasser-Grenzwertes an Arsen ausgewaschen worden sein soll. Ich war bei seinem Vortrag in Wehr.«

»Ups.«

»Warte, ich lese dir das mal auszugsweise vor: *Je feinkörniger das Material, desto höher die Eluat-Konzentration und die mögliche Auswaschung in das Grundwasser, Trinkwasser, Oberflächenwasser oder die Verwehung von Staub in die Luft.* Er nennt es das Prinzip der möglichen ›Giftwirkung‹ durch Oberflächenvergrößerung.«

»Das hört sich alles gar nicht gut an. Das heißt also, wenn ich eine ziemlich hoch belastete Charge habe und die dann auch noch zu Staub zerklopfe, um die Oberfläche zu vergrößern, das Ganze in Wasser löse, mit dem Wasser Suppe oder was auch immer koche und dieses Essen einem Menschen über einen langen Zeitraum hinweg gebe, dann könnte ich schon jemanden nach und nach vergiften. Zumal man leichte Arsenvergiftungen meines Wissens schnell mal übersieht. Würde die Arsenkonzentration im Aushub des Daniela-Stollens denn für so etwas reichen?«

»Ja, ich denke schon. Aber wer sollte so etwas tun?«

»Die Menschen sind leider nicht so friedfertig, wie du vielleicht meinst, Hugo. Könntest du mir bitte diese Studie zukommen lassen?«

»Mach ich. Aber warum willst du das alles wissen?«

»Ähm. Also, das erkläre ich dir später, das ist jetzt irgendwie blöd. Ich bin so etwas wie eine Betroffene. Aber danke, Hugo, du hast mir sehr weitergeholfen.« Sie legte das Handy zur Seite und widmete sich wieder einmal hingebungsvoll ihren ohnehin schon sehr malträtierten Fingernägeln.

So, jetzt wusste sie also, wie das Arsen aus den Steinen in den Körper von Örtler hatte kommen können. Und dass die Konzentration sicherlich hoch genug gewesen war, um diesen irgendwann unter die Erde zu bringen. Zu hoch jedenfalls, um auf einer normalen Mülldeponie entsorgt zu werden. Sobald sie die Studie hatte, würde sie sie an den Glücklichen weiterreichen.

Aber was hatte sie konkret in der Hand? Hanspeter Gerber hatte sich, um seinen Schwiegervater zu vergiften, hoch arsenhaltiges Gestein in den Garten karren lassen, das zudem tonnenweise an einem relativ leicht zugänglichen Ort, nämlich der Kreismülldeponie, abgelagert worden war. Wohin es gar nicht erst hätte gebracht werden dürfen. Ob das aus Schlamperei, Unwissenheit oder mit Absicht geschehen war, würde sich herausstellen. Sicher war jedoch, dass Gerber schon lange um den hohen Arsengehalt gewusst hatte, denn sonst hätte er sich den Aushub kaum beschafft, um Franz Örtler damit zu vergiften. Als Mitarbeiter im Regierungspräsidium, das wiederum dem Deponiebetreiber Landkreis übergeordnet war, musste er außerdem sehr genau wissen, dass illegal war, was da mit dem Aushub geschah. Nicht auszudenken, was es für Folgen gehabt hätte, wenn Arsen ins Grundwasser gelangt wäre. Aber das war dem feinen Herrn wohl egal. Hauptsache, über die Arsenfunde wurde nichts bekannt und seine kleine Giftdeponie im Garten flog nicht auf. Wahrscheinlich würde er sich irgendwie herausreden, auf die Zuständigen verweisen. Das waren selbstverständlich andere. Und Malzacher? Der arbeitete immerhin bei der Schluwe, hätte also auch vom Gift im Stein wissen können. Hatte er den Mund gehalten, weil er gehofft hatte, die Arsenmethode später bei seinem eigenen Schwiegervater anwenden zu können? Es würde akribische Recherchen beim Regierungspräsidium und der Schluwe erfordern, um zweifelsfrei nachzuweisen, dass beide Männer aus egoistischen Motiven eine große Gefahr für die Umwelt und die Menschen der Region in Kauf genommen hatten. Doch da war noch der Verdacht der Bestechung und der Bestechlichkeit. Diese Anklage könnte die feinen Herren immerhin aus dem Verkehr ziehen, sprich, ihre Beamtenjobs kosten.

Eigentumsdelikte waren im Bürgerlichen Gesetzbuch der Deutschen, gemessen an der Schwere der Tatfolgen, meist mit höheren Strafen bewehrt als Verbrechen gegen Mensch und Natur. Mensch und Natur ließen sich beide nicht einfach so wiederbeleben. Dennoch wurde der Verlust von Geld und Gut in manchen Fällen strenger geahndet als der Tod eines Menschen. Wusste noch jemand von dieser Arsengeschichte und der illegalen Ablagerung des Aushubs? Und machte es diesen Jemand so wütend, dass die Verantwortlichen bisher nicht zur Rechenschaft gezogen worden waren, dass er alles und alle in die Luft sprengen wollte? Tief in Iris verdichtete sich das Gefühl, dass sie sich langsam der Lösung des

Rätsels um den *Wächter* näherte. Nur so ein Gefühl. Noch nichts, was sie hätte erklären können. Manchmal war das ja so. Man hatte den Eindruck, etwas verstanden zu haben. Aber wenn man es dann in Worte fassen wollte, ging es nicht.

Sie musste den Glücklichen informieren. Ihn anrufen? Iris schaute auf die Uhr. Nein, besser nicht. Sie bootete den PC und schrieb einen Entwurf im Mailaccount von Gateway one. Kurz überlegte sie, ob der alte Forstweiler ihren PC womöglich immer noch ausspionierte. Oder Trautmann. Wenn die Geschichte mit dem *Wächter* geklärt war, würde sie sich ganz genau damit beschäftigen, wie sie ihren PC langfristig vor Trojanern schützen konnte. Sie speicherte den Entwurf und schickte dem Glücklichen eine SMS mit dem Text *»Gateway one«*.

Kurze Zeit darauf klingelte ihr Handy.

»Liebe Kollegin Terheyde. Könnten Sie jetzt bitte endlich ins Bett gehen? Sie haben keine Ahnung, was hier los ist. Wir rechnen quasi minütlich damit, dass irgendwo eine Sprengladung hochgeht. Oder haben Sie schon vergessen, wann Bruno Manser verschwunden ist? Welches Datum haben wir seit zehn Minuten? Na? Genau! Den 25. Mai! Da es am 24. keinen Anschlag gab, müssen wir heute damit rechnen. Die Nervosität ist also entsprechend. Wo möglich, haben wir den Personenschutz der gefährdeten Personen noch einmal verstärkt. Wir sitzen hier auf einer Zeitbombe. Und dann kommen Sie mit Ihren Arsenrecherchen, einem Brand, der gar kein richtiger war, und einem Streit zwischen einem alten Mann und seinem Schwiegervater. Wenn ich richtig informiert bin, leben die noch alle. Darum können wir uns also später kümmern. Und ich dachte schon, Sie hätten etwas über den *Wächter* herausgefunden, als ich Ihre SMS bekam. *Hasta la vista, Señora.*«

Er hatte einfach aufgelegt! Ja, war das denn zu fassen? Na bitte, dann sollten sie doch rödeln. Sie würden schon sehen, was sie davon hatten. Sie würde sich jedenfalls gleich am nächsten Morgen das Trio der alten Herren vornehmen. Oder besser Duo, denn Franz Örtler lag ja nach wie vor im Krankenhaus.

Sie schlief unruhig in dieser Nacht. Um fünf Uhr gab sie auf.

14

Es dauerte eine Weile, bis Max Trautmann ihr auf ihr Klingeln hin öffnete. Er war noch völlig verschlafen, kein Wunder, es war erst sechs Uhr dreißig. Doch Iris konnte darauf keine Rücksicht nehmen. Sie war viel zu aufgewühlt.

»Was machen Sie denn hier?«

»Ziehen Sie sich an und kommen Sie mit.«

»Wie mit, wohin mit? Jetzt kommen Sie erst mal hoch. Für einen Kaffee wird es ja wohl noch reichen.«

Trautmanns Wohnzimmer war ordentlich, wie eigentlich fast immer. Es überraschte sie dennoch. Damals, als sie gegen ihn ermittelt hatte, war dieser Raum das Sinnbild für Chaos gewesen. Ebenso wie der Mann. Ein Mensch, im Wortsinn ver-rückt, außer sich. Doch Trautmann hatte zu sich zurückgefunden. Sie hingegen hatte niemals herausgefunden, was damals zwischen ihm und seinem Stiefvater geschehen war. Aber sie würde. Irgendwann.

Der Polizeifunk lief. Er musste ihn trotz seines halb benommenen Zustandes bereits angeschaltet haben. Bestimmt ist das jeden Tag nach dem Aufstehen seine erste Aktion, dachte Iris. Noch im Halbschlaf. Er hatte Angst, etwas zu verpassen. Aber es war nicht erlaubt. Sie warf ihm einen strafenden Blick zu. »Und, gibt es etwas Neues?«, erkundigte sie sich süffisant.

Er nahm den Unterton nicht zur Kenntnis. Immerhin wirkte er leicht verlegen. »Nein, es ist alles ruhig. Kein *Wächter* bisher. Nix. Es ist, als habe sich die Erde aufgetan und ihn verschluckt.«

»Das glaube ich keineswegs.«

»Moment, das müssen Sie mir näher erklären. Aber vorher, gnädige Frau, gestatten Sie, dass ich mir etwas anziehe. Sie könnten in der Zwischenzeit Kaffee machen. Das können Sie doch, oder?«

»Ich kann die Male nicht zählen, die ich schon hier war und Kaffee gekocht habe.«

»Na, die Sehnsucht nach mir hat Sie wohl auch dieses Mal nicht hergetrieben, und das um diese Uhrzeit. Muss ja was Wichtiges sein.«

Er war schon aus dem Zimmer verschwunden, ehe sie eine Antwort geben konnte. Iris marschierte in die Küche. Ah, da war die Stampfkaffeekanne, dieselbe, die sie auch hatte. Sie hatte sie ihm letztes Jahr zum Geburtstag geschenkt. Sie seufzte. Wenn er wüsste, wie oft sie Sehnsucht nach ihm hatte. Körperlich – und auch sonst. Er war … Ja, eigentlich war er der wichtigste Mann in ihrem Leben. Und sie musste ihn sich vom Leib halten. Um jeden Preis. Auch wenn ihr Leib da gerade in diesem Moment anderer Ansicht war. Der Impuls, sich in die Bettwärme sinken zu lassen, die noch von ihm ausströmte, war überwältigend gewesen. Zurück mit ihm ins Bett zu gehen, sich an ihn zu schmiegen, danach einzuschlafen, gemeinsam mit ihm ein zweites Mal aufzuwachen und zusammen in diesen Tag zu gehen, der wieder einer aus Samt und Seide zu werden versprach.

Und was machte sie stattdessen? Sie schluckte ihre Sehnsüchte herunter und kochte Kaffee. Irgendwann wurde sie noch zur alten Jungfer. Was heißt wurde? Das war sie doch schon. Sie brauchte schnellstens einen Mann. Aber wie kam man an einen, der nicht blöd oder ein Macho war? Oder beides gleichzeitig? Vielleicht war das mit dem Schnuppertraining als Gewichtheberin gar keine so dumme Idee. Das war doch heute, um achtzehn Uhr, oder? Da gab es mit Sicherheit Männer. Kernige, schweißverklebte Männer mit großen Händen und starken Schultern. Nicht solche mit Bauch wie Trautmann. Bauch hatte sie selbst. Blöderweise mochte sie selbst Trautmanns Bauch.

Während sie darauf wartete, dass das Kaffeewasser kochte, stromerte sie in seinem Wohnzimmer herum. Aus alter Gewohnheit hob sie einige Blätter hoch, die auf seinen Schreibtisch lagen. Er hatte etwas ausgedruckt. Ein neuer Western? Nein, es war ein Gedicht, eines jener Haikus, die er so sehr liebte. Und die er ihr nie zeigen wollte. Iris las es und wurde feuerrot.

Ihr grüngrauer Blick.
In meiner Seele wachsen
Sehnsuchts-Blüten.

Als er zurückkam, hatte sie bereits den Kaffee aufgegossen. Er roch frisch nach Aftershave, hatte sich sogar rasiert.

Sie versuchte, das zu ignorieren. »Ich muss mit Ihnen reden«, erklärte sie barscher, als sie beabsichtigt hatte. »Wir müssen uns diese Senioren vorknöpfen. Ich meine die Herren Forstweiler, Kohlbrenner und Örtler. Ich glaube, die versuchen, uns zu manipulieren. Mit diesen beiden Bränden, also denen im Altenheim und auf dem Kohlbrennerhof, ist etwas oberfaul. Joseph Kohlbrenner hat beide entdeckt. Und beide versucht er jetzt, seinem Schwiegersohn in die Schuhe zu schieben. Und die Arsengeschichte ... Ich werde das Gefühl nicht los, dass das alles zusammenhängt.«

Max runzelte die Stirn. »Ich glaube, ich hatte Ihnen das noch gar nicht erzählt: Ich habe seit ein paar Tagen einen Klienten. Franz Örtler. Er hatte mich beauftragt, seinen Schwiegersohn zu beschatten. Er hat nämlich große Angst vor ihm. Hanspeter Gerber versucht offenbar mit allen Mitteln, ihn ins Altenheim abzuschieben. Und Franz Örtler geht mit allen Mitteln dagegen an. Er weiß offenbar etwas, mit dem er seinen Schwiegersohn erpressen kann. Er sagt, er hat einen Brief geschrieben, der im Schließfach einer Bank liegt und in dem alles steht. Das ergäbe ein feines Mordmotiv für Gerber.«

»Ach, schön, dass ich das auch mal erfahre, Partner.«

»Sie sind es doch, die mir nichts erzählt.«

Er hatte ja recht. »Das meinte er also in Ihrem Auto mit dem Ausruf ›Den bringe ich in den Knast‹. Die Schwiegersöhne von Örtler und Kohlbrenner werden beide von diesem Schweizer Bauunternehmer, Beat Stümpfli, geschmiert. Ebenso Frank Gerber. Vielleicht hat Örtler das herausgefunden und setzt seinen Schwiegersohn damit unter Druck? Fest steht jedenfalls: Hanspeter Gerber hat sich hoch mit Arsen belastetes Gestein in den Garten karren lassen. Er hat einen Mineur dafür bezahlt, und zwar schon 2009, als das Haus noch ein Rohbau war. Der Minenarbeiter hat es inzwischen zugegeben. Sie wissen doch, Trautmann, der Steinhaufen im Garten, von dem wir zwei Brocken mitgenommen haben. Von einem Freund – wer das ist, tut nichts zur Sache – weiß ich außerdem, dass die Arsenkonzentration in dem Aushub hoch genug ist, um einen Menschen zu vergiften, wenn man es richtig macht. Tja, und nun liegt Örtler mit Arsenvergiftung im Krankenhaus. Trotz seiner beiden vorhergehenden Schwächeanfälle hat das niemand bemerkt. Bei alten Menschen tut man körperliche Schwäche und geistige Verwirrtheit schnell mal als Alterserscheinungen ab. Ich bezweifle allerdings inzwischen, dass Franz Örtler so verwirrt ist, wie es den Anschein hat oder er seine Umwelt glauben machen will.«

Max Trautmann lachte. »Da könnten Sie recht haben.«

»Weiß ich, ich habe oft recht.«

Warum grinste er jetzt so von oben herab? Egal, sie würde ein anderes Mal darüber nachdenken. »Da ist noch etwas. Ich habe das anfangs als Zufall abgetan und nicht weiter beachtet. Bis gestern Abend, um genau zu sein. Ich habe Örtler an der Baustelle in Rhina gesehen, kurz bevor dort der Sprengsatz hochging. Ich bin losgelaufen, um die Leitstelle zu alarmieren. Als ich wieder zurückkam, stand Johannes Forstweiler bei ihm, und die beiden haben über irgendetwas heftig gestritten. Das haben Sie selbst gesehen. Aber Örtler ist schon vorher in der Nähe gewesen. Und was hat Forstweiler gestern gemeint, als er uns alarmierte, weil er Angst hatte, Joseph Kohlbrenner könnte etwas Schlimmes anstellen? Er wollte es uns nicht sagen. Nein, das sind nie und nimmer Zufälle. Deshalb werde ich jetzt ins ehemalige Seniorenheim ›Auf der Halde‹ marschieren, die beiden Herren Kohlbrenner und Forstweiler aus dem Bett werfen und mal gehörig auf den Busch klopfen. Außerdem ist da noch diese ominöse Datei.«

»Welche Datei? Sie sind heute Morgen wie eine Wundertüte, dauernd kommt etwas Neues heraus.«

»Tüte, sagen Sie? So, so, das werde ich mir merken. Ich habe ganz zufällig in Forstweilers Notebook eine Datei mit dem Namen ›Waechter‹ entdeckt. Leider war keine Zeit, mir den Inhalt näher anzusehen. Ach, noch was. Man hat immer noch nicht herausgefunden, woher der Sprengstoff für die drei Brandsätze stammt. Nur, dass er ziemlich alt gewesen sein muss. Aber das war ja von Anfang an klar.«

»Und was heißt das?«

»Lassen Sie sich überraschen. Wollen Sie nun mit oder nicht?«

»Selbstredend ja.«

Iris ließ den Lift links liegen und rauschte mit vollen Segeln erst die Treppe hoch und dann in die Richtung von Forstweilers Zimmer. Sie drückte leise die Klinke herunter. Die Tür war abgeschlossen. Doch das Schloss leistete dem Dietrich keinen großen Widerstand. Max Trautmann beobachtete sie interessiert. »Ist so was denn erlaubt?«

»Schscht! Sie vermasseln sonst den Überraschungseffekt.«

Im Raum herrschte Dämmerlicht, die Vorhänge waren noch zugezogen. Beide Männer schliefen fest. Und beide schnarchten zum Gotterbarmen. Iris fand es mehr als erstaunlich, dass jemand bei diesem Konzert aus Grunz- und Kehllauten überhaupt schlafen konnte.

Sie rüttelte Forstweiler wach. Trautmann übernahm Kohlbrenner. Zunächst recht sanft, weil er wohl Bedenken hatte wegen des Beinah-Herzinfarktes am Vorabend. »Los, heftig«, zischte sie ihm zu. »Ich wette, der Infarkt war auch getürkt.« Trautmann tat, wie ihm geheißen.

Johannes Forstweiler schoss hoch. Und gleich darauf saß auch Joseph Kohlbrenner senkrecht auf seiner Gästeliege.

»So, und jetzt werden wir Tacheles reden«, erklärte Iris, während die beiden Männer noch dabei waren herauszufinden, welche Furie denn da in ihr Zimmer eingedrungen war. »Herr Kohlbrenner, ich weiß, dass Sie lügen. Sie haben die Brände selbst gelegt. Sie wollen sie Ihrem Schwiegersohn in die Schuhe schieben, in der Hoffnung, dass die Polizei ihn ins Gefängnis steckt. Dann hätten Sie endlich ihre Ruhe vor ihm. Sie, Herr Forstweiler, haben die Drohbriefe geschrieben. Auf Ihrem PC. Sie beide und Herr Örtler sind der *Wächter*. Schauen Sie nicht so, Herr Forstweiler. Ich habe die Datei gesehen. Falls Sie sie inzwischen gelöscht haben sollten, kann die Polizei sie problemlos rekonstruieren. Und glauben Sie, ich habe nicht gemerkt, wie erleichtert Sie beide waren, als Sie erfahren haben, dass der Sprengstoffexperte durchkommen wird? Das hatten Sie nicht geplant, nicht wahr? Ich meine, dass ein Mensch verletzt wird. Sie wollten nur ein bisschen Aufregung verursachen. Franz Örtler hat den Sprengstoff für die drei Bombenattentate besorgt. Er war früher Ingenieur und hatte Zugang zu allen möglichen Sprengstoffen. Wahrscheinlich lagerte die notwendige Menge noch irgendwo bei ihm, vergessen, was weiß ich. Vielleicht hat Herr Örtler schon vor Jahren was damit in die Luft sprengen wollen. Um die Bomben zu bauen, haben Sie sich daran erinnert. Und jetzt will ich sofort wissen, was das sollte. Sie wissen schon, dass Sie dafür alle drei ins Gefängnis gehen? Davor schützt Sie auch Ihr Alter nicht!«

Iris konnte hören, wie Max scharf die Luft einsog. Ja, damit hat er nicht gerechnet, dachte sie mit Genugtuung und hoffte, dass ihre Attacke die erhoffte Wirkung auf die beiden noch recht benommen aussehenden Senioren zeigen würde. Sie hatte nicht vor, ihnen Zeit zu geben, sich zu sammeln. »Ach, ehe ich es vergesse: Ich bin noch immer Kriminalhauptkommissarin, für den Fall des *Wächters* jedoch im verdeckten Einsatz. Also versuchen Sie nicht zu leugnen. Ich habe Sie beobachtet. Und ich weiß, dass Sie sich in meinen PC und in den der Polizei eingehackt haben. Außerdem wissen wir, dass Sie die Briefe des *Wächters* auf dem alten Drucker von Franz Örtlers Schwiegersohn gedruckt haben, den er ausrangiert und in die Garage gestellt hatte, weil er ihn auf den Schrottplatz bringen wollte.« Das war ein Schuss ins Blaue. Das hatten sie bisher nicht untersucht. Iris beglückwünschte sich dafür, dass ihr dieser Gedanke auf die Schnelle auch noch gekommen war. »Sie sehen also, es gibt genug Beweise. Abstreiten wäre zwecklos«, fuhr sie energisch fort.

Kohlbrenner schaute seinen Kumpel fassungslos an. »Johannes, du bisch en Häcker? Dodavo häsch du gar nix g'sait.«

»Ich han euch it wölle beunruhige, 's war jo a biz heikchel.«

»Und wieso häsch du au schpöter nix g'sait, als sie die Häckerei entdeckt hän?«

»Ich han halt dencht, viellicht chommet sie mir it auf die Schliche. Han's doch immer vom Handy uns g'macht. Bis auf eimol.«

Iris zog das Handy aus der Tasche. »Tzz, da kommt einiges zusammen. Fangen wir doch gleich mal mit der Gründung einer kriminellen Vereinigung an. Dann versuchter Mord, Brandstiftung und was weiß ich nicht noch alles. So, und jetzt rufe ich die Kollegen. Die werden Sie abführen.«

»Johannes …«, sagte Joseph Kohlbrenner kläglich. Und dann: »… mein Herz.«

»Hören Sie auf, uns Theater vorzuspielen«, fuhr Iris grob dazwischen.

Johannes Forstweiler sammelte sich als Erster. Und plötzlich sprach er fast Hochdeutsch. Mit Schweizer Akzent und alemannischen Einschüben. »S' hat kcheinen Zweck, Joseph. Mir müen alles erzählen. Und ehrlich, ich wär froh, wenn ich die Last von der Seele hät.«

Auch Joseph Kohlbrenner konnte offenbar Hochdeutsch, wenn es drauf ankam. Ohne alemannische Einschübe. »Johannes, dann war alles umsonst!«

»Na ja, it ganz. 's Gefängnis ischt immerhin kchai Altenheim. Und Franz war doch wirklich in Gefahr und musste schauen, dass er wegkam. Sein Schwiegersohn hätt nicht geruht, bis er tot war. Das gibt sicher mildernde Umstände, so was hän ihr doch au im Dütsche, oder? Und dir, dir hän sie's Huus unterm Hintern wegverkauft. 's war jedenfalls kurz davor. Ich für min Teil wär froh, wenn alles ein End hätt. Bin nicht mehr jung genug fürs Verbrechen.«

Max schaute noch immer fassungslos von einem zum anderen. Dann sank er neben Johannes Forstweiler aufs Bett.

»Also haben Sie den Drohbrief geschrieben, Sie geben es zu?«, hakte Iris nach. »Wie ich es mir dachte. Diese alttestamentarische Ausdrucksweise passt gut zu einem ehemaligen Pfarrer. Aber warum der Hinweis auf Bruno Manser? Warum überhaupt diese ganze unglückselige Aktion?«

Joseph Kohlbrenner schluckte. »Mir wolltet weg. So wit wie möglich. A neues Läbe. Aber dafür brucht's Geld. Guet mir hän alli Erschparnis, aber die reichet auch it ewig …«

»Und da dachten Sie, Sie könnten eine kleine Erpressung in die Wege leiten? Denn darum ging es dann doch wohl, um eine kleine, miese Erpressung. Und keineswegs um höhere Ziele in Sachen Umweltschutz! Sie wollten Geld. Wie viel? Drei Millionen, fünf? Drei Warnungen, damit jeder davon überzeugt ist, dass Sie es ernst meinen – und dann stellen Sie Ihre wahren Forderungen. War das der Plan? Wen wollten Sie denn erpressen? Die Landesregierung? Das Schluchseewerk?«

Johannes Forstweiler nickte. »Nai, it so viel Geld. Bloß a halbe

Million hän mir eus überlegt. Aber 's schtimmt. Das Schluchseewerk. Un RWE und EnBW. Un die dütsche Regierig. Aber bloß im Notfall, mir hän denkcht, die regionale Ermittler sin vielleicht it ganz so g'fährlich. 'tschuldigung, Frau Terheyde. Sie müen mir glaube, des mit dem Verletzte ischen Unfall gsi, en ganz blöder. Das hän mir it wölle. Sel hät alles verändert. Und usserdem, es isch it usschließlich ums Geld gange. Mir hän denkcht, wenn wir's Thema Umweltschutz a weng ins G'spröch bringe, denn überlege sich die Obere künftig … Egal, isch jo nix in dr Zittig g'schtande über eus.«

Joseph Kohlbrenner hatte sich so weit gefasst, dass er einen letzten Versuch des Widerstandes wagte. »Sel verschtön solche Bürokraten nie und nimmer, Joseph, vergiss es. Die denkchet bloß in Schwarz-Weiß. Übrigens, Sie sind selbst schuld. Wenn Sie den Sprengsatz it g'funde hättet, wär gar nix passiert. Samschtags bauet die da it. Und um die Uhrzit sind da auch kchaine Lüt. Die Bombe hät sowieso solle z'midst in dr Nacht hochgo. Aber denn hät der angebliche Experte dran rumgefummelt und – wumms!«

Iris hatte nicht die Absicht, ihm das durchgehen zu lassen. »So, nun versuchen Sie die Verantwortung auch noch auf mich und auf den Sprengstoffexperten abzuschieben, der sein Leben riskiert hat, um eine Bombe zu entschärfen, die Sie gebastelt haben. Das ist ganz schön frech. Sie sollten sich schämen. Aber jetzt rücken Sie schon damit raus: Gibt es irgendwo noch weitere Bomben, die hochgehen können? Sie haben doch bestimmt noch was in der Hinterhand. Falls Landesregierung und Schluchseewerk Ihren Forderungen nicht nachgeben.«

Forstweiler übernahm. »Nai, kcheine weiteren Bomben. Nach'm Unglück mit dem arme Ma hän mir au die Bombe beim Schuppen in Brennet isammle wölle. Aber mer hän's zitlich eifach nümme geschafft. Usserdem sind Sie eus die ganze Zit uffm Pelz g'hockt.«

»Warum häsch du di bloß in den Computer häcke müsse, Johannes? Das war doch klar, dass die dich erwischen. Des sin alles Experte. Andere Kaliber als mir. Computertechnisch mein ich.«

»Meine Herrn, ich glaube nicht, dass Sie in Ihrem Leben noch mal den Hotzenwald wiedersehen.«

»Hättet mir sowieso nicht. Oder meinen Sie, so ein Altenheim ischt das reine Zuckerschlecken? Schlimmer isches im Knascht sicher auch nicht.«

Max Trautmann hatte sich inzwischen von seiner Überraschung erholt. »Verstehe ich das richtig, Sie wollten die Landesregierung und das Schluchseewerk erpressen, haben die diesbezüglichen Forderungen aber schlussendlich nicht gestellt, weil es einen Schwerverletzten gab?«

Kohlbrenner und Forstweiler nickten. »Mir wolltet keinesfalls noch mehr Verletzte riskieren und hän euse Plän g'ändert: keine weiteren Sprengsätze«, antwortete Kohlbrenner. »Damit isch denn au die Erpressung flachg'falle. Gut, wir hätten's probieren können und hoffen, dass die glauben, wir hätten noch was in der Hinterhand. Aber wir wollten das nicht mehr, 's wäre … Blutgeld gewesen.«

»Mir sind it so üble, unmoralische Verbrecher, wie Sie jetzt viellicht meinet«, fiel Forstweiler ein. »Nur verzweifelte, alte Männer.«

»Nun sagen Sie mal, wen wollten Sie denn dann erpressen? Oder haben Sie Ihre kompletten Pläne aufgegeben? Das glaube ich nicht. Dann wäre ja alles für die Katz gewesen, vollkommen umsonst. Ich höre?«, schaltete sich Iris wieder ein.

Forstweiler und Kohlbrenner schauten einander an. Iris schien es, als würden sie einen stummen Dialog führen. Forstweiler nickte schließlich. »Sag's ihnen, Joseph.«

»Na ja, Druck erzeugt Gegendruck. Der Franz und ich hän also scho vor einiger Zit a'fange, eusi Schwiegersöhn zu beobachten, Telefongespräche belauscht, ihre Unterlagen durchsucht und so. Hen denkcht, viellicht findet mi öbbis, um sie ihrerseit unter Druck zum setze. Damit der Terror uffhört. Mir hen eus doch bloß einen Lebensabend in Frieden g'wünscht. 's Meischte hat der Franz gemacht, der war ja noch daheim. Ich konnt nur schporadisch, mich hän sie ja scho ab'schobe kcha. Der Franz hat jedenfalls g'merkt, dass da ein krummes Ding lauft, in dem auch Frank, der Bruder von seinem Schwiegersohn und mein Schwiegersohn Fred mit drinschtecken. Mir hän bloß zunächst it sicher gewüsst, worum's da geht. Eines Tages isch der Franz dann sinem Schwiegersohn hinterher, als der angeblich einen Abendspaziergang machen wollt. An der Autobahnbaustelle am Rappenschteintunnel hat ein Mann auf ihn gewartet. Das isch ja it wit weg von der Mozartstraße, wo der Franz wohnt. Hanspeter hat den Mann mit Stümpfli angeredet. Der Franz hät dann beobachtet, wie dieser Stümpfli seinem Schwiegersohn einen Umschlag rübergeschoben hat, in dem Geld war. Hanspeter hat nämlich erscht nochzählt, und denn hät er dem Stümpfli sinersits än Umschlag gä un g'sait: ›Da sind die Informationen, die du wolltest.‹« Kohlbrenner räusperte sich. »Als der Franz uns die Geschicht erzählt hät, hän mir beschlosse, dass er sein Schwiegersohn mit sine Beobachtige konfrontieren muess. Mir hän g'hofft, dass er denn uffört, ihn zu drangsaliere. Falls selles klappt hät, hät i's Selbe mit meim Schwiegersohn g'macht. Doch der Hanspeter Gerber hät nur gelacht und g'sait: ›Und wo sind deine Beweise? Jetzt mach ich dich endgültig fertig. Wenn du uns nicht endlich dein Vermögen überschreibst, lass ich dich für unmündig erklären. Ich find schon einen Arzt, der attestiert, dass du geschäftsunfähig bist, verlass dich drauf.‹ Da isch der Franz ganz panisch worde. Glichzitig körperlich immer schwächer. ›Bringt mich hier weg, ehe ich nicht mehr krauchen kann, ich will nicht im Irrenhaus sterben‹, hät er g'sait. Angefleht hät er eus. Immer wieder.«

»Wann war das?«

»So vor vier Wochen, oder was meinsch, Johannes?«

Der nickte. »Ja, und dann hän mir überlegt, was tun.«

»Diese ganze blödsinnige *Wächter*-Aktion war also die Idee von Franz Örtler?«

Joseph Kohlbrenner schüttelte den Kopf. »Nai, kann durchaus si, dass es meine Idee g'si isch.«

»Nai, nai, das war ich«, meldete sich Forstweiler.

Iris war klar, hier würde jeder den anderen schützen.

»Ja, und do hemmer g'wüsst, dass mir öbbis unternehme müen, uns wehre. Irgendwie Geld uftriibe und dann weg. So schnell un so wit wie möglich«, fügte Forstweiler hinzu.

»Aber Sie doch nicht, Herr Forstweiler. Sie haben keinen bösen Schwiegersohn, soweit ich weiß.«

»Ja, hät ich die armen Kerle im Stich lassen sollen? Mini älteschten Freund? Usserdem waret die Herren Gerber, Malzacher und Stümpfli viel schlimmere Kriminelle als mir. Jedenfalls damals no. Dr Franz hät übrigens alles uffg'schriebe, was mir usseg'funde hän.«

»Der Brief, von dem er mir erzählt hat, Sie wussten also die ganze Zeit, was drinstand«, konstatierte Max.

»Jo. Mir hen eus nümmi sicher g'fühlt. Mir hen denkcht, mir müen weg, hen Angschg kcha, am End bringe sie uns no um, die feine Herre, jetzt, wo sie wisse, dass mir ihne uf'd Schliche kcho sin. Ich sag doch, mir sin verzweifelt gsi. Und es het jo au g'schtimmt. Irgendwie. Bloß, dass der Schwiegersohn vom Franz zu dem Zitpunkt scho längst versucht hat, ihn zu vergifte. Aber sel hän mir damols wie g'sait no it g'wüsst. Mir hän bloß g'seh, dass der Franz immer schwächer g'worden isch.«

»Wer ist denn nun eigentlich zuerst auf die Idee mit dem *Wächter* gekommen?«, bohrte Iris nach.

»Mir alle gemeinsam!«, erklärte Forstweiler mit fester Stimme.

»Und dann, wie ist es weitergegangen?«, wollte Trautmann wissen.

»Wie g'sagt, als der arme Mann durch uns verletzt worden isch, hän mir eus geeinigt, dass mir den *Wächter* sang- und klanglos schterbe lön«, hob Forstweiler an. »Aber mir hän trotzdem no öbbis unternehme müsse, an Plan B brucht. Da sin mir in euserer Verzwiflig uff die Idee kcho, dass mir den Stümpfli erpresse kchönntet. Geld genug hät der ja. Mir hän aber Beweise brucht, dass do was Illegales lauft. Und do sin mir bim Stümpfli ibroche. Also, ich bin ibroche und han Abrechnunge für die Beschtechige g'funde. Und au Unterlage, in dene schtoht, dass er der Geschäftsführer von einer Firma mit Sitz in Guernsey isch, die der Stümpfli Hoch- und Tiefbau dauernd Rechnungen schtellt. Für Beratung und Planung und so. Jetzt frag ich Sie, wozu brucht der da öbber vu Guernsey? Und dass er Konten in Liechtenstein und Luxemburg hät. Mit Schwarzgeld vermutlich. Ich han mir alles genau notiert, alle Kontonummre. Dann hän mir ihn erpresst. Er hät au schnell zahlt. Fünzigtusig. Und der Frank Gerber au. Drissigtusig. Bi dene Schwiegersöhn isch jo nix zu hole. Außerdem hät das au ihren Familien g'schadet.«

»Sie sind was? Bei Stümpfli eingebrochen? Wann?«, fragte Iris entgeistert.

»Nachem Unfall mit der Bombe im Birkenfeld. Am Sunntig, um genau zum sein. Ich han den Stümpfli mit dem Paul Zukeller do uff der Demo g'säh. Do han ich g'wüsst, der Stümpfli isch jetzt no a Weile anderwitig beschäftigt, han mir a Handy usborgt, a Taxi beschtellt und bin sofort los. S'war a tüüre Sach. Aber's hät sich glohnt. Heim bin i denn per Anhalter. 's isch en Graus mit dem öffentliche Nahverkehr in derra Region.«

Ein Einbruch mit dem Taxi, dann heimwärts als Tramper! Na, das war mal was anderes. Mit über siebzig! So was hatte Iris noch nie gehört. Darum hatte sie Forstweiler in Kleindöttingen nicht mehr finden können.

»Warum hat mich Herr Örtler nach unserer Rückkehr vom Birkenfeld eigentlich engagiert, um seinen Schwiegersohn zu beschatten, wenn Sie nach der Erpressung sowieso wegwollten?«, erkundigte sich Max.

Forstweiler lächelte verlegen. »Er hät verzellt, anfangs hät er einfach g'redet und g'redet. Er war ja no ganz durcheinand wegen der Bombe. Un bim Rede sei ihm dann die Idee kcho. Ich mein, mir hän jo do it g'wüsst, ob mir no Beweis finde würdet, dies's brucht hät, um die ganz Sippschaft unter Druck zum setze. Und noch'm Ibruch hän mir denkcht, mir löns lieber dabi, Sie g'sehn viellicht meh als mir. Sie sin jo der Überwachungsfachmann. An gewisse Schutz hän mir eus au verschproche, an Zeuge dodafür, dass der Franz it blöd isch.«

»Ehrlich gesagt, was Sie da erzählen, scheint mir doch sehr unglaubwürdig zu sein. Wir haben Stümpflis Firmen durchsucht«, wandte Iris ein. »Da hätten wir diese Unterlagen doch finden müssen.«

»Der Mann isch it blöd. Die hät er in sinere Jagdhütte g'ha«, erwiderte Forstweiler.

Iris war perplex. »Stümpfli hat eine Jagdhütte? Das ist das erste Mal, dass ich davon höre.«

Forstweiler nickte. »Jo, scho lang, gar it wit weg vu Frick, im Chäpipwald. Scho ziemlich verfalle. Ich glaub aber, die läuft it unter sinem Namen, sondern unter dem von sinerer verschtorbene ertschte Frau. Sie het sie mit in die Ehe brocht. Die isch aber beschtimmt scho zwanzig Johr tot. Jung g'schtorbe.«

Also das war Iris komplett neu. »Und woher wussten Sie das, Herr Forstweiler?«

Der alte Mann lächelte schief. »I bin Pfarrer g'si, scho vergesse? Ich kchenn die Familie scho lang. Die erschte Frau Stümpfli hat sich oft bi mir Rat geholt. Da kommt mr ins Schwätze. Jedenfalls hän mir eus g'fragt, der Franz, der Joseph und ich, wenn der Stümpfli was verschtecke wot, dann wo? Da isch mir die Hütte wieder ig'falle. Meine Notizen hab ich danach zur Sicherheit sofort ins Schließfach vom Örtler bi der Schparkass Bad Säckinge brocht. Ich han Vollmacht. Der Joseph au.«

»Mit den Bomben sind Sie den entscheidenden Schritt zu weit gegangen«, befand Iris. »Wegen des Mordversuchs wäre der Schwiegersohn von Franz Örtler doch sowieso ins Gefängnis gewandert. Er hätte sich also nicht mehr fürchten müssen.«

Forstweiler senkte den Kopf. »Die G'schicht mit der Vergiftung – mir hättet viel früher was mache müsse. Aber dass da Arsen im Schpiel sein kchönnt, da hät uns erscht die Heilerin druffbrocht. Sie hät au g'sait, dass sie erscht dr Franz genauer untersuche müsst. Doch der hät am Mäntig jo nümmi anekchönne.«

»Trotzdem hän mir überlegt, woher selles Gift überhaupt schtamme kchönnt. Da sin mir uf sellen Schtai-Hufe im Gerber-Garten kcho. Aber mir sin ja kcheine Chemiker. Mir hän Ihre Hilfe brucht, um ussez'finde, ob da wirklich Arsen drin isch«, sagte nun Joseph Kohlbrenner.

»Deswegen haben Sie mich also engagiert, Herr Forstweiler«, konstatierte Iris.

»Ja, un' weil mir au Angscht kcha hän um Tanja und ihre Maidli. Hät jo kainer g'wüsst, was dem Saubatzi Hanspeter no alles ifallt.«

»Hanspeter Gerber benötigte Geld für sein neues Haus, die Wohnung in Freiburg und seine Geliebte, soweit ich weiß. Warum brauchte aber *Ihr* Schwiegersohn eigentlich so dringend Geld, dass er sich bestechen ließ, Herr Kohlbrenner?«

»Der ischt ein Versager. Hat versucht, sich bei den Oberen des Schluchseewerks durch Eifer bei den Landaufkäufen einzuschleimen. Und ein Spieler ischer usserdem. Süchtig, wenn Sie mich fragen. Hät immer denkcht, er kann's verbergen. Aber nicht vor mir.«

Iris nickte. Das passte mit dem zusammen, was sie bereits herausgefunden hatten.

»Du meine Herrn, da kommt ein ganz schöner Haufen kriminelle Energie zusammen«, mischte sich jetzt wieder Max ein. »Hätten Sie, statt Bomben zu bauen, nicht gleich nach den Beweisen suchen können, die Ihnen fehlten? Und dann die Gerber-Brüder, Fred Malzacher und Stümpfli erpressen? Warum mussten Sie den *Wächter* ins Leben rufen? Warum diesen Manser bemühen?«

Forstweiler wand sich. »Sie hän scho recht. Aber es isch halt manschmal so, mr sieht den Wald vor lauter Bäumen nicht. Mir hän eifach glaubt, 's wär eine gute Idee. Verschtand's inzwische selber nümme. Und es isch au keineswegs so, dass es uns bloß aufs Geld angekommen wär. Mir hän denkcht, mir schlage zwei Fliegen mit einer Klappe. 's isch ja kaum noch mitanzusehen, was us derre Gegend g'worden isch. Franz isch usserdem no immer wütend, dass sine Variante für den Autobahnbau so mir nix, dir nix im Papierkorb glandet isch. 's wird Sie a biz wundre, aber mir drei lieben dieses Stück Erde. 's isch wie im Paradies do. Zumindest isches eins gsi. Bevor die Stromkonzerne kcho sin, um ihren Reibach zu machen. Sie hän Überlandleitungen baut und Strommaschte ipflanzt, hoch wie Türm, die bald jedes Tal hier verschandlet. Und schließlich hän sie Atomkraftwerke baut – Leibstadt, Cattenom, Gösgen. Isch ein Fukushima nicht genug? Jetzt plane sie in dr Schwiz au no ein Lager für hoch radioaktive Abfälle. Alles in derre Region. Und wahrschins werde sie dort, geschäftstüchtig wie sie sind, au gli den Atommüll us Frankreich und Dütschland mit entsorge. Das isch sicher a guets G'schäft, un die Dütsche un die Franzose sin fein raus. Ach, ehe ich's vergess, ein Lager für schwach radioaktive Abfälle hemmer in Würenlingen ja scho. Und was da an strahlendem Abfall aus der Forschung uffem Areal vom Paul Scherrer liegt – ich denkch lieber nicht darüber nach. Früher isches hier so schön gsi. Jahrhunderte lang. Dazumals, als der Rhii noch über dä Laufe, also die Schtromschnelle g'rauscht isch. Denn hän sie's Rhikraftwerk baut und rigoros alles g'schprengt. Da kchasch doch it einfach zuluege, wenn's immer so witergoht? Und innert wenige Jahrzehnt goht alles kchaputt. Do müen mir Alemanne im Dütsche un in dr Schwiz zämmehalte. Sie müen wisse, dr Franz, dr Joseph und ich, mir sin alle drei no im Regionalspital Laufenburg uff d'Welt kcho. 's hät jo amol eini Geburtsschtation für die ganz Gegend gä. Doch dann hän die dütsche Kchrankenkchassen … Egal, jedefalls gibt's die Geburtsstation au nüm. Un ich han doch müsse mine Freund rette, oder? Do hän Sie meine Motiv. Und die vom Franz und vom Joseph. Das hän Sie doch wölle wisse, oder?«

»Sie sind noch immer verärgert, weil im vorvergangenen Jahrhundert in Laufenburg die Stromschnellen gesprengt worden sind?«

»Schparet Sie sich ihren Sarkasmus, Frau Terheyde«, mischte sich Kohlbrenner ein. »Die Schprengung vom Laufen hät bloß den Geschäftemachern dient. Für die Leute hät's nix brocht.«

»Immerhin haben sich Firmen hier angesiedelt und Arbeitsplätze geschaffen«, meinte Max.

Joseph Kohlbrenner fuhr auf. »So, und für wie lang? Die H. C. Starck isch längscht kein Familienunternehmen mehr.«

Johannes Forstweiler sprang dem Freund zur Seite. »Heuschrecken hän do inzwischen das Sagen. Damals unterem alte Starck, dem Patriarchen, do hät's no Arbeiterwohnungen kcha. Alle verkauft. Und die G'sellschaft, die den Laufenburger Strom verkauft hät, die Energiegesellschaft Laufenburg, die hieß dann irgendwann bloß no Energiedienscht. Ohne Laufenburg. Dabei isch hier, in euserm Laufenburg, die Keimzelle des europäischen Stromverbundes entschtanden. Und jetzt isch der Firmensitz dieses Energiedienschtes noch nicht mal mehr in Laufenburg, sondern in Rheinfelden. Die Karawane isch längscht witerzoge. Eus blibt zerschtörte Natur. Un jetzt wön sie auch dr Hotzenwald vollends verschandle.«

»Das klingt bitter, Herr Forstweiler.«

»Ja, schtimmt. Bin bitter. Ein verbitterter Alter. Selles kchasch jo it mitaluege. Wisset Sie, ich bin kein ewig Geschtriger. Aber ich will uf kchein Fall akzeptieren, dass Fortschritt au immer mit Zerschtörung von Heimat einhergange muess. So ähnlich hät auch dr Bruno Manser denkcht, der Basler Umweltaktivischt. Deshalb hät er z'ämme mit dem Stamm der Penan gegen die Zerstörung des Regenwaldes auf Borneo durch skrupellose Geschäftemacher kämpft. Und deshalb isch er wahrschins auch g'schtorbe. Sie hännen umbrocht. Mir sin alte Männer. Und mir gän euser Läbe, oder besser, den Rescht davon, gern für eusi Heimat am Hochrhii. Für eusern Wald, den Hotzenwald. Dann hän eusi letzten Tage wenigstens no en Sinn. 's muess doch irgendwie witergoh. Mir hän nix meh zum verliere?«

»Franz und ich, mir hän von eusi feine Nochkomme nix meh zu erwarte«, meinte jetzt auch Joseph Kohlbrenner. »Und mein Kumpel Forschtweiler ... Sini Frau isch jung g'schtorbe, bime Unfall, z'ämme mit siner Tochter. Aber au für alte Lüt muesses Leben doch noch an Sinn ha, oder? Mir sind doch kchain Abfall! Mir sin au Teil vu dr Umwelt.«

Iris' Blick wanderte hinüber zu dem Silberrahmen mit dem vergilbten Foto von der jungen Frau mit dem Säugling im Arm und wieder zurück zu dem inzwischen überraschend gesprächigen Landwirt vom Hotzenwald.

»Haben Sie wirklich geglaubt, Sie könnten die Bauvorhaben stoppen?«, fragte Trautmann noch immer einigermaßen fassungslos.

Joseph Kohlbrenner zuckte die Schultern. »Sie denkchet, mir sin naiv, was? Alt und kchindisch. Aber die Hoffnung schtirbt zuletzt. Mir hän g'funde, wenn sie scho die Gegend verschandle, denn wär's nur legitim, wenn sie eus au a Stück vom Kuchen geben«, meinte er herausfordernd.

»Uff die Wiis hättet mir wenigschtens unsere letzten Tage do verbringen können, wo's noch schön ist. Warm und schön. Und billig. Thailand, hemmer denkcht. Mr hört immer wieder, do het's guete Pflegekräft«, ergänzte Johannes Forstweiler.

Max grinste. »So, so, Thailand.«

»'s isch it komisch, kein Grund Ihre anzüglichen Witz«, blaffte Johannes Forstweiler. »Warten Sie nur, bis Sie alt sind und Ihre Welt langsam kaputtgoht, und alle denkchet, Sie sind zu nix meh nütze. Mir sind no z'jung fürs Abschtellgleis. Uff mim PC findet Sie den Brief an die Bundesregierung. Wahrschiins wird der ja durchsucht, oder? Mir forderet von dene den Schtopp vom Weiterbau der Autobahn.«

Iris konnte es kaum fassen. »Sie glauben allen Ernstes, die Bundesregierung wäre wegen der Bombenattentate eingeknickt?«

»Mir hän's wenigschtens versuchen wölle«, antwortete der ehemalige Pfarrer. »Aber dann, als der Mann verletzt worden ist …«

»Durch *Ihre* Schuld …«, knarzte sein Kumpel Joseph.

Johannes Forstweiler warf ihm einen Blick zu, der eindeutig besagte, dass das jetzt fehl am Platze war.

»Und warum haben Sie im Altenheim gezündelt, Herr Kohlbrenner?«, klopfte Iris auf den Busch.

»Iich?«

»Jetzt kommen Sie. Wir wissen, dass Sie es waren. Wir haben Fingerabdrücke von Ihnen gefunden. Sie waren früher Feuerwehrkommandant, Sie kennen sich mit Brandstiftung aus.«

»Also guet. Es sollt ja nix passieren. Ich wollt nur runter ins Tal zu mine Kumpel. Ich hab gemeint, 's isch praktischer, wenn mir abhaue müen.«

»Und dann ist Ihnen die Idee gekommen, den Brand Ihrem Schwiegersohn in die Schuhe zu schieben, und Sie haben gleich noch den eigenen Hof angesteckt, um einen heißen Abriss vorzutäuschen.«

»Ich dacht, es wäre bald sowieso nicht mehr mein Hof. Und so wär's ja wenigschtens no für en guten Zweck. 's ischja au bloß a ganz kchlais Feuerli gsi.«

Iris nickte. »Verstehe. Ich rekapituliere: Nachdem der Sprengstoffexperte so schwer verletzt wurde, haben Sie beschlossen, Ihre Pläne zu ändern, die Erpressungen im großen Stil aufzugeben und sich das Geld, das Sie für einen angenehmen Lebensabend in Thailand benötigen, jetzt bei Frank Gerber und vor allem bei Stümpfli zu holen – sobald sie ausreichende Beweise hätten. Doch dann sind Sie von den Ereignissen überrollt worden.«

»So isches gewesen«, bestätigte Forstweiler.

»Herr Forstweiler, ich bin da im Laufe meiner Nachforschungen auf ein Schweizer Nummernkonto bei der Aargauischen Kantonalbank gestoßen …«

Der ehemalige Pfarrer schaute verlegen nach unten.

»Aha«, meinte Iris. »Na, dann werde ich jetzt mal die Kollegen herrufen.«

»Bitte …« Das war Joseph Kohlbrenner.

Johannes Forstweiler warf ihm einen fragenden Blick zu. Dann nickte er. »Bitte, wär's möglich, ich mein, kchönntet Sie no a weng warte? Dr Franz weiß ja von nix, und mir würdet ihm gern Adjeu säge. Ich glaub kaum, dass sie uns gemeinsam in eine Zelle schperren. Ja, und dann – wie säget ihr im Dütsche – stön mir selbschtverständlich zur Verfügig.«

»Ich kann Ihr Anliegen zwar verstehen, aber das geht nicht. Und glauben Sie nicht, dass Sie Ihr Geständnis zurücknehmen können. Herr Trautmann hier ist mein Zeuge.«

Trautmann schien mit der ihm zugedachten Rolle keineswegs einverstanden zu sein, er warf ihr einen anklagenden Blick zu. Iris ignorierte das und schaute auf ihr Handy.

»Bitte, Frau Terheyde. Sie sind doch au vu do! Sie müen doch, also Sie verschtön doch, worum's uns goht!«, flehte jetzt auch Joseph Kohlbrenner.

»Selbst wenn ich das könnte – Bombenlegen und Erpressung sind einfach nicht die richtigen Mittel. Wissen Sie eigentlich, wie viele Menschen seit Tagen nach dem *Wächter* suchen? Und was das den Steuerzahler kostet?«

Die beiden Senioren schauten einigermaßen zerknirscht.

Trautmann mischte sich ein. »Ich gehe mit den Herren ins Krankenhaus zu Franz Örtler. Bitte. Lassen Sie sie doch. Ich schwöre bei allem, was mir heilig ist, ich passe auf, dass die drei nicht abhauen. Sie sind dann in jedem Fall außen vor. Versprochen.«

»Bitte, nur a halbi Schtund. Gön Sie Ihrem Herz an Schtoß. Bitte«, meinte Forstweiler beschwörend.

Und Iris, die sich nicht nachsagen lassen wollte, dass sie drei Senioren nur aus Feigheit und Sorge darum, wie sie sonst dastehen würde, den letzten Abschied verweigerte, knickte ein.

»Gut, Trautmann. Aber Sie sind verantwortlich.«

Max nickte. Die Hoffnung, die sich nun auf den Gesichtern von Johannes Forstweiler und Joseph Kohlbrenner abzuzeichnen begann, war schon fast rührend. »Ich schwör bi Gott, mir sind brav«, meinte Johannes Forstweiler.

Iris musste unwillkürlich lachen. »Na, wenn ein ehemaliger Pfarrer so etwas schwört! Dann ziehen Sie sich an. Anschließend los mit Ihnen. Genau eine halbe Stunde nach Ihrem Weggang werde ich die Polizei alarmieren.«

Und das tat Iris dann auch. Der Glückliche war dran.

»Wir wissen jetzt, wem das Nummerkonto gehört«, sagte er gleich, ohne sie erst zu begrüßen.

»Ein fröhliches Guten Morgen wäre nett gewesen.«

»Hören Sie, ich bin wie gerädert.«

»Also gut. Ich weiß auch, wem das Nummernkonto gehört. Johannes Forstweiler hat es eingerichtet.«

»Wie bitte? Woher wissen Sie das nun schon wieder?«

»Egal. Jedenfalls nennen Örtler, Forstweiler und Kohlbrenner eine nette kleine Erpressung ihr Werk.«

»Ich werd verrückt. Die alten Knacker? Sie waren sogar erfolgreich. Es ist einiges drauf. Zweihunderttausend Franken. Fünfzigtausend Franken von Beat Stümpfli und dreißigtausend Euro von Frank Gerber, soweit wir das bisher nachvollziehen konnten. Beim Rest handelt es sich vermutlich um eigene Ersparnisse. Aber wir recherchieren noch. Die Auszüge der deutschen Konten sind noch nicht da.«

»Na, mit zweihunderttausend Franken ließe sich schon ein neues Leben anfangen«, meinte Iris. Sie fühlte sich seltsam ausgelaugt. Es stimmte nicht, es war nicht immer befriedigend, einen Täter zu finden und zu überführen, oder in diesem Fall sogar drei. Sie hätte es den alten Herren irgendwie gegönnt, dass sie ihren Familien ein Schnippchen schlugen. Aber was nicht ging, das ging nicht. So, und nun würde sie die Bombe platzen lassen. Schade nur, dass sie das Gesicht des Glücklichen nicht sehen konnte, wenn er es erfuhr. »Übrigens, ehe ich es vergesse: Die drei stecken hinter dem *Wächter.*«

»Wie bitte? Sagen Sie das noch mal!«

»Der *Wächter* ist ein nicht sehr infernalisches Trio aus drei allerdings ziemlich wütenden alten Herren. Sie wollten mit den Bomben einer an RWE, EnBW, Schluwe, Landes- und Bundesregierung gerichteten Erpressung Nachdruck verleihen. Sie brauchten Geld, um sich ihre letzten Tage mit Pflegerinnen in Thailand so angenehm wie möglich zu machen, anstatt in einem Altenheim dahinzuvegetieren. So sehen sie das jedenfalls. Außerdem sind sie tatsächlich sehr zornig wegen der Umweltzerstörungen hier in der Region. Sie können die drei aber selber fragen. Sie finden sie derzeit friedlich vereint im Bad Säckinger Krankenhaus. Vielleicht können Sie etwas Strafermäßigung aushandeln, wegen Notwehr oder so. Immerhin war zumindest Franz Örtler in Lebensgefahr. Sein Schwiegersohn hat schließlich versucht, ihn zu vergiften. Was meinen Sie, lässt sich da was machen? Denn es kommt einiges zusammen. Versuchter Mord oder Totschlag, Erpressungsversuch ... das brauche ich ja nicht alles aufzuzählen. Sie können auch gleich noch Hanspeter Gerber, seinen Bruder Frank, Fred Malzacher und Beat Stümpfli einbuchten. Wegen Mordversuchs, Bestechlichkeit, Bestechung, Veruntreuung ... Die Beweise finden Sie in einem Schließfach der Sparkasse Bad Säckingen.«

»Donnerwetter. Ich weiß gar nicht, was ich dazu sagen soll. Dieser ganze Aufwand, die Soko Wächter, Dutzende, was sag ich, Hunderte von Leuten, die sich mit dem Fall befassen – und dann steckt ein Trio verrückt gewordener alter Knacker dahinter? Ich werde gleich mal dafür sorgen, dass die Kantonalbank das Konto sperrt. Das kann allerdings dauern – die Schweizer ... na ja, sie wissen schon, wenn es um Banken und das Bankgeheimnis geht, können sie sehr bürokratisch sein.«

»Das wird schon werden. Die drei Herren sind außerdem nicht verrückt. Auf ihre Weise war ihnen sehr wohl klar, was sie tun und warum. Das ist jedenfalls mein Eindruck. Schaut übrigens auch mal in Forstweilers PC. Stichwort ›Waechter‹. Mit ae. Da findet ihr vermutlich jede Menge Beweise.«

Damit legte sie auf.

Langsam begann sich ein gewisses Gefühl des Triumphs in ihr auszubreiten. Mathias Bleich, dieser Saftsack, würde sich in den Bauch beißen, weil ausgerechnet die Ermittlerin, die er loswerden wollte, den *Wächter*-Fall gelöst hatte.

Iris beschloss, sich für den Rest des Tages freizunehmen. Es war ohnehin besser, sie war nicht zu erreichen, bis das Geständnis der Senioren in aller Form protokolliert war. Vielleicht würde dann niemand auf die Idee kommen, sie zu fragen, woher sie ihre Kenntnisse hatte und warum sie es zwei von ihnen nach dem Geständnis gestattet hatte, nach Bad Säckingen zu ihrem Kumpan zu fahren. Sie schaltete ihr Handy aus. Hoffentlich hielt Trautmann dicht.

Und wenn nicht? Dann bekam sie eben wieder mal Ärger. Das war sie ja gewohnt. Und das Leben als verdeckte Ermittlerin war gar nicht so schlecht.

Sie sah nach draußen. Der Rhein floss sattgrün dahin und glitzerte. Die Sonne strahlte vom Himmel. Also erst schwimmen gehen, dann ein kräftigendes Frühstück. Dann vielleicht ein Mittagsschläfchen. Am frühen Abend schließlich gut ausgeruht der Besuch des Schnuppertrainings bei den Laufenburger Gewichthebern. Sie fühlte sich stark im Moment. Stark genug, um wirklich zu tun, was sie letzten Samstag so dahingesagt hatte, um Trautmann loszuwerden. Und sie musste etwas für ihre Formen tun. Ob Gewichtheben gut gegen Orangenhaut an wabbeligen Oberarmen und Speckröllchen statt Taille war? Bestimmt.

15

Johannes Forstweiler fuhr nicht gerne nachts. Es musste bereits gegen Mitternacht gehen. Bald war Donnerstag, der 26. Mai, der erste Donnerstag ihres neuen Lebens. Und sie mussten noch darüber nachdenken, was sie für den verletzten Sprengstoffexperten tun konnten, einen unverdächtigen Weg finden, damit man ihm das Geld, das sie ihm zukommen lassen wollten, nicht wieder wegnahm, weil es durch Erpressung hereingekommen war. Er kaute hingebungsvoll an seinem Zahnstocher, das half beim Nachdenken und hielt wach.

Forstweiler lenkte das Wohnmobil, als habe er nie etwas anderes getan. Sie zockelten gemütlich über Landstraßen. Joseph hatte die letzten Stunden nicht viel geredet. Der Abschied von der Heimat machte allen dreien zu schaffen. Hinten im Wohnmobil Marke SEA Sharky M10 Fiat Ducato mit Markise, Navigationssystem, Seitensitzgruppe, Servolenkung, Standklimaanlage, Tempomat, TV, WC, Zentralverriegelung, Küche samt Backofen, Dusche, Toilette und vier Schlafplätzen schnarchte Franz Örtler.

Joseph Kohlbrenner kicherte plötzlich. »Theo, wir fahr'n nach Lodz«, summte er. »Wo sin mir eigentlich? Übrigens, du Pfarrer, du. Du häsch falsch g'schwore.«

»Der liebe Gott verzeiht einem Diener in Not. Do bin i mir sicher. Wo mir sin? Gli in Pilse«, antwortete sei Freund. »Werd aber a biz müed. Bin scho lang nümme so am Schtück g'fahre. Was denksch, solle mr go luege noch'm ruhige Plätzle? S'hät au Pils im Kühlschrank. Dodruff täts mi jetzt glüschte.«

Kohlbrenner feixte, »Tipptopp, mich auch. Isches it herrlich? Guet, dass du selles Wohnmobil rechtzitig uffm Krankenhausparkplatz abgestellt häsch.«

»Und's Konto abgräumt, grad no bevor's g'schperrt worden isch. S'isch haarscharf gsi. Die werret schtaune. In dr Bank hän sie uff jede Fall kchaine Schwierigkeite g'macht. So a Grenze dazwischen, die het schon was. Ach jo, a Pils wär jetzt wirklich guet.«

Das Schnarchen brach ab.

»Siehsch, Joseph, bim Wort Pils wacht auch d'r Franz uff.«

»Das hätte auf den letzten Drücker noch schiefgehen können«, krähte Franz Örtler von hinten.

»Na, für sellen Ma, der wo dine Saichbombe hät entschärfen müsse, isch es scho schiefgange. Meh als für eus.«

»Das tut mir ja auch leid. Ich weiß auch nicht, ich glaub, der Sprengstoff war zu alt. Oder der Wecker hat nicht mehr richtig getickt.«

»Wahrschins war's it dr Sprengschtoff oder die Uhr, sondern dr Erbauer«, stichelte Joseph Kohlbrenner.

»Franz, Joseph, guet isch!«

Kohlbrenner kicherte. »Meinsch, der Trautmann sitzt immer no uffm Klo?«

Forstweiler schmunzelte nun auch. »S' isch a biz dumm, dass da us Versehen die Schlaftabletten vom Franz in seinen Kchaffee kcho sind.«

»Wahrschins ischer inzwischen wach und hämmert gegen die Klotür.«

»Ich glaub nicht, die haben längst entdeckt, dass ich nicht mehr im Bett liege.«

»'s git mächtig Ärger für sellen Trautmann«, meinte Kohlbrenner nachdenklich.

»Jo. Un für die nette Frau Terheyde wahrschins au. Schad. Also wenn i jünger wär …«

»Johannes, du bisch en Pfarrer, so öbbis denkt mr net. Und in deinem Alter!«

»An ehemaliger Pfarrer, bitte.«

»Meinsch du, die Polinnen sind genauso gueti Krankenpflegerinnen wie die Thailänderinnen?«

»Bestimmt«, krähte Franz Örtler von hinten. »Sonst würden sie doch nicht reihenweise als Haushälterinnen für hilflose Senioren hierhergeholt.«

»Ha, des ischn gueter Gag gsi, mit denne Thailänderinne, Johannes, han gar it gwüsst, dass Pfarrer so guet lüge kchönnet.«

»Die tun doch den ganzen Tag nix anderes«, frotzelte Örtler.

Johannes Forstweiler lachte und fuhr in eine Parkbucht. »Un jetzt sueche sie uns uff allene Flugplätz, in Straßburg, in Zürich, in Basel …«

»In Stuttgart«, ergänzte Örtler. »Mir ist schon viel besser. Was ist jetzt mit dem Bier? Gut, dass wir keine Handys haben. So was kann man orten. Patras, Peil- und Ortungssystem, sag ich da nur.«

»Keine Handys, aber falsche Pässe. Tzzz, was es so alles für Geld git hütztag. S'isch a schlechti Welt. Bier willsch, Johannes? Moment, scho unterwägs. Für dich hän mir au gnueg, Franz«, antwortete Joseph Kohlbrenner.

Örtlers buschige Augenbrauen standen bei der Nachricht noch unternehmungslustiger nach oben als sonst.

Max Trautmann schaute vorsichtig durch den Türspalt ins Dunkel des Zimmers. Das Gänseblümchen lag allein im Krankenzimmer, es stand nur ein Bett im Raum, das konnte er im Licht erkennen, das nun ins Zimmer fiel. Die Folie um den nach seiner Vernehmung noch hastig an einer Tankstelle erworbenen Blumenstrauß knisterte.

»Kommen Sie herein, Sie Unglücksrabe«, tönte ihre Stimme aus dem Dämmerlicht. Iris knipste die Nachttischlampe an. »Wie kommen Sie hierher? Woher wissen Sie überhaupt, dass ich im Krankenhaus bin? Außerdem ist es mitten in der Nacht.«

Sie lag da wie ein Schluck Wasser in der Kurve. Bleich, mit Augenringen. Vermutlich hatte sie Schmerzen.

»Nicht mitten in der Nacht. Erst um die zehn Uhr. Sie haben mich bis gerade eben verhört. Also, ich hab ziemlichen Mist gebaut.«

»Stimmt.«

»Es tut mir leid. Woher wissen Sie es?«

»Der Glückliche hat mich angerufen. Er hat gesagt, sie hätten einen tobenden Max Trautmann auf dem Klo des Krankenzimmers von Franz Örtler vorgefunden, nachdem sie den Stuhl entfernt hatten, der von außen unter die Türklinke geklemmt war. Warum haben Sie denn nicht nach einer Schwester geklingelt?«

»Habe ich. Aber es kam keine. Die Nachtschwester behauptet, die Klingel sei kaputt. Da bin ich mir aber nicht sicher. Vielleicht hatte sie was anderes zu tun. Oder selbst geschlafen. Wie nennen Sie so was bei der Polizei? Schutzbehauptung. Jedenfalls saß ich mindestens eine Stunde auf diesem verdammten Klo fest. Mindestens. Ich habe gehämmert und gerufen wie ein Verrückter. Nichts.«

Er schaute sie erwartungsvoll an. Jetzt kam bestimmt eine ihrer Spitzen. Etwas in der Art von: *Wie* ein Verrückter? Sie *sind* ein Verrückter. Wenn sie wieder sticheln konnte, würde ihr das bestimmt helfen.

Doch nichts dergleichen. Das beunruhigte ihn sehr. Stattdessen fragte sie kläglich: »Was haben Sie denen gesagt?«

»Na ja, nicht, dass Sie uns haben gehen lassen. Keine Bange. Ich habe denen überhaupt nichts von dem Showdown in Forstweilers Zimmer erzählt. Habe so getan, als wüsste ich nicht, warum die drei Herren abgehauen sind. Als hätte ich nur meinen Klienten Franz Örtler besuchen wollen. Der Anruf von der Krankenhausverwaltung, dass Sie eingeliefert worden sind, kam, als sie mich gerade verhört haben. Puh, die haben mich ganz schön durch die Mangel gedreht.«

»Wo haben die angerufen? Auf *Ihrem* Handy?«

»Nein, beim Posten Bad Säckingen. Offensichtlich kannte Sie jemand hier im Krankenhaus. Die wussten wohl nicht, wen sie sonst anrufen sollten, nur, dass Sie bei der Polizei arbeiten. Und da ist den Bad Säckingern naturgemäß zunächst der Polizeiposten Bad Säckingen eingefallen, in der Hoffnung, dass ihnen dort jemand weiterhelfen könnte. Wegen Angehörigen und so. Wen sie benachrichtigen sollen. Die haben dann in Lörrach Bescheid gesagt, und die Lörracher haben haarscharf kombiniert, dass das etwas mit dem *Wächter* zu tun haben könnte, und die Kollegen hier vor Ort im Krankenhaus alarmiert, die mich gerade verhört haben. Ja, und dann bin ich noch schnell los – wegen der Blumen. Der Laden unten im Krankenhaus hatte schon seit achtzehn Uhr zu.« Er streckte den Strauß nach vorne.

Iris ging nicht auf diese Geste ein. »Ziemlich kompliziert. Ja, ein junger Assistenzarzt hier kennt mich. Ich habe ihn mal in einer anderen Ermittlung befragt. Der hat mir auch dieses verdammte Beruhigungsmittel gespritzt. Das hat mich umgehauen, als hätte mir jemand eins mit dem Hammer über den Kopf gezogen. Ich komme erst so langsam wieder zu mir.«

»Das tut mir leid. Habe ich Sie geweckt?«

Sie lachte. »Eher erschreckt, würde ich sagen. Obwohl ich an nächtlichen Herrenbesuch natürlich gewöhnt bin.«

»Natürlich.« Er senkte den Kopf. »Ich habe mich von denen austricksen lassen wie der größte Depp. Tut mir leid.«

»Na ja, Depp ist vielleicht etwas übertrieben, aber ... Jedenfalls: Danke, dass Sie mich da rausgehalten haben, das vergesse ich Ihnen nicht. Ich habe übrigens auch nichts vom Verhör im Altenheim erzählt. Nur dass unser Trio vermutlich im Krankenhaus im Zimmer von Franz Örtler versammelt ist. Hab so getan, als hätte ich die Zusammenhänge in Forstweilers PC entdeckt, irgendwas von der Waechter-Datei gefaselt und gehofft, dass Felix bezüglich des Restes einfach an mein kombinatorisches Genie glaubt.«

»Na, das sind Sie doch, ein kombinatorisches Genie.«

»Ihr Wort in Gottes Ohr. Es gibt Leute, die sehen das ganz anders. Danke noch einmal, dass Sie mich da rausgehalten haben.«

Sie sah aus, als würde sie gleich anfangen zu heulen.

»Tut es sehr weh?«

»Als hätte mich ein Koloss für seinen Amboss gehalten. Nein, nein. Sie haben mir ja Medizin gegeben. Ich habe keine Ahnung, was ich wieder angestellt habe. Sportliche Tätigkeiten und ich scheinen nicht zusammenzupassen. Wollte nur ein lächerlich kleines Gewicht reißen. Erst hab ich mir das Kreuz verrenkt, dann ist mir das Bein einfach weggerutscht. Und dann hat es geknallt wie ein Peitschenhieb. Achillessehne gerissen. Ich werde wohl für lange Zeit humpeln und keinen Sport machen können. Morgen flicken sie mich erst einmal wieder zusammen.«

»Oh, Sie Arme. Aber Denksport. Der liegt Ihnen. Darin sind Sie die Beste, die ich kenne.«

Sie lachte, doch es klang nicht sehr überzeugend.

»Ich war unglaublich beeindruckt von Ihnen und Ihrem Auftritt im Altenheim. Ich wäre nie drauf gekommen, dass diese drei sich hinter dem *Wächter* verbergen.«

»Ich war mir auch nicht sicher.« Das klang noch immer geknickt. Er hätte sie am liebsten in den Arm genommen und getröstet. »Nun hören Sie schon auf, von einem Bein aufs andere zu treten, Trautmann. Hier muss irgendwo ein Hocker sein. Was knistert denn da? Die schönen Blumen. Das wäre doch nicht nötig gewesen. Vielleicht sollten Sie das Gemüse ins Wasser stellen. Bei der Nachtschwester erfahren Sie, wo es hier Vasen gibt.«

Sie schluckte, das kannte er an ihr. Wenn sie nicht mehr weiterwusste, rettete sie sich in Flapsigkeit. Hatte Sie etwa Tränen in den Augen? Er fühlte sich plötzlich, als dringe er uneingeladen in ihre Intimsphäre ein. Sie? Weinte? Nein, nicht sein Gänseblümchen! Er konnte den Anblick kaum ertragen. Weil er sich so hilflos fühlte, während der Drang, sie zu trösten, immer stärker wurde, und weil er genau wusste, dass er das nicht durfte. Sie hätte sofort die Stacheln ausgefahren. Verdammt, eines Tages *würde* er sie einfach in den Arm nehmen. Und küssen. Und …

Er nickte und ging hinaus, um nach einer Vase zu suchen. Es war mehr eine Flucht als ein geregelter Abgang.

Seine Worte schwangen in ihr nach. »Die wussten wohl nicht, wen sie sonst anrufen sollten, nur, dass Sie bei der Polizei arbeiten.« Ja, so war das wohl. Es gab keine Familie, die benachrichtigt werden konnte, wenn ihr etwas geschah. Die Polizei, das war offenbar ihre Familie. Und Max Trautmann.

Sie fühlte sich elend und allein bei diesem Gedanken. Konnte er sie nicht einfach mal in die Arme nehmen und all ihre Bedenken und Ängste wegschwemmen mit einem leidenschaftlichen Kuss? Nein, das würde er nicht tun. Sie hatte ihn schon zu oft zurückgestoßen. Er wusste, dass sie ihm misstraute. Dass sie annahm, er habe einen Menschen getötet. Und sie wusste, dass sie niemals darüber sprechen konnten. Weil sie ihn nicht verlieren wollte. Sobald sie über ihr noch immer schwelendes Misstrauen spräche, stünde es zwischen ihnen, vollends unüberwindbar. Wie sollte er dann ein Freund bleiben? Gut, es war möglich. Falls er unschuldig war. Und falls nicht? Dann, gestand sich Iris zum ersten Mal ein, wollte sie es eigentlich lieber nicht wissen.

Da kam er zurück. Er stellte die Vase mit den Blumen auf den Nachttisch. »Wird jetzt noch was aus unserem gemeinsamen Projekt? Ich meine, bleiben Sie verdeckt?«

»Ich weiß nicht. Ich schätze, jetzt muss ich erst einmal hier heraus.«

Er ließ die Schultern hängen. »Brauchen Sie noch was? Soll ich Ihnen was mitbringen?«

Sie lächelte zu ihm hoch, und das warme Gefühl, das sich bei seinem Angebot in ihrem Bauch ausgebreitet hatte, erreichte auch ihre Augen. »Danke. Zahnbürste, Nachthemd. Im Schlafzimmer finden Sie einen Jogginganzug und … Unterwäsche.« Sie schämte sich. Denn sexy Unterwäsche hatte sie nicht. Für wen auch. Nun würde er das auch noch sehen. Sehen, dass sie eine einsame Jungfer war, für die sich niemand interessierte. »Mein Hausschlüssel ist hier.« Sie zog die Schublade der hässlichen Ess-Nachttisch-Kombination aus antiseptisch abwaschbarem Kunststoff auf, die es in allen Krankenhäusern gab.

Er nickte. »Mach ich. Bis morgen.«

Iris war gerade eingenickt, als Mathias Bleich, ebenfalls mit einem Blumenstrauß in der Hand, in ihr Krankenzimmer polterte.

Sie schrak hoch, ihr Kreislauf schoss nach oben, und ihr wurde sofort schlecht. »Was tun *Sie* denn hier? Wie kommen Sie hier herein?«

»Die Nachtschwester hat sich nur schwer erweichen lassen. Aber ich wollte Ihnen unbedingt persönlich gratulieren. Ohne Sie … Jedenfalls haben die Herren Gerber und Fred Malzacher ein vollumfängliches Geständnis abgelegt. Nachdem Sie Herrn Felix Ihren Verdacht über die Zusammenhänge mitgeteilt hatten, haben wir Forstweilers PC und Örtlers Schließfach untersucht. Dadurch hatten wir genügend Fakten. Da sind sie eingeknickt. Und die Schweizer Kollegen sind glücklich, weil sie nun auch Beat Stümpfli festnageln können.«

Iris stöhnte auf. »Reden Sie nicht von nageln.«

»So schlimm wird es schon nicht werden. Ein Beinbruch ist es wohl nicht, oder?«

»Nein, die Ärzte gehen von einem Riss der Achillessehne aus. Und von einem Bandscheibenvorfall.«

»Sie sollten es mit dem Sport aber auch nicht gleich so übertreiben.«

Das fand Iris im Stillen auch. »Und was wollen Sie jetzt von mir? Was ist so dringend? Haben Sie die Alten gefasst?«

Mathias Bleich schüttelte betrübt den Kopf. Im Neonlicht des Krankenzimmers sieht sein Gesicht aus wie ein Pfannkuchen, dachte Iris boshaft.

»Nein, aber wir beobachten alle Flughäfen in der Region.

Wenn sie nach Thailand wollen, müssen sie irgendwann an einem auftauchen. Oder an einem Bahnhof. Bisher jedoch nichts. Aber wir kriegen sie schon noch. Wie gesagt, ich wollte Ihnen gratulieren und Ihnen mitteilen, dass Sie für eine Auszeichnung vorgesehen sind. Gute Arbeit, Kollegin. Wirklich. Das habe ich auch auf der Pressekonferenz heute Abend gesagt.«

»Davon kann ich mir was kaufen«, knurrte Iris.

»Wissen Sie denn schon, was Sie machen wollen, wenn Sie wieder gesundgeschrieben sind?«

Iris sah den Leiter der Polizeidirektion Lörrach perplex an. »Ich bin Kriminalhauptkommissarin, oder? Ich gedenke, das auch zu bleiben.«

Mathias Bleich schaute angelegentlich auf seine Schuhe, den Blumenstrauß noch immer in der Hand. »Nun ja, es ist so: Die Kollegen finden, dass Sie als verdeckte Ermittlerin genau die Richtige sind. Herr Schott vom Landeskriminalamt hat regelrecht von Ihnen geschwärmt. Er habe selten so präzise Antworten bekommen, sagte er. Und Sie seien auch nicht mehr zu jung für eine solche Aufgabe, sondern eine gefestigte, lebenskluge Frau mit Instinkt und Menschenkenntnis. Er würde Sie gerne für eine diesbezügliche Weiterbildung vorschlagen und Sie dann als verdeckte Ermittlerin des Landeskriminalamtes einsetzen. Er scheint regelrechte Wunder von Ihnen zu erwarten, also …«

Lebensklug. Sein Glück, dass er nicht alt gesagt hatte. »Also hoffen Sie jetzt, mich für immer loszuwerden.«

»Nein, bitte, so war das nicht gemeint. Natürlich freue ich mich, wenn eine so fähige Kollegin zurück in die Mordkommission kommt.«

Heuchler, dachte Iris. Du bist ein verdammter Heuchler. Aber sie war zu müde, um das laut zu sagen. Sie wollte nur noch, dass er sich endlich vom Acker machte.

»Also, überlegen Sie es sich«, meinte Mathias Bleich und legte die Blumen einfach so auf den Nachttisch. »Ich gehe dann mal. Wir sehen uns.«

Iris betrachtete die Blumen. Ein sparsamer Strauß, wahrscheinlich der letzte, den sie an der Tankstelle noch gehabt hatten. Sollte sie jetzt nach der Nachtschwester klingeln, damit sie eine Vase brachte? Ach was. Sollte das Gemüse doch vertrocknen. Am liebsten hätte sie die Blumen dieses Idioten ohnehin in den Abfall gepfeffert.

Da musste sie über sich selbst lachen. Nun plante sie sogar schon Rache an unschuldigen Pflanzen – bloß wegen des Überbringers. Das war unlogisch. Nun, dann war sie eben unlogisch.

Iris schaltete den kleinen Weltempfänger an, den sie sich von einer Schwester geliehen hatte, und dachte an das Trio der alten Männer. Wo sie jetzt wohl steckten? Es war für eine Kriminalhauptkommissarin zwar nicht die richtige Einstellung, aber sie gönnte ihnen einen geruhsamen Lebensabend in Thailand, versorgt von zärtlichen Händen. Die SWR-Nachrichten unterbrachen ihre Überlegungen. War das nicht Bleich, der da sprach? Der O-Ton musste von der Pressekonferenz stammen. Wie bitte? Das durfte doch nicht wahr sein. Er reklamierte das Verdienst für die Aufklärung des *Wächter*-Falles für sich! Von ihr war keine Rede.

Die drei alten Männer hatten sie aber offensichtlich noch immer nicht geschnappt. Geschah ihm recht. Dieser Saftsack.

Wenn sie es sich recht überlegte, wäre ein Dasein als verdeckte Ermittlerin gar nicht so schlecht. Dann müsste sie sich nicht jeden Tag über diesen Typen ärgern. Sie richtete sich mühsam etwas auf und fegte Bleichs Blumenstrauß vom Nachttisch. Das beruhigte. Der Gedanke an einen Neuanfang, ein anderes Leben wurde immer verlockender. Sobald sie hier heraus war, würde sie sich eine Brille besorgen. Und zum Friseur gehen. Die Haare rot färben.

Begleitet von diesen Überlegungen versank sie tief im Reich des Unterbewussten. Dort wurde sie von einem Wolf verfolgt, dem jemand mit weißer Farbe das Wort *Wächter* aufs Fell gemalt hatte. Plötzlich verwandelte sich das Tier in Max Trautmann. Dieser breitete die Arme aus, und sie schmiegte sich ohne zu zögern hinein. Was dann folgte, daran erinnerte sie sich später nur noch bruchstückhaft. Aber nie ohne Hitzewallungen im Bauch.

Als die Nachtschwester ins Zimmer schaute, stolperte sie über die Blumen. Sie hob den Strauß auf, um ihn in eine Vase zu stellen. Bevor sie ging, schaute sie noch einmal in Richtung Krankenbett. Die Patientin Iris Terheyde schlief tief und fest. Sie schnarchte leicht.

Nachwort

Zunächst einmal möchte ich jenen danken, die mir bei der Recherche zu diesem Roman geholfen haben. Dazu gehören Hans-Joachim Müller vom Schwarzwaldverein und Klaus Stöcklin von der Bürgerinitiative Atdorf. Aber auch Julia Liebich, die Pressesprecherin des Schluchseewerks, die mich mit unter die Erde genommen hat, damit ich mir den Daniela-Stollen anschauen konnte. Bedanken möchte ich mich außerdem bei den beiden Lokalredaktionen der »Badischen Zeitung« und des »Südkurier«, die mich seit Jahren bei meiner Arbeit unterstützen und mir erlaubt haben, für diesen Roman aus ihren Berichten zum Projekt Atdorf und zur Autobahn zu zitieren. Das gilt auch für Wolfgang Messner, Korrespondent Bodensee/Oberschwaben für die »Stuttgarter Zeitung«, der mir gestattete, aus seinem Artikel über Regierungspräsident Julian Würtenberger und einem Brief von ihm zu zitieren. Um allen Missverständnissen vorzubeugen, möchte ich hier noch einmal wiederholen: Dies ist ein Roman, Personen und Handlung sind fiktiv, auch wenn ich einen aktuellen Hintergrund für die Geschehnisse aufgegriffen habe, um zu verdeutlichen, wie viel das persönliche Leben jedes Einzelnen und die Entscheidungen der »großen« Politik miteinander zu tun haben. Wir merken es nur nicht immer.

Mein Dank geht an dieser Stelle aber auch einmal mehr an das Team des Emons Verlages und meine Lektorin Marit Obsen. Denn ich konnte wieder einmal feststellen: Gemeinsam geht es besser. Und wird es besser. Besonders, wenn die Richtigen am Werk sind.

Nun zum geplanten Pumpspeicherwerk: Für das Unterbecken soll eine riesige Staumauer das Haselbachtal oberhalb von Bad Säckingen zum Haselbecken machen. Ein Stausee mit 1,2 Kilometern Länge und sechshundert Metern Breite ist geplant. Von dort wird das Wasser in einem unterirdischen Stollen in ein zweites Becken gepumpt, das rund sechshundert Meter oberhalb im Hotzenwald (so heißt der südliche Schwarzwald in dieser Region, was nichts mit dem Räuber Hotzenplotz zu tun hat, der lebt woanders) bei Atdorf liegt. Das ist ein Ortsteil von Herrischried. Der enorme Höhenunterschied ist das »Alleinstellungsmerkmal des Standorts Deutschland«, hat Peter Steinbeck, Sprecher der Schluchseewerk AG, einmal erklärt – denn je größer die Fallhöhe, umso stärker die Turbinenleistung.

Die Schluchseewerk AG betreibt seit 1975 Pumpspeicher. Das Projekt Atdorf, offiziell das neue Hornbergbecken II liegt, wie es der Name nahelegt, in der Nachbarschaft des Hornbergbeckens I, dem Oberbecken des Kavernenkraftwerks Wehr. In der Region Hochrhein werden mit den bestehenden Pumpspeicherwerken derzeit fünfundzwanzig Prozent der in der Bundesrepublik zur Verfügung stehenden Pumpspeicherkapazitäten vorgehalten.

Nach dem Vorbild der Schlichtung von Stuttgart 21 unter dem Vorsitz von Heiner Geißler sollte ein Runder Tisch Gegner und Befürworter des Projektes einander näherbringen. Das Ergebnis aus meiner Sicht: Es wurde viel diskutiert, aber kein Kompromiss gefunden, mit dem alle leben können. Besonders die örtlichen Grünen opponieren weiter.

Regierungspräsident Julian Würtenberger, CDU, wurde rund ein Jahr nach den geschilderten Ereignissen aufgrund einer Entscheidung der Landesregierung zum 1. April 2012 in den vorzeitigen Ruhestand versetzt. Die offizielle Begründung für das Bestreben, die Führung in den vier Regierungspräsidien neu zu regeln, war der Parteienproporz.

Die Energiewende macht inzwischen auch dem Schluchseewerk zu schaffen. Rund ein Jahr nach den im Roman geschilderten Ereignissen verkündet Schluchsee-Vorstand Stefan Vogt gegenüber der Presse: »Unter den aktuellen Bedingungen ist das Pumpspeicherwerk Atdorf nicht wirtschaftlich zu betreiben.«

Weiterführende Links außer den bereits im Text genannten:

http://www.schluchseewerk.de/de/root-werkgruppe-3/home.html
http://www.cremer-ricken.de/themen/pumpspeicherwerk-atdorf.html
http://content.stuttgarter-zeitung.de/stz/page/2738311_0_7948_-pumpspeicherkraftwerk-nimmt-erste-huerde.html
http://www.schwarzwaldverein-bad-saeckingen.de/aktuell-atdorf.html
http://www.runder-tisch-atdorf.de/
http://www.rp.baden-wuerttemberg.de/servlet/PB/menu/1251512/index.html
http://www.badische-zeitung.de/bad-saeckingen/die-a-98-auf-neuen-wegen—44873652.html
http://de.wikipedia.org/wiki/Bundesautobahn_98

Petra Gabriel
TOD AM HOCHRHEIN
Broschur, 256 Seiten
ISBN 978-3-89705-489-9

»Petra Gabriel versteht es, ihren Figuren zunehmend Profil zu verschaffen und die einzelnen Stränge geschickt miteinander zu verweben.« Südkurier

»Ein spannend und souverän erzählter Kriminalroman, der den Schauplatz Dreiländereck gekonnt in die Handlung einbindet.«
Hochrhein-Zeitung

Petra Gabriel
ALEMANNISCHER TOTENTANZ
Broschur, 272 Seiten
ISBN 978-3-89705-640-4

»Als glänzende Erzählerin weiß Petra Gabriel bestens zu unterhalten und auch die Spannung geschickt aufzubauen.«
Badische Zeitung Rheinfelden

»Vergnügen bereitet dem hiesigen Leser natürlich das üppige Lokalkolorit des Buch.« Oberbadisches Volksblatt

www.emons-verlag.de

Petra Gabriel
DER KLANG DES REGENBOGENS
Broschur, 432 Seiten
ISBN 978-3-89705-756-2

»Ein geschicktes, spannendes und originelles Verweben von Phantasie und Realität sind der Stoff, aus dem dieser Roman und die seltsame Truppe gemacht sind, welche auszog, um die Welt zu retten.«
Südkurier

»Geheimnisvoll und spannend geht es zu im neuen Roman der Laufenburger Autorin Petra Gabriel.« Badische Zeitung

Petra Gabriel
DIE KÖCHIN UND DER KÖNIG
Broschur, 496 Seiten
ISBN 978-3-89705-887-3

November 1269, Interregnum: Rudolf von Habsburg strebt mit aller Macht nach der deutschen Königskrone. Um sich zu behaupten, will er in den Besitz des wundertätigen Grabtuchs Christi gelangen, der wertvollsten Reliquie der Christenheit. Bei seiner Suche bekommt er Hilfe von unerwarteter Seite: Mathilde von Waldshut, der Giftmischerei bezichtigt, muss aus ihrer Heimat am Hochrhein fliehen – und landet direkt in den Armen des Minnesängers Berthold Steinmar von Klingnau. Bald wird sie zur Spionin im Dienste Rudolfs von Habsburg …
Petra Gabriel ist mit diesem Mittelalterroman ein üppiges und mitreißendes Mittelalterspektakel gelungen. Ein packender und dichter Roman, der Historie und Fiktion glänzend miteinander verknüpft.